MARY DUBREUIL

DES FLOCONS DE MAGIE

Un conte de Noël

Chapitre 1

Harper essaya d'ouvrir les yeux, mais sa tentative se solda par un échec. Elle se sentait lourde, fatiguée, sans savoir où elle se trouvait. Des voix lui parvenaient, mais elle ne comprenait pas les mots prononcés. Elle avait la sensation d'être en plein brouillard, Elle ne reconnaissait pas les personnes qui lui parlaient.

Elle n'arrivait pas à bouger les bras, ni les jambes. Que lui était-il arrivé ? Elle entendait des chuchotements à ses oreilles et elle sentit des lèvres se poser sur sa joue, sans pouvoir rendre l'embrassade.

Les gens partirent et le silence s'installa. Où était-elle ? Quel jour était-on ?

Elle sentit son esprit partir et eut l'impression de s'enfoncer dans des profondeurs insondables.

Quand Harper Casey sortit de sa chambre, elle jeta un coup d'œil à la splendide vue sur Central Park de son appartement. Elle ne se lassait pas. New York City était devenue sa ville depuis son installation six ans plus tôt. Elle aimait faire son footing le soir dans Central Park, se promenait dans son quartier de West Riverside. Elle connaissait les commerçants par leur prénom, James le vendeur de fruits bio, Steve le boucher, Alexia la spécialiste des légumes frais, sans oublier Will le directeur du pressing. Cette proximité lui donnait l'impression d'un village au cœur de son quartier, comme celui d'Oak Lake, la petite ville de son enfance.

Elle installa son tapis de yoga face à la baie vitrée. La vue du lever de soleil sur le « poumon » de la ville qui ne dort jamais la ravissait tous les jours. En ce mois de novembre, Central Park continuait d'afficher des couleurs d'automne. Un brin de jaune, un soupçon d'orange et beaucoup de vert rendaient le parc rayonnant. La nature avait fait partie de son enfance et quand elle avait recherché un appartement, un de ses critères non négociables était de pouvoir voir le parc de sa fenêtre. Elle avait réussi et ne se lassait pas de le contempler.

Quand elle eut fini ses exercices, elle ouvrit la porte de son appartement pour récupérer son petit déjeuner. James lui concoctait tous les jours une salade de fruits frais qu'elle ajoutait dans ses céréales complètes. Il lui apportait aussi une petite bouteille de lait bio. Elle s'installa sur sa chaise de bar et dégusta son petit déjeuner. Un sentiment de bonheur l'envahissait. Elle ne pouvait rêver une vie plus parfaite : un appartement en étage élevé au centre de Manhattan, un emploi chez l'un des plus grands éditeurs du pays, un petit ami avocat dans un grand cabinet.

Elle enfila un tailleur rose pastel, qui galbait sa fine taille, un manteau en cachemire blanc qui mettait la finesse de ses jambes en valeur, puis prit sa sacoche en cuir. Un dernier regard sur la table du salon pour vérifier qu'elle n'oubliait rien d'important et elle quitta son appartement. Elle héla un taxi pour se rendre à son bureau au sud de l'île. Le métro était loin de son domicile et de son bureau, alors elle avait opté, depuis quelques mois, pour le taxi.

Pendant le trajet, elle vérifia ses messages. Son petit ami, Alden, l'invitait au restaurant gastronomique chinois «Le Dragon Doré » trois jours plus tard. Manifestement, il voulait l'impressionner et il avait réussi. Elle aimait la cuisine chinoise, mais ce restaurant très haut de gamme demandait des mois de patience pour réserver une table. Ce devait être pour une grande occasion. Elle réfléchit quelques instants à la tenue qu'elle porterait et conclut qu'elle devait acheter, avec son amie Emily, une nouvelle toilette.

Elle connaissait Emily depuis ses études à l'université de Yale en lettres et en marketing. Elles s'étaient tout de suite bien entendues. Le fait de venir toutes les deux d'une petite ville les avait soudées, par rapport aux autres étudiants très à l'aise dans les grandes métropoles. Elles ne pouvaient pas être plus différentes physiquement. La longue chevelure blonde de Harper, son teint diaphane contrastaient avec la coupe courte et brune d'Emily et son teint mat. mais leurs silhouettes élancées, leurs sourires timides et leurs yeux pétillants, tout comme leurs rêves d'éditer le nouvel Harry Potter et leur grande capacité de travail les avaient rapidement rapprochées.

Elles avaient réussi à être embauchées ensemble aux Éditions du Soleil, l'une des plus grandes maisons d'édition du pays. Elles ne travaillaient pas dans le même secteur, mais se retrouvaient régulièrement ensemble pour déjeuner. Harper avait choisi la littérature pour jeune adulte. Elle avait toujours aimé lire. Du plus loin qu'elle pût se souvenir, elle avait toujours un livre avec elle. Sa bibliothèque n'était pas raisonnable. Elle avait aimé les livres d'aventures et de fantastique pour adolescents ou jeunes adultes pendant son lycée. Elle n'avait eu que de bons souvenirs pendant ces années, qui pouvaient être compliquées quand la timidité et les excellentes notes n'apportent pas que de vraies amitiés. Ces livres évoquant des mondes imaginaires avec des héros et des héroïnes, souvent communs au départ, lui avaient permis de passer en douceur à l'âge adulte. Elle avait donc décidé d'y consacrer le début de sa vie professionnelle. Elle aimait lire les manuscrits parfois maladroits, mais toujours pleins d'imagination des auteurs débutants. Emily avait choisi les romans policiers. Elle appréciait les histoires de meurtres et s'ingéniait à trouver le coupable avant le dénouement final. La séparation de leurs domaines leur évitait toute possibilité de jalousie et permettait des discussions pleines d'écoutes et de découvertes.

En descendant du taxi, elle ne put s'empêcher de regarder l'immeuble de plusieurs dizaines d'étages où elle allait entrer. Sa façade en pierre traduisait sa présence depuis des siècles. Les deux étages de la maison d'édition se trouvaient au vingt-septième et vingt-huitième étages. Elle franchit le portillon et se dirigea vers l'ascenseur. La réunion du lundi matin était celle qui décidait l'orientation de son travail de la semaine. Son chef, Mason Davis, était à la fois directif et à l'écoute des suggestions.

En arrivant dans la salle de réunion de tout le service, qui était déjà presque remplie, elle sentit une excitation dans les conversations. Harper ne comprenait pas l'agitation. Tout le monde s'assit rapidement quand Mason entra dans la pièce.

- Bonjour à tous. Visiblement des bruits de couloir ont devancé mon annonce, puisque j'entendais votre brouhaha depuis mon bureau.

Les sourires échangés confirmèrent ces paroles.

- Vous connaissez tous ces sites où des auteurs publient leurs livres pour qu'ils puissent être lus par le plus grand nombre et espèrent ainsi qu'ils attireront l'attention d'éditeurs.

Harper, non seulement les connaissait, mais prenait plaisir à lire les premiers chapitres publiés.

- Un écrivain, ou peut-être une écrivaine, se détache actuellement du lot. Vous avez tous entendu parler de Riley Smith.

Harper hocha la tête, comme les autres membres de l'équipe. Cet auteur avait publié près de cent cinquante pages de son livre « Les Sorcières de l'Ombre ». Le titre banal ne reflétait pas l'immense diversité des personnages. Leur description très détaillée leur conférait une vraie profondeur et une grande originalité, loin des standards. Le monde imaginaire témoignait d'une richesse créatrice.

- Toutes les deux semaines, des centaines de milliers de lecteurs attendent le chapitre suivant. Cela dépasse largement le lectorat habituel pour ce type d'ouvrage. La tâche est simple. Nous devons éditer Riley Smith.

Harper sourit. La directive était simple, mais impossible à réaliser. Personne ne savait qui était Riley Smith. Elle osa lever le doigt :

- Avez-vous plus d'information sur lui ou elle ? Car pour l'instant, on ne sait rien sur lui ou elle.

Mason sourit à son tour :

- Si c'était facile, je ne vous le demanderais pas, je le ferais moi-même. Vous devez découvrir qui est cette personne, où elle vit et surtout la convaincre de venir éditer son livre chez nous. La personne qui réussira cet exploit pour Noël aura le poste d'éditeur/éditrice en chef.

L'annonce laissa l'assistance sans voix. Ce poste était convoité par pas moins de six personnes dans l'assistance, dont Harper. Cette dernière avait eu bon espoir d'obtenir ce poste en janvier au vu du travail accompli cette année. Cette annonce changeait la donne. Toutes les cartes étaient désormais rebattues.

- Je sais que cette annonce paraît un peu incongrue, voire surprenante, mais la course à l'édition des « Sorcières de l'Ombre » est lancée un peu partout dans le pays. Nous avons le devoir de nous y joindre et de réussir. Je ne sais pas si c'est la nouvelle JK Rowling, mais son livre est vraiment original. Elle pourrait figurer sans difficulté au milieu de nos auteurs les plus prestigieux. La tâche est difficile puisqu'elle ne dévoile rien d'autre que son nom de plume. Comme son héroïne Kerry, elle a choisi un prénom aussi bien porté par des hommes que des femmes, histoire de brouiller encore un peu plus les pistes. Même l'état ou la ville où elle vit ne sont pas connus. Vous allez devoir devenir de fins limiers. Noël est dans un mois tout juste. Bonne chance à tous.

Tout le monde se leva et sortit de la réunion à la fois excité par le défi et désarçonné de devoir se positionner sur un poste avec juste une recherche active d'un auteur et non sur le travail de découvreur de talent.

Harper allait revenir à son bureau quand Mason l'appela. Ils s'installèrent dans le bureau du directeur et ce dernier ferma la porte.

- Je sais que tu es déçue.

- Je suis plus dépitée que déçue. Tu sais que j'ambitionne ce poste depuis plus d'un an. J'ai trouvé des auteurs auxquels personne ne s'intéressait et qui, maintenant, assurent un bon chiffre d'affaires aux Éditions du Soleil.

- Ne t'inquiète pas. Je sais tout cela et je connais ta valeur. mais, arriver à éditer ce ou cette Riley serait une vraie opportunité pour notre maison. Il s'agit d'une vraie course contre la montre et je dois essayer de motiver tout le monde.

- Je ne suis pas détective, Mason. Rechercher des informations sur internet n'est pas mon métier. Je suis l'une des premières personnes à avoir détecté le potentiel incroyable de ce livre. Le fait que l'auteur se cache n'est pas de mon fait. Si un « geek » le trouve avant moi et que Riley Smith ne veuille pas venir dans notre maison d'édition, que va-t-il se passer ? Personne n'aura le poste d'éditeur en chef ? J'avoue être un peu déroutée par tes annonces.

- J'en ai bien conscience. Peut-être vas-tu réussir à le ou la trouver... Ne pars pas battue d'avance. Tu auras d'autres promotions. Tu progresseras chez nous, sans l'ombre d'un doute.

Harper ne répondit rien et sortit contrariée du bureau de son supérieur.

Elle travailla à rechercher des indices sur l'identité réelle de Riley Smith, mais elle ne trouva rien. Elle eut juste la mauvaise surprise de constater à quel point de nombreuses personnes dans le service cherchaient aussi à la découvrir.

Elle retrouva Emily pour le déjeuner. Elles sortirent pour manger dans un de leurs restaurants habituels, un peu plus loin sur l'avenue, pour éviter de croiser des collègues.

- Peux-tu m'expliquer ce qui ne va pas Harper ? Quand tu choisis cet endroit, tu as toujours quelque chose à m'annoncer et rarement des bonnes nouvelles.

- Tu me connais bien Emily. Pour résumer la réunion de service de ce matin, nous avons tous comme mission de découvrir l'identité de Riley Smith et surtout de le, ou la, rencontrer pour le, ou la, convaincre de publier son livre chez nous.

Emily la regarda avec un léger étonnement :

- Je comprends la demande de Mason. Ce sera la poule aux œufs d'or pour la maison qui publiera Riley. Pourquoi cela te met-il dans une telle exaspération ?

- Parce que celui ou celle qui réussira cette mission sera nommé éditeur ou éditrice en chef !

- Ah, je comprends mieux ta colère ! C'est surprenant de le présenter ainsi car ce travail préalable de recherche sur son identité n'a rien à voir avec ce poste. Néanmoins, essayer de le convaincre de signer chez nous est plus dans le périmètre de ton poste.

Harper ne dit pas un mot pendant qu'elle mangeait son poulet avec du quinoa. Emily la sentait particulièrement chamboulée.

- Tu sais, je pense que je suis vraiment frustrée et en colère. Il a presque sous-entendu en octobre que j'aurais le poste car j'avais vraiment dépassé tous les objectifs qu'il m'avait assignés. Je m'étais surpassée, j'avais même renoncé à prendre des vacances. Et là, à quelques semaines de la nomination, j'ai l'impression que tous mes efforts n'ont servi à rien. Un stagiaire qui n'a ramené aucun auteur peut trouver son identité en utilisant des connaissances en informatique que je ne possède pas et ainsi obtenir un poste de responsabilités sans avoir prouvé ses compétences pour y accéder.

Emily était aussi déçue que son amie. Elle savait à quel point elle s'était investie depuis dix-huit mois pour ce poste.

- Cela ne sera pas simple de trouver son vrai nom et son adresse, sinon il aurait déjà été démasqué.

Harper hocha la tête avec désespoir :

- Je te confirme que nous sommes nombreux à chercher. Les quelques heures que j'ai passées ce matin sur internet l'ont prouvé. Je ne suis pas une professionnelle de l'informatique. Je ne sais pas vraiment comment rechercher l'ordinateur d'où ont été postées les premières pages du manuscrit.

- Veux-tu un dessert ?

Emily cherchait à changer les idées de Harper, mais celle-ci secoua la tête :

- Non merci. Je n'ai pas très faim. Je vais essayer de me replonger dans cette mission.

- Pendant que j'attends mon dessert, essaie de parler d'autre chose. Par exemple, dans une semaine, tu pars pour le Vermont retrouver ton père, ta sœur et ta nièce. Tu vas même leur présenter Alden. Tu passeras quatre jours de vacances en famille avec beaucoup de joie.

Harper acquiesça :

- Tu as raison. Ce Thanksgiving va être inoubliable. J'ai hâte de tous les revoir. La dernière fois où je suis rentrée, c'était à Thanksgiving l'an dernier et je ne suis restée que deux jours car j'avais du travail à finir. Là, je pars le week-end entier. Je vais vraiment essayer d'en profiter.

- mais, tu pars avec ton ordinateur quand même, non ?

- Tu me connais bien ! Je ne peux pas ne pas l'apporter. Cela ne signifie pas que je vais l'utiliser. mais, on ne sait jamais ce qui peut se produire.

- Tu as raison Harper. Ça ne te coûte rien, mais j'espère quand même qu'il ne verra pas le ciel d'Oak Lake. Et Alden, est-il content de rencontrer ta famille ?

- On s'est parlé hier soir, mais ce sujet n'est pas venu dans la conversation. Il est surtout obnubilé par le poste d'associé qu'ils sont en train de lui proposer. Ce serait une grande réussite et une réelle promotion pour lui.

- Décidément, vos carrières sont en train de prendre leur envol.

Harper haussa les épaules :

- La sienne plus vraisemblablement que la mienne.

Après avoir payé, Emily pris le bras de Harper sur le chemin du retour :

- Prends cette mission à cœur, comme toutes celles que tu as réussies cette année. Ni plus, ni moins. Tu verras bien ce qui va se passer. Ne t'inquiète pas de la décision que prendra Mason et essaie juste de faire de ton mieux.

- Tu as raison.

Elle avait pris le métro le soir pour rentrer chez elle. Marcher un peu lui avait permis d'évacuer une partie de son énervement. Sa déception avait un peu disparu et elle avait reporté l'énergie de sa colère dans une recherche tous azimuts, qui n'avait abouti à rien pour l'instant.

Elle tourna la clé dans la serrure de son appartement et entra. La lumière de l'entrée éclairait un peu le salon et la cuisine. Elle esquissa un sourire. Rentrer chez elle lui procurait toujours un sentiment de paix. Elle enleva ses chaussures, son manteau, ses gants qu'elle déposa dans l'entrée. Elle posa sa sacoche et son sac à main. Puis, elle alla s'asseoir dans son canapé cuir blanc et regarda les immeubles illuminés de Manhattan.

Pour une fois, cette vue ne la calmait pas. L'injustice de l'attribution du poste la déstabilisait. Elle avait tellement cru qu'elle aurait ce poste avec tout le travail qu'elle avait effectué pendant l'année et demie qui venait de s'écouler. Elle était un peu en colère, très déçue et surtout inquiète de ne pas arriver à trouver cet auteur inconnu.

Elle prit un thé chaud et se prépara une soupe de légumes. Elle alla s'installer dans son bureau, une chambre qu'elle avait allouée à son travail. Le clic-clac permettait d'y accueillir ponctuellement sa famille, mais l'endroit restait la plupart du temps dédié à son travail. Elle y lisait les manuscrits qu'elle devait évaluer le plus souvent. Elle gardait toutes ses fiches de lecture avec ses remarques. Parfois, elle prenait le temps de les relire quand elle avait un doute sur son avis final.

Elle avait évidemment imprimé les pages des Sorcières de l'Ombre. Elle les avait lues plusieurs fois. Elle reprit son dossier. Souvent les auteurs mettaient des détails insignifiants comme des dates ou des lieux qu'ils affectionnaient et qui n'évoquaient rien évidemment aux lecteurs.

Sa soupe était froide quand elle eut fini de relire le premier des cinq chapitres. Elle avait noté tous les détails qui pourraient lui donner peut-être des informations personnelles sur Riley Smith. Les pages fourmillaient de détails et la recherche s'annonçait difficile.

Le lendemain, elle resta chez elle. Elle devait juste avertir Mason qu'elle restait à son domicile pour travailler. Cela lui arrivait trois jours par semaine en moyenne. Sa nouvelle mission ne nécessitait pas de se déplacer puisque la publication n'avait eu lieu que sur internet.

Elle reprit son travail de fourmi. Elle avait établi des listes de dates, de lieux, de noms. La nuit était déjà tombée quand elle eut fini cette première approche.

N'ayant guère bougé de sa chaise de la journée, elle fit quelques exercices de yoga et regarda le ciel s'assombrir peu à peu. Elle décida d'appeler Alden. Il mit plusieurs sonneries à répondre. Le bruit en fond indiquait qu'il se trouvait dans un endroit bruyant :

- Bonsoir Alden, c'est Harper.

- Bonsoir Harper. Je suis au restaurant avec un client. Puis-je t'appeler plus tard ?

Harper fit de son mieux pour cacher sa déception.

- Bien sûr. Quand tu as fini ton repas, tu peux me rappeler.

- Bonne soirée Harper.

- Bonne soirée Alden.

Elle raccrocha. Décidément, les dernières semaines ne ressemblaient en rien aux premiers mois de leur relation. Leur rencontre, un an et demi plus tôt, avait débuté sous de bons auspices printaniers. Ils avaient randonné dans les Rocheuses, visité Barcelone et Madrid, découvert des restaurants inattendus à New York, et même passé une semaine au Japon. Ils passaient du temps ensemble et leur coup de foudre semblait réciproque. Alden avait obtenu une promotion en octobre, il y a un an. Il avait alors commencé à travailler énormément et à se déplacer dans tout le pays. Ils n'avaient passé aucune fête familiale ensemble et ne connaissaient pas leurs parents respectifs. Harper avait donc insisté pour qu'ils se rendissent ensemble cette année à Thanksgiving dans sa famille. Alden avait accepté et la jeune femme se réjouissait de lui présenter son père, sa sœur et sa nièce. Sa maman les avait quittés plusieurs années auparavant. Son beau-frère Will était un militaire en mission. Il ne rentrerait que pour Noël.

Elle savait qu'Alden n'était pas proche de sa propre famille et que ne pas les voir pendant quelques mois ne lui manquait pas. Ce n'était pas son cas. Et, si elle avait manqué les fêtes de Noël l'année précédente, cela lui avait causé de la peine.

Quand Alden avait évolué dans un nouveau poste dans son grand cabinet d'avocat, il avait peu à peu changé, privilégiant son travail à leurs sorties et rendez-vous. Ils n'avaient pris que quelques jours de vacances ensemble pour Washington où il devait rencontrer un client. Travaillant énormément elle aussi, elle comprenait parfaitement ses contraintes. mais, en raccrochant, elle avait réalisé à quel point leur couple ne se voyait plus beaucoup. Leur travail avait pris le pas sur leurs rencontres.

Elle allait quitter son canapé quand le téléphone sonna à nouveau. Elle sourit. Peut-être avait-elle trop d'idées noires en ce moment et qu'Alden la rappelait déjà. Son sourire persista sur son visage, mais son correspondant n'était pas son petit ami, mais sa sœur Ellen.

- Bonsoir Ellen.

- Bonsoir Harper. Comment vas-tu ?

Harper alla se chercher un thé vert, mis le haut-parleur et répondit :

- Disons que le moral n'est pas à son niveau le plus élevé.

- Que se passe-t-il ?

- Tu sais la promotion dont je t'ai parlé la semaine dernière et que je pensais indubitablement acquise s'est brutalement éloignée.

- Pourquoi ?

Harper prit une profonde inspiration et soupira :

- Mon responsable s'est mis en tête d'éditer le livre « les Sorcières de l'Ombre ».

- Et, n'aimes-tu pas ce livre ?

- Si, je le trouve original et bien écrit. mais, tout le monde ignore qui l'écrit et celui qui trouvera qui est Riley Smith et surtout qui le convaincra de signer dans notre maison d'édition aura le poste d'éditeur en chef.

- Pourquoi penses-tu que tu n'y arriveras pas ? Cela ne te ressemble pas d'être aussi défaitiste.

- Parce que nous sommes nombreux à chercher et que je ne sais pas comment retrouver des traces sur internet de quelqu'un qui ne veut pas qu'on le découvre. Cette investigation ne fait pas partie de mon travail. J'ai regardé les descriptions qui pourraient m'orienter vers le lieu qu'il habite, éventuellement son âge. Les auteurs donnent des indices malgré eux dans leurs livres. mais si cette personne ne donne aucune information d'une façon ou d'une autre sur internet, cela ne rend pas la tâche facile. Cela explique mon manque d'enthousiasme. Bon, changeons de sujet. Comment vas-tu ?

Ellen lui répondit posément :

- Je vais tant bien que mal. Mon travail à la clinique est fatigant. Le personnel médical n'est pas assez nombreux. Tu sais que la clinique fonctionne en grande partie grâce à des subventions de l'État et cette année, une de nos plus importantes subventions a été supprimée. La situation est complexe et nous ne savons pas encore si le reste des subventions suffiront pour l'année prochaine.

- mais l'année prochaine commence dans un peu plus d'un mois.

- Oui, je sais. Tout le monde cherche des solutions pour aider la clinique, mais, pour l'instant, cela ne donne pas de résultats. Le directeur travaille jour et nuit pour trouver de nouvelles aides, en plus de son travail de chirurgien. Je pense que c'est le plus fatigué de nous tous.

- Je ne savais pas que la situation était si critique.

- Tu ne peux pas faire grand chose, donc je ne t'en parle pas trop. Sinon, quand je suis à la maison, j'essaie de passer du temps avec Gaby. Ta nièce se débrouille bien à l'école. Elle a commencé le basket-ball en octobre et cela lui plaît beaucoup. Pour une enfant de huit ans, je trouve qu'elle réagit bien à l'absence de Will. Elle est vraiment solide, même si, de temps en temps, je la sens triste.

- La situation n'est pas simple pour elle. Will risque sa vie à l'étranger et ne rentre pas souvent. D'ailleurs, est-ce toujours confirmé pour Noël ?

Ellen esquissa un sourire :

- Disons que j'applique le proverbe : pas de nouvelles, bonnes nouvelles. Nous n'avons pas eu d'informations nous indiquant un changement, alors nous continuons d'espérer que rien n'évoluera. Nous lui parlerons le week-end de Thanksgiving en vidéo. Nous t'attendons avec impatience pour faire notre sapin de Noël avec toi.

- Quoi ? As-tu déjà acheté ton sapin en novembre ?

- Pas encore, mais Gaby compte sur ta venue pour aller le chercher avec toi, comme nous le faisions avec papa et maman quand nous étions enfants.

- Promis, j'irai avec vous.

- … et avec Alden.

- … et avec Alden !

- Tu me confirmes donc qu'il va venir à Thanksgiving avec toi.

- Oui, jusqu'à présent, il m'accompagne. Nous devrions arriver jeudi matin. Le trajet est de trois heures et nous avons prévu de partir vers huit heures. Ne fais pas tout, je vais t'aider.

- Ne t'inquiète pas ! Je n'ai pas l'intention de tout faire. Je vais mettre à contribution papa, Gaby, toi, Alden et les hôtes que papa a envie d'inviter.

- Papa souhaite inviter d'autres gens que la famille ?

Harper peut entendre le haussement d'épaules de sa sœur. Son père était souvent généreux et n'hésitait pas à convier des amis aux fêtes familiales.

- Cela me permettra de rencontrer ses amis. Depuis le décès de maman, je le trouvais un peu solitaire. S'il a retrouvé une vie sociale, j'en suis vraiment très heureuse. D'ailleurs, je vais l'appeler ce soir.

- Tu as raison Harper. Cela lui fera plaisir. Il a hâte que tu arrives. Gaby m'appelle. Je t'embrasse.

- Je t'embrasse aussi sœurette ! On se voit dans moins d'une semaine. Je suis vraiment très contente.

- Moi aussi. Je t'embrasse bien fort. A la semaine prochaine !

En raccrochant, Harper réalisa à quel point les mois venaient de s'écouler rapidement et qu'elle n'avait pas vu sa sœur depuis un an. Le travail et le manque d'enthousiasme d'Alden à rendre visite à la famille étaient responsables de cet état de fait.

Tout en déambulant, elle composa le numéro de sa maison d'enfance. Son père avait un téléphone portable, mais elle aimait composer ces chiffres qu'elle connaissait par cœur. Il décrocha à la troisième sonnerie.

- Bonjour papa, c'est Harper.

- Bonjour ma chérie. Comment vas-tu ?

Elle décida de ne pas l'inquiéter avec son travail et répondit avec légèreté :

- Bien, mais si j'avoue être un peu fatiguée. Le travail est toujours intense.

- Je te connais, je sais que tu le prends toujours à cœur. mais maintenant qu'Alden est dans ta vie, il faudrait peut-être que tu ralentisses.

- Tu sais, il travaille encore plus que moi.

- Vraiment ? Vous ne devez pas vous voir souvent.

- Nous arrivons à nous voir et nous venons même ensemble pour Thanksgiving. Tu vas enfin pouvoir le rencontrer. Et toi, papa, comment vas-tu ?

Jameson Casey toussota :

- Je vais bien. Un peu de rhume et de toux, comme tu peux l'entendre. Je sais que l'hiver est arrivé. Sinon, tout va bien. La librairie marche comme d'habitude et les livres pour Noël arrivent peu à peu. Je m'appuie sur toi et sur ta sœur pour la décoration du magasin après Thanksgiving.

- Bien sûr, je t'aiderai autant que faire se peut, mais nous arrivons jeudi matin et nous repartons vendredi soir. Alden a un rendez-vous important samedi.

La voix de son père ne put cacher sa déception :

- Tu ne restes même pas quarante-huit heures. Je pensais que vous restiez les quatre jours du week-end.

- Moi aussi, je pensais qu'on resterait plus longtemps, mais Alden ne peut pas manquer ce rendez-vous professionnel. Nous reviendrons quelques jours pour Noël.

- Vraiment ?

La joie était perceptible. Sa fille n'était pas venue les quatre derniers noëls. Le décès de sa femme avait eu lieu quelques jours avant Noël cinq années auparavant. La mère et la fille partageaient une vraie joie au moment des fêtes pour les décorations, les chants et la cuisine. Son départ à ce moment-là avait plongé Harper dans le désarroi et elle avait, depuis, évité de célébrer cette fête avec sa famille.

- Oui, j'avais envie de venir vous voir. Je trouve important qu'on soit ensemble et surtout, la mission que m'a allouée mon responsable peut se réaliser de n'importe où. Je ne vais pas avoir un objectif sur place à finir.

- J'en suis ravi. Tu es ici chez toi et tu peux rester aussi longtemps que tu le souhaites.

- Je le sais papa. Je suis contente que tout se passe bien pour la librairie et j'ai hâte de venir te voir la semaine prochaine avec Alden. Bisous.

- Moi aussi, j'ai hâte de te revoir. Bisous. A jeudi prochain !

En raccrochant, Harper se sentit reconnaissante d'avoir une famille aussi soudée et aussi bienveillante à son égard, alors qu'elle ne faisait pas toujours l'effort de venir. Son boulot et sa vie à New

York la remplissaient de joie et de bonheur. Elle avait le sentiment d'avoir réussi sa vie, mais quand elle parlait à sa famille, elle réalisait à quel point celle-ci lui manquait.

Il ne manquait plus que de parler à Alden pour que son bonheur soit complet ce soir. Elle essaya de l'appeler, mais la sonnerie resta dans le vide. Il devait encore travailler.

Elle mangea, puis s'installa avec un bon livre dans son canapé. Les pages s'égrenèrent et elle sursauta quand la sonnerie de son téléphone retentit. Plongée dans son roman policier, elle avait perdu la notion du temps. Elle regarda l'heure affichée sur son écran et réalisa à quel point elle n'avait pas vu défiler la soirée ; il était près de minuit et demi.

- Bonsoir Harper.

- Bonsoir Alden. Tu m'appelles bien tard. Tu viens juste de finir ton dîner avec ton client ?

Alden toussota légèrement et répondit un peu gêné :

- Tu sais comment cela se passe. On discute, après on prend un dernier verre au bar et on continue de discuter de façon informelle. On ne voit plus le temps passer. Souhaitais-tu parler d'un sujet en particulier ?

Sans s'expliquer vraiment les raisons, Harper n'eut pas envie d'aborder le sujet de son travail. Alden ne comprendrait pas sa réticence à accomplir cette mission pour obtenir le poste tant convoité. L'ambition affichée du jeune avocat rendait les scénarios improbables acceptables. Harper ne partageait pas cette assertion. Le résultat ne justifiait pas n'importe quel chemin à emprunter.

- Rien de particulier. Tu me manques. J'ai hâte de te voir dans deux soirs et surtout que nous partions enfin pour Thanksgiving dans ma famille. Depuis le temps que je leur parle de toi, ils sont impatients de te rencontrer.

- On pourra plus parler lors de notre dîner. On se retrouve à 19h30 ?

- Ça me convient très bien. J'y serai. A demain. Je t'embrasse.

- A demain. Je t'embrasse.

Sans pouvoir mettre de mots précis sur son impression, Harper raccrocha avec un sentiment très mitigé de sa conversation avec Alden. Ils devaient être tous les deux fatigués, peut-être plus que d'habitude et cela expliquait leur conversation assez superficielle et sans émotion.

Ces derniers jours semblaient fissurer peu à peu la vie parfaite qu'elle croyait vivre.

Chapitre 2

Elle avait chaud. Elle essaya de bouger les bras pour enlever la couverture, mais elle n'y arriva pas. Elle entendit la voix de son père, mais elle ne comprenait pas les paroles.

Son père partit, mais une autre voix masculine la remplaça. Sans pouvoir y mettre un nom, elle sentait l'empathie et la gentillesse de cet homme. Le ton qu'il employait pour lui parler était très posé, calme et presque tendre. Elle ne saisissait pas la teneur des mots qu'elle entendait. Elle finit par comprendre qu'il lui demandait d'ouvrir les yeux et de bouger les mains.

Elle essaya de toutes ses forces, mais n'y arriva pas. Elle pouvait sentir la chaleur de la main de cet homme sur la sienne. Elle devait bien l'aimer pour apprécier autant cette sensation.

Il se leva après un temps qui lui parut très long et quand il détacha sa main de la sienne, elle eut l'impression d'avoir presque froid.

Elle repartit dans un sommeil agité.

Deux jours plus tard, après avoir refermé la porte de son appartement, Harper se dirigea d'un pas décidé vers l'ascenseur. Elle avait revêtu son plus beau tailleur, le bleu clair, son préféré. Près du corps, il mettait en valeur sa taille de guêpe et ses longues jambes. Le chemisier blanc en dentelle apparaissait très légèrement dans son décolleté. Son manteau blanc en cachemire sculptait parfaitement son corps longiligne et les escarpins lui donnaient un port de reine. Elle n'aurait pas le temps de rentrer se changer pour son rendez-vous avec Alden et elle avait choisi une tenue dans laquelle elle se sentait belle. Sa chevelure blonde dansait sur ses épaules. Les boucles encadraient son visage tout juste rehaussé de blush.

En arrivant dans l'immeuble de sa maison d'édition, elle avait déjà envisagé d'autres pistes pour démasquer son auteur mystère. Peu de collègues étaient présents. Comme elle, les jours précédents, certains avaient privilégié de rester chez eux pour réaliser cette mission si spéciale. Elle travaillait quand Emily vint la saluer.

- Bonjour Harper.

Harper leva la tête de son carnet sur lequel elle finissait de noter et sourit à son amie :

- Bonjour Emily.

- Je vois que tu as commencé à chercher.

D'un geste ample de la main, Harper désigna l'ensemble de l'immense pièce où se côtoyaient la plupart des relecteurs, des éditeurs et des correcteurs.

- ...et je ne suis pas la seule ! Toutes les chaises vides, à de rares exceptions près, appartiennent à des « détectives » de Riley Smith.

- Arrives-tu à avancer ?

- J'ai différents angles de recherche. Je relis beaucoup son livre. Les auteurs laissent souvent des indices sur leur vie privée au détour de certaines phrases, mais j'ai cherché sur internet et soit Riley Smith vit en dehors des réseaux sociaux, soit cette personne cache bien sa vie privée. Et toi ?

- Ma vie est beaucoup plus simple dans le rayon « roman policier ».

Nos auteurs sont connus. Je corrige en ce moment le nouveau roman d'un jeune auteur. Il s'agit de son deuxième récit et il décrit avec beaucoup de facilité le huis-clos d'une petite ville prise dans une tempête et coupée du monde. C'est effrayant à souhait.

- Au moins, tu travailles sur ce pourquoi tu es payée.

- Je comprends ta frustration. Mange-t-on ensemble ce midi ?

- Volontiers.

- Je passe te prendre vers midi quinze. A tout à l'heure.

- A tout à l'heure.

Emily rejoignit son poste et Harper reprit ses recherches.

Elles prenaient un café après un repas léger, une salade copieuse et un poisson avec des courgettes.

- Ce soir, tu oublieras Riley Smith quand tu dîneras dans cet incroyable restaurant avec Alden.

- Sans l'ombre d'un doute. En quittant ce bureau, je refermerai pour quelques heures ce chapitre.

- Tu aimes la cuisine chinoise et il t'emmène dans un restaurant gastronomique chinois en haut d'une tour avec vue panoramique. A mon avis, il a quelque chose à te demander.

Harper la regarda avec circonspection :

- Tu crois ? Je n'y avais même pas pensé. Cela ne fait même pas deux ans que nous sommes ensemble. Ne trouves-tu pas que cela soit rapide ?

- Oui et non. Si vous êtes sûrs l'un et l'autre, pourquoi attendre ?

Harper n'eut pas le temps de répondre à la question de son amie. Un de leurs collègues vint les voir et interrompit leur conversation. Ils continuèrent la discussion sur leur chemin pour revenir dans leurs bureaux. Harper et Emily se séparèrent devant l'ascenseur.

- Demain, je veux un récit détaillé de ta sortie.

Harper sourit :

- Ne t'inquiète pas, je te dirai tout.

Alors qu'elle attendait à la photocopieuse les pages qu'elle voulait posséder en plusieurs exemplaires, Harper ne put s'empêcher de repenser aux mots de son amie. Et si ce soir était « le » grand jour ? Dirait-elle « oui » ? En avait-elle envie ?

Elle fit une moue malgré elle. L'appel de la veille lui revint en mémoire et elle réalisa qu'elle ne lui avait toujours pas confié son souci majeur du moment. Cette retenue lui paraissait déconcertante. Elle avait souvent l'impression que son travail semblait moins important et moins intéressant que celui d'Alden aux yeux de ce dernier.

Elle aimait le temps passé avec lui, mais il devenait de plus en plus rare ces derniers mois. Et puis, cela suffisait-il à vouloir passer le reste de sa vie avec la même personne ? Elle secoua la tête. Son désarroi face à ce qui se déroulait dans son travail semblait déteindre sur son humeur et elle n'avait pas pour habitude de voir la vie en demi-teinte. Elle ne devait pas considérer sa relation sous un angle trop négatif. Dans toute relation, il existait des hauts et des bas. En ce moment, ils se voyaient moins. Cela ne signifiait pas pour autant que leurs sentiments avaient diminué. mais, si vraiment il lui posait la question, la réponse positive ne venait pas spontanément et cela la perturbait quelque peu malgré tout.

Elle passa l'après-midi à essayer de trouver des correspondances sur internet et n'en trouva aucune. N'étant pas très à l'aise sur des recherches aussi particulières, elle eut des moments de découragement. Cette mission n'avait rien à voir avec le poste d'éditrice en chef et cela l'agaçait profondément. Elle avait vraiment l'impression que si, par hasard, elle trouvait qui était Riley Smith, si, par chance, elle le rencontrait et le convainquait de signer dans sa maison d'édition la saga qu'il était susceptible d'écrire, si, par déduction, elle obtenait le poste d'éditrice en chef, elle n'aurait pas la même fierté que celle d'avoir découvert des auteurs pour jeunes adultes durant les derniers mois. Elle lisait avec joie les manuscrits qu'elle recevait. Elle aimait cette émotion en découvrant de nouveaux personnages, des mondes inconnus et en choisissant ou non de leur donner une vie plus officielle. Elle avait eu l'immense plaisir de découvrir deux nouvelles pépites et cela compensait les dizaines de manuscrits qu'elle n'avait pu retenir. Elle n'avait jamais eu besoin de chercher à convaincre les auteurs puisqu'ils n'attendaient d'elle que la nouvelle de leur édition. Convaincre ne faisait pas partie de ses qualités premières.

Vers dix-huit heures, elle décida d'arrêter ce travail ingrat de fourmi chercheuse. Elle se rendit aux toilettes où elle passa quelque temps à se maquiller et se coiffer car elle sentait que ce serait une soirée mémorable. Elle prit sa mallette avec son carnet rempli de notes, voire d'idées parfois saugrenues et partit au restaurant, situé quelques rues plus au sud. Son taxi fut pris dans les embouteillages et elle arriva à l'heure prévue alors qu'elle avait souhaité avoir un peu d'avance. Elle entra dans le restaurant et aperçut Alden assis à une table au centre de la pièce. Elle était un peu étonnée de cet endroit car elle pensait qu'il aurait choisi plus de discrétion. Elle s'approcha et entendit la fin de sa conversation :

- Ne t'inquiète pas. J'arrive rapidement.

- Bonjour Alden.

Il sursauta en se retournant et la salua en se levant :

- Bonjour Harper.

Il déposa un baiser rapide sur ses lèvres, puis, ils s'assirent. Harper sentit aussitôt que la soirée n'allait pas être aussi romantique que l'avait pensé Emily. Alden n'avait jamais été très démonstratif, mais son baiser était presque froid et sans tendresse. De plus, ses paroles l'intriguaient. Où allait-il arriver rapidement ? Elle s'assit légèrement sur la défensive.

Un serveur s'approcha, demandant s'ils souhaitaient un apéritif. Alden secoua la tête et lui répondit sèchement de revenir plus tard. Harper commença sérieusement à douter d'une issue agréable à ce début de soirée pour le moins peu engageant.

Elle ouvrit la bouche pour lui demander des explications, mais il ne lui laissa pas le temps de parler.

- Je t'ai proposé de se retrouver ici ce soir, car je dois te parler.

Harper n'osa pas l'interrompre tant son ton était péremptoire. Alden ne semblait pas très à l'aise sur sa chaise. Il prit une longue inspiration.

- Je viens de recevoir la promotion que j'attendais à Los Angeles. Je pars après-demain.

Harper respira et comprit qu'il était stressé par son travail. Elle lui sourit :

- Félicitations ! Je suis vraiment heureuse pour toi. Tu as vraiment travaillé très dur pour l'obtenir et tu la mérites amplement.

Alden fut surpris par cette remarque positive et gentille. Il s'attendait plus à des questions qu'à des compliments.

- Je vais m'occuper des clients dans tout le Pacifique et donc beaucoup voyager. Mon poste est basé à Los Angeles, mais je n'y serai pas souvent.

Il vit le visage de Harper se contracter. Elle commençait à comprendre le message sous-jacent. Elle avait cessé de sourire. Il ne lui proposait en aucun cas de venir avec lui.

- La région Pacifique est magnifique. Tu as beaucoup de chance de pouvoir y aller. Tu vas aussi retrouver les hivers ensoleillés de ton enfance au Texas, où la neige et les gros manteaux sont absents.

- Oui, en effet, même si j'avais fini par m'habituer à ces hivers de carte postale ces dernières années où j'habitais New York.

Un silence un peu tendu s'installa. Harper ne sut expliquer pourquoi, mais elle décida de lui faciliter la tâche. Il avait manifestement du mal à évoquer la suite de leur relation. Le cœur serré, elle demanda :

- Tu évoques ta promotion, tes déplacements, mais pas vraiment la place que je prendrais dans ta nouvelle vie. Tu ne me demandes pas de te suivre, si je comprends bien tes propos.

Alden eut un sourire crispé :

- En effet, je pense que notre relation n'est pas assez solide pour qu'on prenne la peine de la poursuivre. Ta vie est ici, à New York, pas très loin de ta famille et de la ville de ton enfance. En acceptant cette promotion, j'ai réalisé que j'avais toujours donné la priorité à mon travail et non à notre relation. Tu travailles aussi beaucoup et cela ne te dérange pas vraiment. mais, je crois vraiment qu'une relation amoureuse ne peut se construire que si le travail est de temps en temps prioritaire, mais pas en permanence.

- Donc, on se quitte... là... maintenant... comme ça. On ne dîne même pas ensemble.

Alden posa sur la table la serviette qu'il avait entortillée autour de ses doigts pendant la conversation.

- Je ne crois pas que ce soit nécessaire. Je dois retourner au bureau pour finaliser mon premier contrat de Los Angeles.

Un peu abasourdie, Harper vit son nouvel ex-petit ami se lever et partir. Son soulagement visible en quittant la table lui fit de la peine. Elle pensait que leur relation était solide, elle venait de s'apercevoir qu'elle ne reposait que sur du sable. Elle n'avait même pas eu le temps de lui parler de la nouvelle mission. Elle réalisa qu'effectivement, son travail n'avait jamais vraiment intéressé Alden.

Un serveur vint la voir. Elle refusa de commander quoi que ce soit. Cette échange lui avait coupé l'appétit. Elle se leva à son tour, prit son sac et son manteau sur le bras, puis sortit du restaurant.

Malgré ses hauts talons, elle décida de marcher un peu. L'air frais du mois de novembre la saisit et elle enfila son manteau, entoura son cou de son étole et finit par ses gants. Elle s'engagea sur la Huitième Avenue qui la conduirait, au Columbus Circle, plus très loin de son appartement.

Elle connaissait cette ville par cœur. Elle avait fait ses études supérieures à l'université de Columbia et elle ne l'avait plus quittée depuis ce moment-là. A pied, en vélo, en taxi, en bus, elle avait parcouru les avenues et les rues dans tous les sens. Ses parcs lui rappelaient son enfance et le plus célèbre d'entre eux, Central Park avec son Réservoir, évoquait presque le paysage de sa ville natale.

La maison de son enfance se dressait face au lac qui avait donné le nom à la ville Oak Lake. Quand elle éprouvait un peu de nostalgie, elle allait courir ou marcher autour du lac du parc et retrouvait rapidement de l'apaisement.

L'air vif avait mis ses sens en alerte et ses pensées virevoltaient dans sa tête. Quelques jours auparavant, elle avait l'impression que sa vie suivait un chemin tout tracé : un travail qui la passionnait, une promotion méritée qui n'allait pas tarder à venir, un petit ami avec qui elle envisageait un avenir commun puisqu'elle souhaitait le présenter à sa famille. Tout avait volé en éclats. Sa promotion devenait incertaine. Son travail n'était plus celui qui l'intéressait. Son petit ami avait rompu en quelques minutes avec elle. Que lui restait-il ? Un bel appartement avec vue sur « le » Parc. Elle pouvait compter ses amis new-yorkais sur les doigts de la main. D'ailleurs, à part Emily, elle n'imaginait personne d'autre à qui parler de sa soirée. Sa famille lui manquait terriblement, mais elle essayait de leur montrer à quel point elle avait réussi sa vie en quittant Oak Lake et n'envisageait pas de leur parler de ses déboires amoureux. Sa sœur avait suffisamment d'inquiétude avec son époux militaire, au loin. Son père, veuf, n'était pas, à ses yeux, celui vers lequel elle s'épancherait.

Elle continuait de marcher. Au loin, elle vit l'Empire State Building. Combien de fois avait-elle pris son ascenseur pour admirer la vue imprenable sur Manhattan ? Cela restait l'un de ses bâtiments préférés. Elle continua de marcher. Plus que quelques jours avant d'aller à Oak Lake pour Thanksgiving. Elle eut un pincement au cœur quand elle réalisa qu'elle allait devoir annoncer l'absence d'Alden, qu'elle avait présenté, visiblement trop rapidement, comme « l'homme de sa vie ». Elle voulait tellement connaître le même bonheur que sa sœur avec Will ; elle avait plus rêvé que vécu une telle relation avec Alden.

Elle allait attendre un peu avant de leur annoncer son absence car elle n'avait pas le courage de répondre aux questions que sa famille ne manquerait pas de lui poser et surtout au soutien démonstratif qu'elle voulait éviter. Ce n'était pas la fin du monde, même si elle avait l'impression de voir sa vie se déliter peu à peu.

Elle arriva enfin dans le cocon de son appartement. Elle se changea, mit un pyjama épais et moelleux, puis se prépara un chocolat chaud. Elle s'assit en tailleur sur son canapé, un plaid sur les genoux et sa tasse fumante entre les mains. La pression retomba d'un coup. Les larmes lui montèrent aux yeux. La rupture la blessait plus qu'elle ne le pensait. Elle avait eu l'impression de s'investir avec Alden. Elle avait passé la plupart de son temps libre avec lui. Les restaurants, les cinémas, les sorties au théâtre, essentiellement avec lui, avaient ponctué l'année qui venait de s'écouler. Ils étaient même partis ensemble pour les quelques jours de vacances que s'était octroyés Alden. Visiblement, cela n'avait pas été aussi idyllique pour lui que pour elle. Elle avait vraiment eu l'impression de vivre une vraie relation, mais sans doute attendait-elle plus que lui. Les larmes coulèrent sur ses joues. Elle n'eut envie d'appeler personne. En se couchant quelques heures plus tard, elle réalisa que sa tristesse s'était un peu estompée.

En arrivant le lendemain à son bureau, elle reçut un message d'Emily lui proposant de prendre leur repas ensemble. Elle accepta rapidement tant elle avait besoin d'en parler à son amie. Celle-ci devait imaginer plus de romantisme qu'elle ne lui en apporterait.

Elle prit le temps de lire un manuscrit. Elle avait besoin de revenir à son vrai travail et d'arrêter quelques heures la recherche effrénée d'indices sur internet la soulageait. En se plongeant dans un manuscrit reçu la veille, elle passa quelques heures dans un univers presque parallèle. Elle oublia Riley Smith et se plongea dans un monde dystopique. L'originalité du manuscrit lui plut et elle rédigea une longue critique avec les points positifs et négatifs qu'elle exposerait plus longuement en comité d'édition, un moment qu'elle appréciait tout particulièrement. Chaque membre du comité défendait les auteurs et permettait que d'autres les découvrissent. Elle n'avait pas encore décidé si ce livre ferait partie des livres qu'elle proposerait, mais il figurait en bonne place.

Quand elle entendit plusieurs fois l'ascenseur s'ouvrir et se fermer, elle réalisa que l'heure du déjeuner était arrivée. Elle rangeait son bureau quand elle entendit Emily lui parler.

- Bonjour Harper.

- Bonjour Emily.

Emily vit immédiatement que le visage de son amie ne respirait ni la joie, ni le bonheur.

- Visiblement, je me suis trompée sur l'objet de la soirée d'hier soir.

- On peut le dire et tu ne sais pas à quel point !

En marchant dans la rue, Emily reprit la conversation car Harper n'avait pas dit un seul mot.

- J'ai l'impression que tu n'as pas passé une bonne soirée. Tu as dû payer la note ?

La remarque fit sourire Harper. Alden était réputé pour avoir des oursins dans les poches et il partageait souvent l'addition au centime près.

- Non, même pas. Nous n'avons même pas pris un apéritif, et encore moins mangé ensemble.

Emily fut surprise :

- mais que s'est-il passé ?

Elles venaient d'arriver dans le restaurant italien où elles prenaient toujours les lasagnes faites maison. Elles s'installèrent et commandèrent.

Harper regarda Emily :

- Pour faire court et concis, il m'a annoncé sa promotion pour son nouveau poste d'associé, son départ pour Los Angeles demain et notre rupture... dans cet ordre.

Différentes émotions se succédèrent sur le visage d'Emily :

- Chouette ! Ah c'est loin ! Non !?

- C'est un bon résumé de mes pensées d'hier soir. J'étais vraiment heureuse pour lui, j'ai trouvé que la Californie était loin de New York et j'ai eu du mal à comprendre ses paroles quand il a parlé de mettre fin à notre relation.

- mais pourquoi ne t'a-t-il pas demandé de le rejoindre ?

- Il a constaté que nous faisions toujours passer notre travail avant nos rendez-vous depuis qu'il a changé de poste il y a un an. Donc, il a conclu que notre relation n'était pas vraiment solide et que cela ne valait pas la peine de me demander de déménager pour le suivre.

Emily ne savait pas quoi répondre tellement elle ne s'attendait pas à cette révélation. Elle pensait leur couple solide et la rupture la surprenait vraiment. Harper continua :

- J'avais l'impression qu'on était sur la même longueur d'onde. Nous sommes tous les deux des travailleurs acharnés et je comprenais les annulations ou les retards de dernière minute, comme j'avais l'impression qu'il me comprenait. Au final, le travail lui servait de prétexte et quand il a vu que je ne lui adressais aucun reproche, il a fini par en déduire que notre relation n'était pas solide. En fait, il n'avait pas tort. Il aurait voulu que je me rebelle et que l'on se dispute pour qu'il ait l'impression que je me batte pour le voir. Et moi qui croyais que ma compréhension et mon empathie lui faisaient plaisir. Une telle mauvaise compréhension mutuelle m'a profondément blessée. Je t'avoue que je n'ai pas passé une belle soirée juste après être rentrée chez moi.

Emily mis sa main sur celle de son amie :

- Je suis vraiment désolée de ce qui t'arrive. Je suis encore plus confuse d'avoir pensé qu'il puisse te demander en mariage alors qu'il t'avait invitée pour rompre.

- Tu n'y es pour rien. Sincèrement, je trouvais qu'il était assez distant ces derniers jours et qu'il ne prenait même pas le temps de m'appeler ou de me parler. mais, j'étais quand même à cent lieues d'imaginer une rupture. Et maintenant, il va falloir que j'annonce que je viens seule à Thanksgiving.

Emily hocha la tête. Cela n'allait pas être facile. Une année sans venir, car Alden ne le souhaitait pas et avait plus ou moins influencé Harper pour qu'elle restât avec lui et finalement, il la quittait en quelques minutes.

- Je comprends ta tristesse. Le plus simple est de le dire le plus vite possible pour que le sujet ne soit pas tabou.

- Entre le travail et cette rupture, j'ai vraiment l'impression que tout s'effondre autour de moi.

- Disons que tu vis des moments compliqués, je te l'accorde. mais, tu as toujours tes amis et ta famille qui sont là.

- C'est vrai, mais j'ai perdu l'habitude depuis longtemps de demander de l'aide à qui que ce soit. Quant à ma famille, ils sont tellement persuadés que tout va pour le mieux pour moi, que ma vie est idyllique qu'ils vont avoir du mal à comprendre ce que je vis. J'ai vraiment peur de les décevoir. Néanmoins, j'ai glissé quelques mots à ma sœur sur ma situation au travail et elle s'est montrée très bienveillante. mais je ne sais pas encore quand je vais leur parler d'Alden.

- Prends le temps qu'il te faut, mais nous sommes vendredi et tu pars jeudi prochain.

- Tu as raison, le plus tôt sera le mieux, mais j'avoue que t'en parler a déjà été difficile pour moi, alors à ma famille qui l'attend avec impatience, cela va nécessiter un véritable effort.

Pour éviter de penser à Alden, au drôle de Thanksgiving qu'elle allait vivre et à la pluie qui commençait à tomber un peu trop souvent sur les trottoirs new-yorkais, Harper passa le week-end dans son appartement. Elle avait apporté cinq manuscrits sur lesquels elle voulait donner son avis avant Noël. Elle les lut très vite, écrivit plusieurs notes, relut des passages spécifiques pour affiner ses conclusions. Elle ne pouvait proposer à l'édition tous les manuscrits qu'elle lisait, mais elle avait parfois du mal à départager deux histoires vraiment originales. Les critères des Éditions du Soleil étaient stricts et elle se prenait à rêver parfois d'avoir sa propre maison d'édition pour donner sa chance à plus de nouveaux auteurs. Si elle comprenait la contrainte financière, et donc trouver des auteurs dont les livres se vendissent bien, elle aurait voulu que des univers plus difficiles à appréhender, mais tout aussi intéressants pussent trouver leur place dans une bibliothèque un peu exigeante. Elle resta chez elle aussi les lundi et mardi.

Le mardi soir, elle sortit courir dans le parc. Elle enchaîna les foulées pendant plus de deux heures à un rythme soutenu et rentra chez elle épuisée, mais plus sereine. Elle avait fini d'étudier tous les manuscrits que Mason lui avait attribués. Chacun avait son dossier, une note et une proposition allouée pour être édité ou non. Mason lui faisait confiance, mais ne pouvait pas accéder à toutes ses demandes. Finir fin novembre son travail annuel était assez commun pour Harper. Comme Alden l'avait fait remarquer, ils travaillaient tous les deux beaucoup et l'efficience de la jeune femme n'était plus à prouver. Cela lui permettait aussi d'accepter des manuscrits reçus à la dernière minute. Les années précédentes, elle avait même eu la joie d'y découvrir une pépite quelques jours avant Noël.

Elle avait envoyé les études par mail à Mason et avait décidé de partir dès le lendemain matin à Oak Lake. Elle continuerait sur place ses recherches de détective. Son appartement ne lui apportait plus la sérénité habituelle. La vue sur le parc ne l'apaisait plus. Elle avait besoin de changer d'air et la ville de son enfance serait à même de combler cette envie. Elle ne rêvait pas de plages lointaines ou de monuments incroyables dans les plus belles capitales du monde. A cet instant précis, elle voulait juste retrouver sa famille, sa ville, ses repères.

Elle était en train de finir sa valise quand le téléphone sonna. Le soleil était couché depuis longtemps et elle avait dû allumer les lumières.

- Bonjour sœurette. Je prépare ma valise.

- Bonjour Harper, je t'appelle car papa a fait un malaise en début de soirée. Il est à l'hôpital.

- C'est grave ?

- Le médecin est très confiant car papa a été amené très vite ici et cela a permis d'éviter des complications. Le médecin dit qu'il a besoin de repos.

- Les nouvelles sont plutôt rassurantes, non ?

- Oui, je ne suis pas trop inquiète, mais papa va devoir se ménager dans les jours, voire les semaines qui arrivent.

- Il va falloir le convaincre !

Emily demanda à sa sœur :

- Penses-tu toujours arriver jeudi midi avec Alden ?

Harper prit une grande inspiration, le moment était venu de tout dire :

- Sans entrer dans les détails, nous avons rompu avec Alden. Je me suis organisée avec mon travail et je pense arriver demain midi. Je suis trop fatiguée pour prendre la route de nuit ce soir, mais je partirai le plus tôt possible demain matin.

- Tu me raconteras pour Alden. Je suis vraiment désolée pour toi, mais je suis ravie que tu arrives si tôt. Cela va faire plaisir à papa. Je travaille demain à la clinique, mais laisse-moi un message dès que tu arrives à la maison.

- Bien sûr. Bon courage à toi. Est-ce que je peux appeler papa maintenant ?

- Je viens de passer dans sa chambre et il dort. Ta visite demain lui fera une belle surprise.

- D'accord, je ne le réveille pas. Merci de m'avoir appelée. Je t'embrasse. A demain.

- Je t'embrasse aussi. A demain. Je suis ravie de te voir !

En raccrochant, Harper se rendit compte que sa sœur n'avait pas émis de jugement ou posé de question sur sa rupture, juste montré sa compassion naturelle. La jeune femme se sentit soulagée. L'organisation trop poussée parfois de son travail lui rendit service à ce moment-là. Elle pouvait partir en avance chez son père sans scrupule. Elle changea juste la taille de sa valise en prenant le modèle plus grand. Elle ajouta des vêtements. Peut-être allait-elle devoir rester un peu plus longtemps que le week-end de Thanksgiving à Oak Lake.

Chapitre 3

Harper entendait des gens parler près d'elle. Un jeune garçon lui chuchotait à l'oreille, mais, si elle n'arrivait pas à distinguer ses paroles, elle pouvait ressentir sa bienveillance.

A un autre moment, une jeune fille lui demanda de se réveiller. Sa voix enfantine résonna clairement dans la tête d'Harper. Se réveiller ? Elle ne voulait que cela, mais ses paupières semblaient peser des tonnes et refusaient de bouger. Elle avait l'impression que son corps était prisonnier du lit dans lequel elle se trouvait. Elle comprit qu'il s'agissait de Gaby, sa nièce. Elle l'avait appelée « Tatie » à plusieurs reprises.

Dès qu'elle le pourrait, elle accéderait aux demandes de sa nièce.

A cet instant, elle repartit dans son sommeil, beaucoup plus paisible. La douceur des mots de Gaby lui avait réchauffé le cœur.

En rangeant sa valise et ses sacs dans sa voiture, Harper ressentit une joie enfantine au fond d'elle. Sans trop savoir pourquoi, elle prenait la route avec plaisir. Les trois heures de voyage ne lui faisaient pas peur. Elle aimait conduire et n'en avait pas souvent l'occasion à New York. Sa voiture allait retrouver, elle aussi, les longues lignes droites du nord-est des États-Unis.

Elle n'était pas vraiment inquiète pour son père, car les propos d'Ellen l'avaient rassurée. Elle voulait s'assurer qu'il allait bien et surtout qu'il levât un peu le pied. Dès le début de son mariage avec son épouse Olivia, ils avaient créé cette librairie. Ils avaient même vécu quelques années au-dessus du magasin avant de pouvoir acheter une maison. Désormais, l'étage était une extension du magasin dédiée aux enfants. Les livres étaient classés par âge pour que les enfants eux-mêmes puissent trouver les livres qui les concernaient. Des coins lecture avaient été aménagés avec des tapis et des coussins afin de permettre à ce jeune public de s'installer confortablement pour lire. La librairie avait acquis une belle notoriété dans Oak Lake avec cet espace consacré aux enfants. Les lectures publiques le samedi après-midi remportaient toujours un franc succès. Jameson Casey aimait faire partager son goût pour la lecture à tous les publics. Il avait aussi installé un coin pour les romans policiers, un autre pour les livres sur l'art. Les « classiques » n'étaient pas oubliés. Il avait même agrandi l'espace initial en rachetant le magasin mitoyen. Les livres y avaient trouvé leur place, mais aussi un petit coin café où l'on pouvait boire une boisson chaude, acheter des petits gâteaux d'Oak Lake et s'installer pour lire ou travailler.

Harper aimait l'endroit qu'avaient conçu ses parents. Elle avait passé des heures à lire dans cet endroit et cela avait, sans l'ombre d'un doute, influencé son choix de devenir éditrice. Elle n'envisageait pas de travailler dans un métier sans lien avec le livre au sens général.

Tout en étant très prudente sur les routes de plus en plus enneigées en montant vers le nord du pays, elle se demanda quelles conséquences sur la librairie allaient engendrer le repos forcé de son père. Même si une personne l'aidait, Alice, il portait l'âme de la librairie. Chaque chose en son temps, la santé passait avant le reste. Ellen pouvait aussi avoir des idées de son côté.

A mi-chemin, elle s'arrêta prendre de l'essence à une station service. En sortant de la voiture, elle fut saisie par une bourrasque de vent et la dégradation des températures accentua l'impression de l'hiver. Elle prit son manteau et laissa l'employé remplir son réservoir. Elle acheta un chocolat chaud avec des petites guimauves et de la crème fouettée pour se réchauffer. Elle regarda son téléphone. Sa sœur avait cherché à la joindre, mais, quand elle conduisait, elle ne s'autorisait pas à décrocher son téléphone même avec le dispositif mains libres. Elle ne conduisait pas assez souvent pour se sentir suffisamment à l'aise pour parler au téléphone tout en conduisant. La météo l'en aurait dissuadée de toute façon.

- Bonjour Ellen.

- Bonjour Harper. Tu es sur la route ?

- Oui, je viens juste de m'arrêter et je reprends la conduite dans dix minutes. Tout va bien pour papa ?

- Oui, oui. Ne t'inquiète pas. Je voulais juste savoir si tu pensais arriver pour midi. On pourrait manger ensemble et voir ensuite le médecin pour papa. Ce matin, papa a bien mangé. Sa nuit s'est bien passée et il se sent mieux. Il doit encore se reposer bien sûr.

- Il est à peine dix heures et il me reste une heure et vingt minutes de route si tout va bien. Donc, je t'appelle dès que j'arrive. Si la neige me ralentit trop, je me rendrais directement à la clinique sans passer d'abord par la maison.

- On se tient au courant. Fais bien attention à toi. Je t'embrasse. A tout à l'heure.

- Moi aussi. A tout à l'heure !

Elle remonta dans sa voiture et reprit son voyage. Elle était vraiment ravie de manger avec sa sœur. Elle savait à quel point son travail d'infirmière était fatiguant et prenant. Ellen ne s'autorisait que peu de pause et qu'elle eut envie de manger avec elle lui faisait vraiment plaisir.

En évoquant le travail de sa sœur, elle repensa au sien. Elle allait devoir se mettre à chercher des indices plus probants pour trouver Riley Smith. Elle avait suivi plusieurs pistes, mais qui n'avaient rien donné pour l'instant. Le poste d'éditrice en chef lui paraissait de moins en moins probable. Les données avaient changé et son travail des derniers mois ne serait plus pris en compte au moment de la décision finale, elle en était sûre à présent. Elle avait encore du mal à accepter cette décision, qu'elle trouvait particulièrement injuste. Elle était heureuse d'avoir fini son « vrai » travail pour l'année qui allait bientôt se terminer. Elle n'aurait pas à se faire de reproches ou à exprimer des regrets. Les auteurs qu'elle proposait au comité d'édition le méritaient et elle avait eu beaucoup de mal à en retirer certains de sa liste. Ne pas avoir le pouvoir de décision finale n'était pas toujours si facile à accepter.

Elle reporta son attention sur la conduite. La neige avait commencé à envahir la route. Les flocons tombaient de plus en plus fortement. Le paysage blanchissait, les arbres ployaient sous le poids de la poudre blanche. Toutes les voitures avaient leurs phares allumés, alors qu'il était encore tôt dans la matinée. Les nuages cotonneux ne laissaient que peu d'espoir à un arrêt rapide de cette neige. Elle avait ralenti son allure très fortement et restait attentive à la circulation, même si les voitures devenaient de plus en plus rares avec une telle météo. Elle avait allumé la radio locale au cas où des accidents ou des incidents seraient signalés. Entre deux flashs d'information, l'animateur avait décidé que le temps s'accordait avec la diffusion de chants de Noël. Cela lui déplut dans un premier temps. Elle n'avait pas fêté Noël depuis des années et ces chants ne lui apportaient pas la joie qu'ils étaient censés répandre. mais une heure plus tard, elle chantait à tue-tête « Mon beau sapin » dans sa voiture. Difficile de résister.

En arrivant à Oak Lake, elle découvrit quelques décorations de Noël. Cela la fit sourire. Thanksgiving n'avait pas commencé que Noël se manifestait déjà sur les trottoirs. La rue principale où se trouvait la librairie de son père n'était ornée que de quelques guirlandes autour des lampadaires ; rien d'ostentatoire n'était encore présent. La vitrine du magasin montrait quelques dindes en papier, des panneaux « Thanksgiving » et autres stickers célébrant l'automne. Elle sourit. Son père aimait illustrer les différents moments de l'année dans sa devanture et même à l'intérieur. Elle continua son chemin pour aller directement à la clinique de la ville.

Elle se gara. Les températures négatives et la neige sur le parking l'incitèrent à prendre son manteau, mais aussi ses gants et son bonnet. Elle ne pouvait se permettre de tomber malade en ce moment. En arrivant à la réception, elle demanda la direction pour rejoindre le service de sa sœur. En sortant de l'ascenseur au deuxième étage, elle arriva directement devant le bureau des infirmières et trouva sa sœur en train d'écrire, penchée sur le bureau. Elle frappa doucement à la porte. Ellen leva la tête et un sourire éclaira son visage :

- Bonjour Harper. J'allais t'appeler, sitôt mes consignes transmises. As-tu fait bonne route ?

- Bonjour Ellen.

Elles s'embrassèrent et restèrent quelques instants dans les bras l'une de l'autre. Cela faisait trop longtemps qu'elles ne s'étaient pas vues, une longue année. Harper réalisa à quel point Ellen lui avait manqué, même si elles se parlaient toutes les semaines. Elles s'écartèrent et la joie n'avait pas quitté leur visage.

- J'ai fait bonne route, mais au ralenti. La neige abondante ne m'inspirait pas une grande confiance. mais je suis arrivée sans encombre. Je suis venue directement sans passer par la maison de papa. Je voulais te voir et lui rendre visite au plus vite.

- Laisse-moi juste une minute et je te conduis dans sa chambre.

- Bien sûr. Je vais en profiter pour aller aux toilettes.

Tout en se dirigeant vers la chambre un étage plus haut, Ellen lui donna des nouvelles récentes :

- Il a passé une bonne nuit et se sent bien ce matin. Il a même fait quelques pas. Le médecin est passé le voir et pense qu'il pourra rentrer demain chez lui pour Thanksgiving avec la consigne de l'appeler au moindre petit incident ou même gêne respiratoire. Je n'ai jamais vu papa accepter une contrainte aussi rapidement.

Harper sourit :

- Il aime tellement cette fête.

- Un peu moins que Noël, mais cela arrive en deuxième position.

Harper se souvint des Noëls familiaux où ses parents illuminaient leur maison avec beaucoup d'entrain. Cela lui manquait, mais le souvenir encore trop présent de sa maman partie à ce moment-là gâchait encore le plaisir de Noël.

Elles arrivèrent devant la chambre. La porte entrouverte permettait d'entendre la voix d'un jeune garçon répondant à leur père. Les deux sœurs frappèrent à la porte.

- Entrez, c'est ouvert !

Le ton enjoué de son père rassura instantanément Harper. Il allait mieux, c'était indéniable.

- Bonjour papa !

Assis sur le bord du lit, près du garçon âgé d'environ une quinzaine d'années, il se leva pour la prendre dans ses bras :

- Tu es déjà arrivée Harper ! Je suis ravi. Je vais demander à rentrer très vite à la maison.

- Ne fais pas trop d'effort sinon le médecin ne va pas te laisser sortir.

- Il ne peut pas me refuser, j'ai des personnes qui peuvent intervenir pour moi.

Il échangea avec le garçon un sourire et un clin d'œil. Harper ne comprit pas ce qui se passait, mais elle resta focalisée sur son papa.

- Comment te sens-tu ?

- Bien. Un peu fatigué malgré tout, mais sincèrement, je me sens bien. mais, je manque à tous mes devoirs. Je te présente Ethan. Il a treize ans, même s'il en paraît plus. C'est mon client le plus régulier à la librairie. Il dévore les livres, tous les formats et toutes les catégories.

- Bonjour Ethan !

- Bonjour Madame !

- Oh la ! Harper me plaît davantage. J'ai l'impression d'avoir vieilli d'un coup.

- Excusez-moi, je ne savais pas. Je peux vous appeler Harper !

- Merci jeune homme !

Harper s'assit sur le fauteuil et fit face à son père. Ellen s'assit sur le lit à côté de son père, Ethan était resté de l'autre côté de Jameson.

- Raconte-moi ce qui s'est passé papa.

Jameson sourit :

- J'étais en train d'installer quelques guirlandes lumineuses sur le devant de la maison. Heureusement, j'avais décidé de ne pas monter sur un escabeau, étant seul à la maison hier soir. J'ai senti mes jambes se dérober et je suis tombé de toute ma hauteur dans la neige. Je ne me suis pas blessé, mais j'ai de la chance qu'Ethan veuille venir m'aider après être rentré chez lui une fois ses devoirs terminés . Il m'a vu tomber et est venu tout de suite me secourir. Il a appelé les pompiers. Quand ils sont arrivés, j'avais déjà repris connaissance, mais ils ont tenu à m'emmener à la clinique. Je n'ai pas protesté, j'ai juste appelé ta sœur pour la prévenir. Ethan est resté chez nous le temps qu'elle arrive pour qu'elle puisse fermer la maison et préparer un sac d'affaires. Elle est revenue à la clinique et n'a plus quitté mon chevet.

Jameson sourit à Ellen et lui prit la main :

- Merci pour ton soutien depuis hier soir. Je suis désolé d'ajouter encore du souci à ta vie.

Ellen lui serra tendrement la main :

- Ne t'en fais pas. Je suis surtout contente qu'Ethan t'ait vu tomber. Cela a évité que tu restes dans la neige allongé trop longtemps. Il a eu le bon réflexe d'appeler les pompiers. Merci Ethan.

Le jeune garçon sourit, un peu fier qu'on lui donnât autant d'importance. Harper ajouta aussi sa gratitude :

- Je te remercie aussi Ethan. Nous te sommes tous ici présents reconnaissants. mais au fait, tu n'as pas école aujourd'hui ?

Ethan regarda sa montre et cria :

- En effet. Je dois me dépêcher pour ne pas être en retard. Au revoir monsieur Casey !

Il partit en courant et disparut en quelques secondes. Cela fit sourire les trois adultes.

- Je suis vraiment heureux que tu passes le week-end avec nous. Cela fait une longue année que tu n'es pas venue.

- Moi aussi, cela n'arrivera plus. C'était vraiment trop long aussi.

Le père et la fille se prirent la main, très émus.

- mais, au fait, quand arrive Alden ?

Harper échangea un regard avec Ellen et il n'en fallut pas plus pour que son père comprit :

- Il ne vient pas, c'est ça ? Il a encore des personnes à défendre, même pour Thanksgiving, c'est ça ?

- Tu te répètes papa !

Ellen chercha à faire sourire ses interlocuteurs. La déception de son père et la tension de sa sœur étaient perceptibles. Harper prit une profonde respiration.

- En fait, il vient d'obtenir une promotion et part vivre à Los Angeles...

Elle fit mine de regarder sa montre et continua :

-... et doit même se trouver en ce moment dans l'avion pour sa nouvelle vie... sans moi.

- Sans toi ? Vous avez rompu ?

Harper hocha de la tête. Les mots ne sortaient pas encore facilement. Elle avait accepté la rupture, mais en parler à haute voix lui donnait trop de réalité et l'avouer à sa famille la blessait encore un peu.

Voyant sa sœur encore désemparée, Ellen reprit la parole :

- Ils ont rompu et c'est sans doute mieux ainsi. S'il ne souhaite pas qu'Harper l'accompagne sur la côte Ouest, alors nous avons la chance qu'elle reste avec nous sur la côte Est. Et c'est une très bonne nouvelle !

Harper murmura :

- Merci sœurette !

Jameson haussa les épaules :

- Je ne vais pas m'étendre sur le sujet, si cela ne vous pose pas de problème qu'Alden ne vienne pas demain. Je ne vous chasse pas, mais je suis un peu fatigué et si je veux sortir demain et déjeuner avec vous à la maison, il faut que je sois en forme. Le médecin ne m'autorisera pas à sortir si je suis encore un peu épuisé.

Harper se leva :

- Oui, bien sûr papa. Je rentre à la maison et je reviens ce soir vers dix-huit heures. Je verrai ainsi le médecin.

- Peux-tu venir un peu plus tard et rester avec Ethan cet après-midi ? Il arrivera à la maison vers seize heures trente. D'habitude, il vient à la librairie vers seize heures quinze, mais comme je n'y suis pas...

- Je peux aller à la librairie, si tu veux et aider Alice. Elle doit être un peu débordée sans toi.

Le soulagement apparut sur le visage de son père et elle sut qu'il n'avait pas osé le lui demander, mais que cela lui rendrait un grand service. Elle continua :

- Je passe à la maison poser mes bagages et je file ensuite à la librairie. Envoie un message à Ethan pour lui dire de me rejoindre à la librairie. Je n'ai pas son numéro.

- Merci Harper. Je le fais dès maintenant. A ce soir.

- Au revoir papa. A ce soir.

Jameson se recoucha. Ellen et Harper sortirent de la chambre.

- A force de discuter, nous n'avons même pas déjeuné.

Ellen sourit :

- Cela m'arrive tellement souvent. mais, aujourd'hui, je vais prendre un quart d'heure pour manger avec toi.

Harper lui mit la main sur l'épaule et la serra contre elle :

- J'en suis enchantée. Je suppose que cela signifie que nous déjeunons à la cafétéria ?

- Oui, tu as bien deviné. Je n'ai ni le temps, ni le budget de t'inviter au restaurant.

La cantine de la clinique était quasiment vide. Les deux sœurs s'installèrent près des fenêtres pour profiter de la lumière du soleil.

Ellen commença à manger quand elle sentit le regard d'Harper sur elle.

- Dis-moi, tu as encore perdu un peu de poids depuis notre dernière vidéo ?

- Disons que je ne grossis pas vraiment en ce moment.

- Will ne va pas te reconnaître !

Ellen ne répondit pas et Harper aperçut des larmes perler à ses yeux. Harper savait qu'Ellen avait de plus en plus de mal à supporter les longues absences de son mari. Elle élevait quasiment seule Gaby depuis presque dix-huit mois et son travail d'infirmière compliquait vraiment cette tâche.

- Il va bientôt rentrer, non ? Tu as reçu des nouvelles différentes ?

- Non, pour l'instant, il rentre une semaine à Noël. mais il devrait repartir pour une mission de six mois. Je suis très fière qu'il défende son pays, mais, parfois, j'aimerais qu'il le protège dans des missions plus proches.

- Tu le lui as dit aussi clairement ?

Ellen se moucha :

- Je ne peux pas. Je ne souhaite pas qu'il renonce à son métier par mon égoïsme. Je savais avant de l'épouser qu'il ne serait pas souvent présent.

- Alors, qu'est-ce qui a changé ces derniers mois ?

Ellen soupira et regarda autour d'elle :

- Comme je te l'ai expliqué l'autre soir, la clinique n'a pas reçu les subventions habituelles. Le directeur de l'hôpital cherche des solutions, mais, pour l'instant, il n'en trouve pas. Beaucoup d'intérimaires n'ont pas été renouvelés, pour que ceux qui ont un contrat sur du long terme puissent être payés. Cela a provoqué des drames individuels et les trois personnes de mon service qui ne sont pas revenues manquent cruellement au bon fonctionnement. Nous avons tous plus de travail, puisque nous avons repris le leur. Et, je t'assure qu'avant, nous ne nous tournions pas les pouces.

- Je ne savais pas que la situation était si critique. Comment fais-tu avec Gaby et tes heures supplémentaires ?

Ellen regarda avec un regard triste sa sœur :

- Le soir, elle reste à la garderie de l'école jusqu'au maximum et Alicia, une jeune étudiante, va la chercher, la ramène à la maison, vérifie ses devoirs et souvent la fait manger si je reste tard. Gaby est parfois couchée quand je reviens de la clinique. Si tu savais comme je culpabilise...

Harper prit la main de sa sœur :

- Tu es une mère incroyable. Tu cherches juste, comme des millions de femmes, à combiner ton travail et ton rôle de mère. Tu y ajoutes une dose d'incertitude avec le métier de Will.

- J'aimerais tellement aller la chercher de temps en temps à l'école comme toutes les mamans à quatre heures. mais, le planning est tellement tendu et l'hiver qui commence ne nous simplifie pas la tâche.

- Écoute, pour aujourd'hui, je vais aller la chercher et elle viendra avec moi à la librairie.

- Elle adore y aller et elle s'entend vraiment bien avec Ethan.

- Très bien. Tu me donnes une lettre spécifiant que je peux venir la chercher à l'école. Je m'en occupe ensuite. Tu préviens Alicia. Je la paierai, ne t'en fais pas, puisque je suis la responsable de ce changement de programme.

- Je peux le faire, tu sais. Je te remercie vraiment. Ça me soulage ! Ce soir, nous avons deux urgences non prévues et je n'ai aucune idée de mon heure de retour.

- Je suis ravie de récupérer Gaby. Après la librairie, nous irons voir papa tous les trois avec Ethan. Puis, nous rentrerons à la maison. Le repas sera sans doute moins équilibré que les tiens, mais plus festif ! Quand Ethan sera rentré chez lui, nous irons chez toi. Si tu arrives plus tôt que prévu, nous serons toujours chez papa.

- Le père d'Ethan ne rentrera pas tôt non plus. Donc, reste avec eux chez papa.

Elles se levèrent en même temps pour se prendre dans les bras :

- Ellen, je ne reste pas longtemps, que quelques jours, mais je ferai tout pour t'aider.

- Merci Harper. Je ne sais pas si tu réalises à quel point cela me touche.

- Les sœurs ont été créées pour ça !

Elles se séparèrent à l'entrée de la cafétéria :

- Allez, va aider tes patients !

- J'y cours. A ce soir !

- A ce soir !

Elles s'embrassèrent et se quittèrent.

Harper se retrouva devant l'école à quatre heures moins dix. Ellen avait téléphoné pour avertir du changement de programme et donner son aval pour sa sœur. La directrice était une amie d'Harper quand elles étaient au lycée, le monde était vraiment petit. Elle alla avertir Gaby elle-même de cette nouvelle planification.

Quelques minutes après que la sonnerie eut retenti, Harper vit arriver Gaby. Son visage s'éclaira et la jeune enfant se précipita dans les bras de sa tante.

- Je suis contente que tu viennes me chercher. mais maman m'avait dit que tu ne venais que demain.

- Je voulais te faire une surprise !

L'enfant dans ses bras, Harper regarda son ancienne amie :

- Je crois qu'Ellen t'a appelé pour te prévenir que ce soir, je récupérais Gaby.

- Oui, pas de souci. Tu peux l'emmener avec toi. Au plaisir de se reparler et joyeux Thanksgiving !

- Volontiers et joyeux Thanksgiving à toi aussi.

Alors qu'elle se dirigeait vers sa voiture, elle entendit une voix masculine lui criait :

- Je peux venir avec toi ?

Elle se retourna avec un sourire en reconnaissant la voix d'Ethan :

- Bien sûr ! Plus on est de fous, plus on rit ! Allez, monte devant. Et toi, Gaby, va derrière. Nous allons à la librairie !

Les yeux pétillants de bonheur des deux enfants qu'elle transportait firent chaud au cœur d'Harper. Sa nièce l'avait reconnue immédiatement et avait l'air particulièrement heureuse de la voir. Sa mère ne devait pas trop la dénigrer malgré son absence. Cela ne l'étonnait pas outre mesure, mais elle avait eu un petit doute au moment de croiser son regard dans la cour de l'école. Une année était très longue à l'âge de sept ans. Les moyens modernes de visioconférence avaient permis, malgré tout, de garder le contact avec son père, mais la présence humaine restait fondamentale pour des enfants aussi jeunes. Gaby devait déjà gérer l'absence de son père, qui ne pouvait pas rentrer quand il le souhaitait, alors, rajouter en plus son propre éloignement qu'elle aurait pu empêcher avait été une erreur qu'elle ne commettrait plus. Elle n'aurait pas dû suivre autant Alden dans sa volonté finalement assez égocentriste de toujours choisir ses propres envies au détriment permanent de leur famille. Leur rupture commençait à lui ouvrir les yeux. Dorénavant, elle ne céderait plus à de telles injonctions et suivrait aussi ses propres désirs. Venir passer même un week-end régulièrement auprès des siens lui permettrait malgré tout de prendre ses propres vacances. Elle sourit en s'asseyant sur son siège : en quelques heures, elle avait commencé à digérer cette rupture sentimentale, plus qu'en quelques jours.

Ethan parla de son cours d'histoire où son professeur avait évoqué des anecdotes sur la guerre de Sécession. Gaby raconta son cours de mathématiques où elle avait réussi son interrogation sur la géométrie. Harper n'intervenait pas dans leurs récits. Elle se sentait en harmonie avec ces enfants.

Elle se gara derrière la librairie où son père abritait sa voiture. Les enfants sortirent de la voiture et se rendirent, en faisant la course, vers l'entrée non officielle du magasin. Ethan laissa gagner Gaby et Harper les trouva haletants à l'attendre. Elle ouvrit la porte avec sa clé. Tandis que les enfants pénétrèrent à l'intérieur, Harper fut saisie un instant par la nostalgie. L'odeur de l'arrière-boutique était toujours la même, celle de son enfance quand elle rentrait de l'école et rejoignait ses parents au magasin : un mélange d'odeur de café qui se maintenait au chaud, de livres et de cartons entreposés, d'encre et surtout du parfum de son père. Celui de sa mère était toujours dans l'air, mais disparaissait peu à peu. Les gâteaux qu'apportait sa mère avaient eux aussi disparu. Elle secoua la tête, repenser sans cesse au passé demeurait vain, et entra à la suite de Gaby et d'Ethan.

Ils avaient posé leurs manteaux sur les chaises qui entouraient la table en face du bureau de son père. Des sacs en papier se trouvaient dessus et les enfants piochaient dedans. Ils en sortirent des muffins aux myrtilles et des parts de gâteaux à la pomme. Les tasses sur la table étaient déjà remplies de chocolat au lait. Harper se demandait qui avait pu ainsi préparer un tel goûter. Elle n'eut pas à attendre longtemps, Madison Ferry fit son entrée. Les enfants se levèrent et vinrent l'embrasser. Elle leur caressa la tête affectueusement. Ils n'eurent pas l'air surpris de la voir.

Madison était leur voisine de magasin. Elle était fleuriste. Harper la connaissait depuis toujours. Madison et son mari étaient très amis avec ses parents. Elle était veuve depuis plus de dix ans. Son fils habitait en Orégon et venait la voir plusieurs fois par an avec ses enfants.

- Bonjour Harper. J'étais très heureuse quand ton père m'a annoncé ta visite pour le week-end. Il avait hâte de rencontrer ton petit ami.

Harper ne répondit pas précisément sur la dernière assertion.

- Bonjour Madison. Quel plaisir de te voir. Tu tiens toujours le magasin de fleurs ?

- Oui, mais j'ai deux employés qui s'en occupent vraiment. J'y viens tous les matins, mais je rentre passer un peu de temps chez moi en début d'après-midi. Je reviens souvent pour le goûter d'Ethan et je suis ravie de voir Gaby aujourd'hui.

Les enfants avaient fini leur goûter et commençaient leurs devoirs.

- Je suis contente de voir tout le monde. Je suis vraiment ravie que tu prennes un peu de recul avec ton magasin. Cela te permet de te reposer un peu. J'aimerais bien que papa fasse pareil, mais il ne semble pas décidé à vendre la librairie.

- Tu serais d'accord ? Il a beaucoup de mal à l'envisager. Cela représente toute sa vie. Il a créé ce magasin avant ta naissance avec ta maman. Cela n'est pas simple de le vendre avec tous les souvenirs qui restent dans ce magasin.

- Je comprends. Je n'avais pas vu les choses ainsi. Je pensais surtout à sa santé et son passage à l'hôpital me conforte dans cette idée. Il doit ralentir un peu. Même sans prendre sa retraite, pourtant bien méritée, il pourrait prendre un autre employé.

Harper vit à l'expression du visage de Madison qu'elle ignorait peut-être des données qui expliquaient le choix de son père.

Harper allait lui poser la question quand Madison fut appelée par Gaby, qui voulait une vérification de ses exercices de grammaire. La demi-heure suivante passa très vite. Madison resta avec les enfants et Harper était allée dans la librairie.

La décoration de Thanksgiving donnait des couleurs chatoyantes à la vitrine et aux étagères. En un an, rien n'avait vraiment changé. Elle retrouvait les classements des étagères, les livres en exposition sur les tables avec des petites notes de son père pour expliquer ses coups de cœur et même le beau bouquet de fleurs près de la caisse venu tout droit du magasin de Madison. Les clients se baladaient dans le magasin en feuilletant quelques livres, mais Harper se rendit rapidement compte que peu de personnes achetaient. Elle monta à l'étage des enfants. Plusieurs étaient plongés dans leurs livres, mais aucun parent ne semblait présent. La plupart des jeunes lecteurs sortirent plus tard sans avoir acheté aucun livre. Elle commençait à comprendre que la situation n'était pas aussi normale qu'elle s'y attendait.

Elle se mit à la caisse pour qu'Alice put se reposer un peu.

- Bonjour Alice. Merci d'aider mon père encore plus depuis sa chute.

- Bonjour Harper. J'aime mon travail ici, au milieu des livres, et j'apprécie ton père. Comme patron, je ne pourrais rêver mieux. Depuis son absence, je me rends compte qu'il est vraiment nécessaire d'être deux. La situation n'est pas facile pour une seule personne et j'ai peur que des clients ne viennent plus parce qu'il est absent.

Harper lui sourit :

- Non, ne t'inquiète pas. Quelques jours sans mon père ne vont pas faire fuir nos fidèles clients. Par contre, j'ai quand même l'impression qu'à la veille de Thanksgiving, les clients ne se pressent plus autant qu'avant.

- Tu as, malheureusement, parfaitement raison. Un nouveau centre commercial vient d'ouvrir juste à la sortie nord d'Oak Lake et la population s'y précipite. Ce n'est pas toujours aisé de trouver une place pour se garer dans notre rue et les vingt magasins se retrouvent tous dans une situation plus difficile depuis début septembre. Et pourtant, un parking existe, mais le propriétaire refuse de nous le louer. Il pense qu'il gagne plus d'argent avec ses clients ponctuels qu'avec nous.

- Je vais rester à t'aider le temps que mon père se remette d'aplomb. On reparlera de tout cela.

- Vraiment ? Quelle excellente nouvelle Harper ! Ton père va être soulagé... et moi aussi !

Harper était aussi surprise qu'Alice de sa proposition de rester. Qu'avait-elle annoncé là ? Selon le temps de repos nécessaire à son père, elle ne pourrait pas ne pas rentrer à New York. Même si, ponctuellement, son travail pouvait s'accomplir à distance, il nécessitait malgré tout régulièrement sa présence dans les locaux des Éditions du Soleil.

Gaby et Ethan vinrent la distraire. Ils avaient fini leurs devoirs, Madison le certifia pour eux. Ils montèrent à l'étage pour lire.

- Harper, je vais aller voir ton père. Nous nous retrouverons sans doute là-bas.

- C'est vraiment gentil Madison. J'irai après avoir fermé le magasin avec Gaby et Ethan.

- A tout à l'heure !

- A tout à l'heure et encore merci d'avoir veillé sur eux.

- Les amis sont faits pour s'entraider.

A dix-huit heures trente, Harper partit à l'hôpital revoir son père. Ethan et Gaby se chamaillaient gentiment dans la voiture.

Chapitre 4

Harper remua dans son sommeil, mais, à trois heures du matin, personne ne vit ses mains se plier et se détendre doucement. Elle sentit pour la première fois la douceur des draps en coton sous ses doigts.

Cela lui apporta un certain réconfort, mais aussi un peu d'anxiété. Que faisait-elle dans son lit sans se lever ? Et depuis combien de temps ?

Elle se rendormit plus profondément et un sommeil sans rêves succéda aux cauchemars.

Le soleil la fit tressaillir légèrement. Il éclaira son visage et elle sentit un peu de chaleur l'incommoder. Elle grimaça. L'homme présent dans la pièce comprit l'origine du désagrément. Il se leva, ferma un peu le rideau et vit avec joie le visage de sa fille retrouver un peu d'apaisement. Il sortit prévenir l'infirmière.

Harper sentit qu'on lui présentait de la lumière intense devant ses yeux. Elle grimaça à nouveau, de façon plus marquée. En entendant les exclamations des personnes présentes, elle comprit que cela les rassurait. Pour la première fois depuis longtemps, elle sourit en replongeant dans son sommeil.

En arrivant vers sept heures dans la maison de son père, Harper ouvrit la porte et les enfants entrèrent comme dans leur propre maison. Elle les vit se précipiter à la cuisine pour mettre la table sans qu'elle n'eut rien à leur dire. Les pizzas et les glaces n'étaient sans doute pas étrangères à cette rapide mise en place.

Ellen avait prévenu Harper vers six heures qu'elle devait rester plus longtemps à l'hôpital. Un grave accident de la circulation à cause des mauvaises conditions météorologiques avait provoqué des blessures graves chez trois jeunes adultes. Elle avait aussi averti que le père d'Ethan qui travaillait à l'hôpital serait réquisitionné. Harper avait assuré qu'elle s'occuperait du dîner des enfants, un repas, sans l'ombre d'un doute, loin des standards d'Ellen et qu'ils resteraient à la maison dormir si leurs parents respectifs rentraient tard.

- Des enfants prêts à manger ?

- Oui Tatie Harper !

- Oui, Harper !

Harper sourit devant leur enthousiasme :

- Je vous rappelle que ce repas est exceptionnel car c'est une veille de vacances. Ton père, Ethan, et ta mère, Gaby, sont retenus à l'hôpital. Ils ne savent pas encore pour combien de temps.

Les enfants répondirent en chœur :

- Oui, comme d'habitude !

Ils se regardèrent en éclatant de rire. Visiblement, ils n'étaient ni surpris, ni attristés.

- On reste dormir chez Jameson au moins deux fois par semaine.

Gaby acquiesça.

- Vous savez donc où dormir. C'est parfait. Nous jouerons à un jeu de société tous ensemble après le repas. Après, vous irez vous coucher car, demain, c'est Thanksgiving et le travail de préparation du repas ne se fera pas tout seul.

Dès la table débarrassée, ils s'installèrent tous les trois pour jouer. La soirée fut ponctuée de rires et de taquineries bienveillantes. Au moment d'aller se coucher, Ethan proposa à Gaby de lire un chapitre du livre qu'il aimait beaucoup. Celle-ci ne tarda pas à fermer les yeux.

Harper la borda et dit à Ethan d'aller se coucher. Elle embrassa sa nièce et éteignit la lumière dans la chambre. Elle ne ferma pas complètement la porte. En allant voir Ethan, elle le vit un peu agité.

- Est-ce que je peux te demander quelque chose ?

- Bien sûr Ethan, si ce n'est pas de finir de lire le livre.

Le sourire sur les lèvres d'Harper sembla le rassurer :

- Non, je vais me coucher, mais peux-tu laisser la porte entrouverte et la lumière dans le couloir s'il te plaît ?

Si Harper fut étonnée, elle n'en laissa rien paraître.

- Pas de problème. Bonne nuit Ethan et fais de beaux rêves.

Les enfants endormis, Harper finit de remettre la maison en ordre et s'assit dans le canapé, une tasse de chocolat chaud dans la main. En attendant les parents des enfants, elle repensa à sa visite à l'hôpital. Son père allait bien mieux. Il s'était reposé tout l'après-midi et discutait avec Madison quand elle avait franchi la porte. Elle avait eu presque l'impression de les gêner en arrivant avec Ethan et Gaby. Ils étaient assis sur le lit, proches l'un de l'autre, et riaient ensemble. Madison s'était écartée en les voyant entrer dans la chambre. Madison était une amie de la famille depuis si longtemps. Harper l'appréciait beaucoup et n'avait pas compris cette gêne. Elle y repensait juste à l'instant, alors que cela s'était vite dissipé avec les deux enfants qui avaient embrassé avec fougue son père et leurs discussions débridées.

La conversation était restée légère autour de sa santé. Un médecin était passé et lui avait confirmé que si ses constantes étaient identiques le lendemain et avec la promesse de se reposer au moins dix jours, il le laisserait rentrer chez lui et savourer en famille le repas de Thanksgiving qui lui tenait tant à cœur. Elle comprit alors qu'il avait invité, en plus d'elle, Ellen et Gaby, Ethan, son père et Madison. Ils seraient donc sept pour le repas. Cela convenait parfaitement à Harper qui rêvait d'un grand repas familial. Seul le père d'Ethan lui était inconnu. La préparation d'un tel festin ne lui faisait pas peur, elle était convaincue que son père avait tout organisé pour huit personnes, ignorant l'absence d'Alden. Ses pensées divaguaient sur les difficultés de la librairie et de l'hôpital. Elle était inquiète car celles-ci impactaient deux membres de sa famille. Son téléphone se mit à vibrer. Sa sœur et le père d'Ethan partaient de l'hôpital et arriveraient dans moins de dix minutes. Elle réalisa en se levant à l'arrivée des voitures qu'elle n'avait pensé ni à Alden, ni à son travail de la journée. Elle n'avait même pas regardé ses mails et cela ne lui ressemblait pas. Cela n'eut pas le temps de l'étonner que sa sœur entra, suivi d'un homme âgé d'une trentaine d'années. Elle le trouva jeune pour être le père d'un adolescent. Son allure était celle d'un sportif. On sentait que l'activité physique faisait partie de son quotidien. Brun, aux yeux clairs, il avança sûr de lui vers elle et lui tendit la main :

- Bonjour, je m'appelle Jake Keene et je m'occupe d'Ethan.

- Bonjour, je suis Harper, la sœur d'Ellen.

- Merci beaucoup d'avoir gardé Ethan après l'école.

- Ce fut un plaisir. C'est un adolescent adorable. Tout s'est très bien passé. Il dort déjà. Voulez-vous vraiment le réveiller ? Demain, il est ici pour le repas familial. Vous pouvez le voir à ce moment-là.

Jake eut l'air surpris par la proposition, mais l'accepta.

- D'accord, j'accepte votre proposition. Je vais vous laisser et je reviens demain matin pour onze heures avec les entrées et le dessert, comme convenu avec Jameson.

Harper ne connaissait pas les détails de l'organisation et Jake semblait plus au courant qu'elle. Elle se tourna vers Ellen :

- Tu as dû préparer le repas avec papa. Tu confirmes ?

Ellen sourit :

- Je confirme. Merci Jake. A demain.

- Merci à votre famille de prendre autant soin d'Ethan. A demain Ellen et à demain Harper.

Jake partit de la maison. Harper vit la voiture démarrer et s'arrêter en face de leur maison. Elle faillit sortir voir s'il avait un souci avec sa voiture, mais Ellen l'en empêcha.

- Jake habite en face d'ici.

- C'est vrai ? Je comprends mieux pourquoi Ethan a pu voir tomber papa.

- Tout-à-fait. Je reste dormir ici aussi. Tout est livré demain à onze heures. Je m'occupe avec Gaby et Ethan de mettre la table et toi, tu vas chercher papa à la clinique. Ça te convient ? Il doit sortir à partir de dix heures trente.

- Je suis épatée de cette parfaite organisation. Je m'occupe de ramener papa. Va te coucher, tu as l'air épuisée.

Ellen hocha de la tête :

- Ce n'est rien de le dire ! A demain sœurette.

- A demain. Dors bien !

Ellen monta se coucher, non sans embrasser sa fille dans son sommeil. Elle venait dormir chez son père quand son service se terminait très tard, cela lui permettait ainsi de voir sa fille le matin pour le petit déjeuner.

Harper fit le tour de la maison, ferma les portes à clé et les rideaux aux fenêtres. Elle vit Jake éteindre la lumière de sa chambre. Elle ne le connaissait pas, mais il lui avait fait très bonne impression et pas seulement par son charme. Il devait être un père formidable pour Ethan.

L'avantage d'avoir des enfants sous son toit était le réveil général de la maisonnée dès qu'ils avaient ouvert les yeux. La règle s'appliqua aussi pour Ethan et Gaby. Il était à peine neuf heures quand elle descendit et les trouva attablés devant leur petit déjeuner entre bol de chocolat chaud, pain beurré et confiture. Ils discutaient ensemble.

- Bonjour les enfants ! Ne faites pas trop de bruit, la maman de Gaby dort encore.

- Bonjour Tatie Harper ! Maman dort ici ? Chouette ! J'irai la réveiller tout à l'heure avec son petit déjeuner préféré au lit.

- Bonjour... Harper !

Visiblement, l'adolescent avait du mal à l'appeler par son prénom.

- Bonjour Ethan. Bien dormi ?

- Je dors toujours très bien ici ! J'adore cette chambre que monsieur Casey m'a aménagée.

- Quand nous étions jeunes avec Ellen, c'était son bureau. Il a réaménagé la maison et le bureau est maintenant dans une pièce en bas. Je suis ravie que cette pièce ait trouvé une autre affectation.

Harper réalisa qu'en une année, beaucoup de choses avaient changé. Son père avait dû l'évoquer, mais elle n'avait pas compris que ce jeune homme dormait régulièrement ici quand son père rentrait tard.

- Je sais et je l'ai même aidé à tout déménager ! Nous avons bien rigolé. Même Gaby est venue nous aider, mais il a refusé que sa maman ou Jake interviennent ! Il appelait ça « le projet des jeunes » !

Harper sourit. Cela ne l'étonna pas vraiment. Son père gardait toujours son humour. Gaby surenchérit :

- Cela a été un vrai moment de joie rempli de rire. Nous avons même vendu les meubles dont grand-père ne voulait plus dans un vide-grenier devant la maison. Nous avons réussi à tout vendre !

Harper sourit devant l'enthousiasme enfantin de sa nièce. Elle avait visiblement manqué de bons moments familiaux. Elle n'avait même pas le souvenir de cette vente. Ethan se leva de table :

- Je vais m'habiller et rentrer chez moi.

Il regarda gentiment Gaby :

- Tu prépares le petit déjeuner pour ta mère et moi pour mon oncle. Je reviens vers onze heures comme l'avait demandé ta mère.

Il monta rapidement dans sa chambre s'habiller. Harper fut interloquée par l'appellation d'oncle, mais n'eut pas le temps de poser de question. Gaby continua de boire son chocolat chaud. Des moustaches marron apparurent sur ses lèvres. Harper la regarda affectueusement. Sa nièce était vraiment une enfant adorable. Elle se servit un café.

- Tatie Harper, est-ce que grand-père va rentrer pour partager le repas de Thanksgiving avec nous ?

Harper reposa la tasse et beurra une tartine tout en répondant :

- Ta maman m'a dit hier soir qu'il pourrait sortir à dix heures trente et je vais aller le chercher. Il ne m'a pas téléphoné pour m'annoncer le contraire. Donc, je vais aller me préparer et partir dans une heure.

- Je suis vraiment contente. Je n'avais pas envie qu'en plus de papa, il ne soit pas là.

Harper se leva prendre sa nièce dans ses bras. Celle-ci pleura un peu et Harper s'efforça par ses câlins de la consoler.

- Je comprends ma chérie. Grand-père va revenir aujourd'hui et ton papa va rentrer pour Noël.

- J'espère vraiment car l'an dernier, il nous a annoncé qu'il ne rentrerait pas pour passer les fêtes avec nous seulement trois jours avant.

Harper s'en souvenait car cela lui avait fendu le cœur. Sa nièce et sa sœur avaient beaucoup pleuré et leur Noël sans Will avait été difficile à vivre. Elle regrettait encore plus d'avoir choisi de suivre Alden au Japon. Quel manque de discernement ! Elle avait trop cru en cette histoire d'amour, qui n'était pas la bonne finalement.

Gaby sécha ses larmes et retrouva un sourire quand sa tante lui dit :

- Je monte m'habiller et je te laisse concocter un petit déjeuner à ta maman. Elle va l'apprécier plus que d'habitude.

Harper arriva dans la chambre de son père vers dix heures vingt. Il était prêt, assis sur le fauteuil, un sac à ses pieds et il discutait avec Jake. Harper était étonnée de le voir là. Son père lui sourit :

- Bonjour Harper. Merci d'être venue me chercher. Je crois que tu connais Jake.

- Bonjour papa.

Elle se pencha pour l'embrasser. Elle ne comprenait pas la présence du père d'Ethan aux côtés de son père.

- Bonjour Jake.

- Bonjour Harper.

- Oui, nous nous sommes rencontrés hier soir tard.

Le père d'Harper se régalait de voir sa fille dans l'incompréhension. Cela lui arrivait si rarement. Jake lui tendit la main :

- Je m'appelle Jake Keene et je suis docteur, chirurgien orthopédique et accessoirement le directeur de cette clinique. Je suis désolé que vous ne le sachiez pas. Je pensais qu'Ellen vous l'avait dit.

Harper serra symboliquement la main de Jake.

- Je comprends mieux la remarque de mon père hier sur le fait qu'il connaissait des gens bien placés ici pour sortir. Merci de vous être occupé de mon père depuis sa chute.

Jake se retourna vers Jameson :

- Cela dure depuis un peu plus longtemps. mais nous en reparlerons une autre fois. J'ai signé les papiers de sortie, mais je voulais m'assurer qu'il allait vraiment bien. Je vous laisse rentrer ensemble. J'ai encore deux patients à voir pour autoriser leur sortie et je vous rejoins avec nos plats cuisinés.

- Je crois que vous savez où nous habitons. Nous y serons !

Elle vit Jake sourire pour la première fois depuis leur rencontre et elle trouva à nouveau qu'il avait beaucoup de charme. Jake sortit de la chambre et Harper se tourna vers son père :

- Prêt à partir ? Un repas gargantuesque t'attend !

- Oui, ravi de quitter cette chambre d'hôpital et de retrouver un bon repas !

Harper sourit, son père avait toujours aimé la bonne chère et se régalait de bons petits plats.

Quand ils sortirent de leur voiture devant le garage, Ethan sortait de chez lui avec deux sacs au bout des bras.

- Bonjour Monsieur Casey !

- Bonjour Ethan ! Je vois que tu apportes quelques munitions !

- Oui, c'est mon deuxième voyage. Je ne sais pas quand papa rentre, donc j'ai tout pris.

- C'est parfait ! Nous te suivons.

La maison bruissait de rires et de discussions : Ellen, Gaby et Madison dressaient ensemble une table magnifique pour sept personnes. Les dindes miniatures, les feuilles aux couleurs d'automne disposées sur la table complétaient la vaisselle des grandes occasions. Gaby avait dessiné le prénom de chacun sur un papier décoré. Harper était subjuguée par cette préparation et se félicita d'être présente pour y participer.

- Bonjour Ellen, bonjour Madison.

Madison lui rendit son sourire :

- Bonjour Harper. Merci de nous avoir ramené Jameson.

- C'est plutôt Jake qu'il faut remercier !

- Pourquoi faut-il me remercier ?

Jake venait juste de pousser la porte. Il apportait une belle composition florale qu'il déposa sur le bar.

- Pour avoir laissé sortir Jameson !

Jake regarda Madison et lui répondit :

- Tout le mérite lui revient. Il s'est vite remis de sa chute. Il reste à le convaincre de lever le pied maintenant !

Jake s'était retourné vers le grand-père en prononçant ses dernières paroles :

- Et cela ne va pas être simple.

Harper allait poser une question pour mieux comprendre les sous-entendus du médecin, mais Ellen interrompit son élan en déclarant :

- Tout le monde doit travailler pour que ce repas soit une réussite.

Nous parlerons plus tard de tout cela.

Harper n'osa intervenir, même si des questions la taraudaient sur cet échange.

Le repas se déroula dans la bonne humeur. Les enfants, Ethan et Gaby, avaient choisi d'entourer Jameson. Le grand-père était heureux. Ils riaient tous les trois des histoires qu'il racontait, et surtout des expressions du visage qu'il accentuait un peu trop. Les éclats de rire ponctuèrent le repas. Madison souriait en les regardant. Elle prenait soin que Jameson pût manger malgré ses histoires.

Harper ressentit une profonde joie en regardant les hôtes présents autour de la table et le plaisir que tout le monde montrait d'être tous ensemble, même ceux qu'elle ne connaissait pas vraiment comme Jake et Ethan. Chacun avait le sourire.

En sortant de table en milieu d'après-midi, ils décidèrent d'un commun accord de sortir marcher. Derrière les maisons attendait un joli sentier qui montait sur une colline surplombant tout le village. Gaby et Ethan marchaient en tête. Leur complicité était éclatante. Madison et Jameson avançaient d'un pas plus tranquille. Jake, Ellen et Harper discutaient tranquillement un peu derrière :

- As-tu des nouvelles de Will ?

Jake s'inquiétait en même temps de Will et d'Ellen. Il savait à quel point l'absence du foyer d'un militaire pouvait être difficile pour la famille qui restait sur place.

Ellen respira profondément. Harper lui prit la main.

- Il doit nous appeler ce soir. J'espère qu'il rentrera à Noël.

- C'est ce qui est prévu, non ?

Harper ne savait pas vraiment comment la rassurer. Ellen étouffa un sanglot :

- Quand son unité est rentrée en juillet, lui seul est resté sur place. Son remplaçant s'était blessé ici et ne pouvait pas revenir avec son unité. Comme son poste est unique, il a reçu l'ordre de rester plus longtemps. Cela fait donc presque dix-huit mois qu'il n'a pas vu sa famille et...

Ellen ne put continuer de parler et se mit à pleurer en silence. Harper la prit dans ses bras pour la consoler.

- Je suis sûre qu'il va rentrer à Noël.

Elle croisa le regard de Jake et sentit son scepticisme, qu'elle ne comprit pas.

Gaby, qui jouait avec Ethan, revint en courant vers sa mère, inquiète de la voir pleurer :

- Maman, qu'est-ce qui se passe ?

Ellen se dégagea lentement des bras de sa sœur, tout en essuyant ses larmes et s'accroupit pour être à hauteur de sa fille :

- Rien ma chérie. C'est juste que papa me manque et parfois, je pleure. mais, ne t'inquiète pas. Il n'est rien arrivé de spécial.

Sa fille se blottit contre elle :

- Moi aussi, il me manque et moi aussi, parfois je pleure. mais il va rentrer bientôt.

Jameson s'approcha de sa fille cadette et de sa petite-fille pour les enlacer toutes les deux :

- Vous pouvez compter sur nous quand William n'est pas là. Vous n'êtes pas toutes seules.

La tristesse s'évapora peu à peu et Gaby repartit courir. Elle toucha le bras d'Ethan qui devait à son tour la toucher. La petite fille était retournée à ses préoccupations d'enfant.

Ellen se tamponnait les yeux. Les quatre adultes autour d'elle ne savaient comment la réconforter. Elle inspira profondément et esquissa un sourire :

- Merci d'être là. Tout va bien !

Jake lui posa la main sur le bras.

- Je suis désolé d'avoir provoqué ces larmes.

- Ne t'en fais pas, ce n'est pas toi, mais les circonstances. Cela m'arrive de temps en temps. Ce n'est pas si simple d'être l'épouse d'un militaire. Je tiens le coup la plupart du temps, mais, en ce moment, avec la situation difficile à l'hôpital, je suis fatiguée. Alors les larmes ne sont pas très loin et Will me manque énormément.

Jake opina de la tête :

- Je sais à quel point tu es courageuse. Tu as parfaitement le droit de craquer et je suis confus d'en être l'origine aujourd'hui, jour de Thanksgiving. Ce jour est censé être joyeux et insouciant. Quant à la clinique, tu es une des meilleures infirmières et quand tu prendras les heures supplémentaires que tu fais en jours de congé, tu vas pouvoir rester longtemps en famille ! Tu sais, que je cherche des solutions pour trouver de nouvelles subventions. Nous allons y arriver nous aussi.

Le discours de Jake avait revigoré l'infirmière :

- Je sais que tu ne comptes pas tes heures, toi non plus. Nous allons trouver un moyen pour ne pas fermer la clinique ou certains services !

En rentrant vers dix-neuf heures, ils finirent tous ensemble de faire la vaisselle et de remettre la table pour manger les restes du midi, qui étaient nombreux. La conversation était plus calme que lors du déjeuner. Le dîner familial regroupait des personnes heureuses d'être ensemble et les sujets douloureux furent évités.

Lorsque sonna le téléphone via la visio-conférence, Gaby sauta de joie, tandis qu'Ellen jeta un regard plus angoissé à Harper. Elle rejoignit sa fille devant l'écran et découvrit le visage fermé de son mari :

- Bonjour mon amour.

- Bonjour ma chérie. Gaby a l'air en forme. Le repas de Thanksgiving s'est bien passé, j'espère.

Ellen ne put s'empêcher de chercher ce qui l'inquiétait dans l'expression de son mari et elle comprit que la tristesse transparaissait. Gaby, tout à la joie de voir son père, n'arrêtait pas de parler du repas, de sa tante, de Madison et d'Ethan.

- Oui papa, la journée était formidable. Nous avons bien mangé. Grand-père est sorti de l'hôpital. Il va très bien maintenant. Madison était là aussi et sa quiche était délicieuse. Tatie Harper est arrivée hier. Elle est même venue me chercher à l'école. mais son petit ami n'est pas là et je ne sais pas pourquoi. Nous avons fini les restes ce soir. Nous sommes même allés sur la colline. Et toi, c'était bien ?

Will sourit. L'enthousiasme de sa fille lui faisait du bien. Il était très tôt pour lui et cela lui donnait de l'énergie.

- Sans doute moins que toi, mais nous avons eu un repas qui sortait de l'ordinaire. Cela nous a fait beaucoup de bien.

Il prit une grande inspiration et Ellen comprit que les nouvelles n'allaient pas être bonnes.

- Je vous appelle car nous venons d'avoir une mauvaise nouvelle. Je ne vais pas faire partie de l'avion de Noël. Je suis sur celui de juin.

- Non !

Ellen mit sa main sur sa bouche. Son cri avait jailli. Encore plus de six mois seule avec Gaby, presque deux ans au final. Des larmes coulèrent sur ses joues sans qu'elle s'en rendit compte.

Gaby s'était réfugiée dans les bras de sa mère. Will regardait avec une profonde tristesse les deux femmes de sa vie malheureuses à cause de son absence.

- Des événements imprévus nous empêchent de rentrer. J'ai demandé une dérogation, mais la personne qui devait me remplacer a démissionné. Pour l'instant, je dois rester ici. Je suis vraiment désolé.

Ellen sécha ses larmes, sa fille toujours dans ses bras, et sourit courageusement :

- Je comprends. Ce n'est pas ta faute et ce n'est pas que tu ne veuilles pas rentrer nous voir. Alors, on va continuer à t'attendre. La seule chose que je souhaiterais est qu'on s'appelle même quelques minutes toutes les semaines et non tous les mois. Penses-tu que ce soit possible ? Quelle que soit l'heure, ne te préoccupe pas du décalage horaire. Si tu as du temps à un moment, appelle-nous.

Will hocha la tête :

- Je te le promets. Souvent quand j'en ai l'occasion, c'est la nuit pour vous, mais si cela ne te gêne pas, je le ferai.

Gaby se tourna alors vers l'écran :

- Moi aussi, je viendrai te parler et j'irai en retard à l'école !

Will et Ellen sourirent, leur fille ne perdait jamais le nord.

- Je vais devoir y aller, mais je ne voulais pas que vous l'appreniez par d'autres. Je vous aime.

- Je t'aime papa. Bisous

- Je t'aime Will. Bonne journée.

Gaby envoya des bisous imaginaires avec ses mains avec beaucoup d'enthousiasme. Ellen regardait son mari avec beaucoup d'attention comme pour garder son image en mémoire le plus longtemps possible. Will leur fit un dernier geste d'au-revoir et coupa la communication. Gaby repartit en courant vers la salle à manger. Ellen se leva plus lentement. La nouvelle l'avait comme anesthésiée. Encore des mois à attendre avant d'étreindre à nouveau son mari.

Tout le monde se trouvait encore autour de la table. Ils s'étaient tus en entendant la sonnerie très reconnaissable de la vidéo. Ils avaient donc entendu la conversation et appris la mauvaise nouvelle. Harper se leva quand Ellen revint dans la salle à manger. Elle vint la prendre dans ses bras :

- Je suis désolée.

- Merci pour ton soutien. Je devais m'y attendre au fond de moi, car je n'arrivais pas à me résoudre à préparer son retour.

Elle reprit sa place à table. Ethan et Gaby étaient dans la salle de jeu. Gaby ne semblait pas trop atteinte par la nouvelle.

Jameson ne savait pas quel mot utiliser pour consoler sa fille. Jake prit la parole :

- Je suis vraiment triste pour toi. Je sais que cela fait longtemps qu'il est parti. Les circonstances ne sont décidément pas favorables. Si tu veux prendre des congés maintenant ou à Noël, ce sera accepté sans problème.

Ellen secoua la tête :

- Merci beaucoup pour ta proposition Jake, mais je préfère travailler pour m'occuper l'esprit et de toute façon, avec le départ des intérimaires, je ne mettrais pas mon service dans l'embarras en m'absentant. Ce sera pour plus tard, quand nous aurons trouvé une solution.

- En plus d'une infirmière hors norme, tu es une personne éminemment altruiste.

Ellen fut touchée par ses compliments. Gaby revint en courant s'asseoir sur les genoux de sa maman avec un dessin dans la main. Elle le lui montra en expliquant :

- J'ai dessiné papa dans l'écran à côté du sapin de Noël. Comme ça, c'est comme s'il était tout le temps avec nous.

Tout le monde fut ému et Ellen serra fort sa fille qui posa son dessin et repartit rejoindre Ethan.

- Elle est plus forte que moi !

Madison ajouta :

- Elle n'a que huit ans et le temps passe plus vite.

- Bon, changeons de sujet, sinon je vais me remettre à pleurer.

La conversation reprit sur les décorations de Noël à commencer dès le lendemain dans la librairie.

Au moment de partir, Madison prit Ellen dans ses bras :

- N'hésite pas à passer pour du réconfort ou un muffin aux myrtilles ! Nous sommes là.

- Merci beaucoup Madison.

Ethan demanda à Jake :

- Comme il n'y a pas école demain, est-ce que je peux aller aider Harper à la librairie ?

- Moi aussi ! Moi aussi ! Je suis très forte pour les décorations de Noël.

Devant tant d'enthousiasme, les parents acceptèrent et Harper spécifia :

- D'accord, mais demain, on part d'ici à huit heures et demie pour commencer avant l'ouverture.

Les deux enfants se mirent au garde-à-vous et crièrent :

- Chef, oui, chef !

- Bon, tout le monde au lit alors pour être en forme demain ! Ethan, viens à la maison quand tu veux à partir de huit heures.

- Promis.

Jake le regarda :

- Je pars tôt demain car ma journée est très chargée. Je te réveillerai en partant.

-... et je prendrai le petit déjeuner chez Jameson !

Quand les invités furent partis et que Gaby fut couchée, Jameson était assis sur le canapé entouré de ses filles.

- Tu peux compter sur moi Ellen. Je t'aiderai autant que je peux.

- Tu le fais déjà papa en gardant tous les soirs Gaby après l'école. mais tu dois te reposer selon les instructions de Jake. Ton cœur est fatigué et ton malaise n'a pas dû arranger les choses.

Harper réagit à cette annonce :

- Que veux-tu dire en parlant de « cœur fatigué » ?

Son père soupira :

- Je ne voulais pas t'inquiéter, mais l'an dernier, Jake a trouvé un léger problème dans mon cœur et il voulait que je me repose. Je ne l'ai pas vraiment fait car la librairie est mon troisième enfant. Elle me demande encore beaucoup d'énergie. mais ce malaise m'a ouvert les yeux et je vais vraiment prendre du recul. Peut-être vais-je prendre un autre employé, peut-être vais-je vendre. Je n'ai encore rien décidé. Les affaires ne marchent plus aussi bien depuis l'ouverture de ce grand centre commercial et ce parking, qui nous aiderait bien, n'est pas à louer. mais, ce qui est certain, c'est que je ne vais plus travailler autant, sans doute à mi-temps à partir de janvier.

Harper ne répondit pas de suite. Les mauvaises nouvelles se succédaient à vive allure depuis son arrivée. Elle réalisa qu'en vidéo, les conversations étaient moins longues et que tous les sujets, surtout les plus difficiles, n'étaient parfois qu'effleurés. Bien sûr, elle se souvenait des examens cardiaques, mais n'y avait pas accordé plus d'importance que cela car son père n'avait plus abordé le sujet les mois suivants, tout comme sa sœur. Les symptômes avaient disparu, mais son père n'avait pas guéri pour autant. Son malaise en témoignait.

Les difficultés financières des magasins de la rue principale ajoutaient une part de stress qui avait sans doute participé à la fatigue générale de son père.

Ils montèrent dans leurs chambres et se souhaitèrent bonne nuit, leur esprit rempli de tristesse et de préoccupation.

Chapitre 5

Harper bougea dans son sommeil. Ses mains agrippaient le drap. Elle sentit la douceur d'une main prendre la sienne. Cela la détendit.

Les paroles prononcées commençaient à pénétrer peu à peu son esprit.

- Sœurette, tu peux revenir parmi nous à présent. Nous t'attendons avec impatience.

Elle avait reconnu la voix d'Ellen. Cela la rassura. Elle esquissa un sourire.

- Je vois que tu m'entends si tu souris. C'est bientôt Noël et Gaby a vraiment envie de le passer avec toi.

Harper avait envie de faire plaisir à sa sœur et d'ouvrir les yeux. mais elle n'y parvenait pas, ses paupières semblaient peser des tonnes. Elle voulut parler et ouvrit la bouche, mais aucun son n'en sortit.

- Ne force pas Harper. Tu vas bientôt pouvoir parler et nous voir. Repose-toi !

Ellen se pencha sur sa sœur et l'embrassa sur le front. Elle lâcha sa main à regret, mais le cœur plus léger, en deux jours, les progrès étaient visibles. Elle ne désespérait pas de voir sa sœur autour de la table du réveillon dans quinze jours.

Harper s'était réveillée tôt. La journée s'annonçait longue et laborieuse. Accueillir les clients à la librairie et changer en même temps la décoration pour lui donner un joli air de Noël demandait beaucoup d'effort.

Gaby se leva en même temps que sa mère. Toutes les trois finissaient leur petit déjeuner quand Madison arriva :

- Bonjour tout le monde.

- Bonjour Madison.

Les deux jeunes femmes répondirent ensemble. Ellen ajouta :

- Merci de venir t'occuper de papa. Cela nous permet de sortir de la maison et d'être rassurées en même temps.

- Ça ne me gêne pas. Je le fais avec plaisir. Je m'occupe sur mon ordinateur sans problème !

Elle montra son sac, manifestement aux dimensions d'un ordinateur portable.

Harper fut surprise, elle n'imaginait pas vraiment Madison emporter avec elle un tel objet. Cela lui rappela de ne jamais juger sur les apparences.

Ellen partit la première, en même temps que son chef, de l'autre côté de la rue. Au même moment, Ethan sonnait à la porte.

- Bonjour Ethan !

- Bonjour Harper ! Bonjour Gaby !

- J'ai hâte de mettre les décorations de Noël.

- Oh oui ! Moi aussi !

Gaby affichait un grand sourire. Harper prit son sac sur son épaule, les clefs dans la main, adressa un salut à Madison et ouvrit la porte :

- Eh bien, en route, moussaillons !

Ethan prit place sur le siège avant, Gaby attacha sa ceinture à l'arrière et Harper démarra.

- Ce soir, quand on aura fermé le magasin, peux-tu me ramener à l'hôpital s'il te plaît ? Papa m'emmène ensuite à l'entraînement de base-ball.

- Oui, bien sûr.

Jake arrivait tout juste à l'entrée du bâtiment quand son assistante vint à sa rencontre.

- Docteur, la salle d'attente est déjà presque remplie et il n'est même pas huit heures et demie.

Jake soupira :

- Ce service aux anciens combattants remporte de plus en plus de suffrages.

- Savent-ils que vous allez le fermer bientôt ?

- Non, ce n'est pas encore sûr et cela les affecterait trop. Nous allons bien trouver une solution.

- La solution serait qu'ils paient leur consultation et nous savons que, pour beaucoup, c'est compliqué.

- Oui, le retour à la vie civile est rempli d'embûches. Allons-y !

Le docteur et son assistante entrèrent dans le bâtiment et montèrent au premier étage. Jake vit, en effet, la salle presque pleine. Personne n'avait rendez-vous. Le bouche-à-oreille fonctionnait parfaitement et les soldats revenus récemment venaient pour parler et évacuer le stress avant qu'il s'installât trop profondément. Ils aimaient rencontrer un des leurs.

Dans sa précédente vie professionnelle, Jake était médecin militaire et avait passé plusieurs années en opération à l'extérieur. Il avait choisi cette voie car il aimait soigner dans l'urgence dans des conditions minimales. Il avait même été décoré pour son comportement exemplaire.

La mort dans un accident de voiture de son frère et de sa belle-sœur avait complètement bouleversé sa vie. Il avait demandé à finir sa mission et à rentrer pour pouvoir prendre en charge son neveu Ethan. L'armée avait accédé à sa demande et depuis trois ans, il était revenu s'installer dans le village où habitait son frère pour ne pas déstabiliser son neveu et sa vie déjà établie.

Les premiers mois avaient été une source d'angoisse pour Jake. S'occuper d'un enfant d'une dizaine d'années ne faisait pas partie de son expérience. Il savait mieux soigner un blessé par balle que de surveiller les devoirs d'un enfant en primaire. Même s'il rendait souvent visite à la famille de son frère et avait suivi la vie de son neveu, il ne se sentait pas à l'aise à l'idée de remplacer ses parents. mais cela s'était bien mieux passé que prévu. Leur tristesse les avait rapprochés et ils avaient surmonté ensemble l'absence. Peu à peu, Jake et Ethan avaient réussi à trouver une belle harmonie et leur amour familial avait grandi. Pas une minute Jake n'avait regretté son départ de l'armée et la brillante carrière à laquelle il aurait pu prétendre.

Il avait rapidement intégré la clinique d'Oak Lake sur le déclin et lui avait redonné une dimension plus importante. Il avait pris le poste de directeur, élu à l'unanimité, quand son prédécesseur était parti à la retraite. Le personnel soignant l'appréciait et il avait réussi à remettre les finances dans un meilleur état. Malheureusement, cela ne s'avérait pas suffisant et il allait devoir prendre des décisions difficiles au début de la nouvelle année. Il ferait tout pour éviter la fermeture de certains services, mais, pour l'instant, certains arbitrages paraissaient inévitables et cela le chagrinait vraiment. Le premier service qui fermerait serait, sans doute, celui des vétérans. Le fait qu'il passât une journée à aider et soigner des soldats sans aucun retour d'argent n'aidait pas à rétablir les difficultés financières de la clinique, mais il ne pouvait se résoudre à arrêter de les aider.

Il s'assit dans son fauteuil et le premier soldat arrivé s'installa en face de lui. Pour Jake, écouter était une partie importante de son métier de médecin et avec ces hommes, cela devenait primordial. C'était, sans nul doute, la journée la plus intense de la semaine.

A midi, son assistante alla lui chercher un sandwich et un café. Il n'arrêta pas ses consultations.

Harper, Ethan et Gaby arrivèrent avant Alice à la librairie. Alors qu'Ethan cherchait les décorations de Noël dans le dépôt, Gaby et

Harper commencèrent à enlever les autocollants sur la vitrine représentant l'automne, des citrouilles, des dindes et rappels de Thanksgiving, cette belle fête familiale. Avant l'arrivée des premiers clients, ils avaient tout enlevé et des décorations aux couleurs rouge, verte et blanche, rappelant Noël remplacèrent l'orange et le marron clair des feuilles automnales. Deux vrais sapins feraient leur apparition dans l'après-midi grâce à Madison. Des guirlandes et des boules surgissaient un peu partout sur les rayonnages.

Quand Alice arriva peu avant l'ouverture du magasin, elle ouvrit de grands yeux :

- Je ne savais pas que vous veniez aujourd'hui. Je pensais être seule dans le magasin et devoir gérer le changement de décor et les clients.

Harper sourit :

- Il n'était pas question de te laisser seule pour tout accomplir. Ethan et Gaby ont proposé leur aide, que je me suis empressée d'accepter.

Alice les regarda et les applaudit :

- Vous êtes vraiment efficaces. Vous avez même retrouvé des anciennes décorations. C'est vraiment superbe ce que vous êtes en train de faire. J'espère que cette belle vitrine attirera de nombreux clients.

- Pour ce vendredi, lendemain de Thanksgiving, vous proposez toujours des promotions ?

- Oui, mais nous ne sommes pas les seuls avec ce supermarché. Il faut arriver à se démarquer. mais, ne soyons pas défaitistes en cette belle journée ensoleillée.

A midi, les sapins, arrivés un peu plus tôt, étaient déjà recouverts de boules et de guirlandes illuminées. La vitrine donnait déjà un aperçu de Noël et la librairie sentait le chocolat chaud et les gâteaux à la cannelle.

En ce jour de congé, les clients s'étaient bousculés le matin pour acheter des livres comme cadeaux de Noël. Alice avait le sourire et

Harper aussi. Les enfants avaient continué à peaufiner les détails dans le magasin.

Jake venait de finir son café et en attendant le sergent Tim Rafferty qui allait entrer, il ne put s'empêcher de penser à tous les moments difficiles qu'ils avaient connus ensemble. Le sergent avait été grièvement blessé à la jambe et les circonstances d'alors n'avaient pas permis de le faire évacuer rapidement. Jake l'avait opéré dans des conditions précaires, mais le sergent était solide et avait récupéré de cette chirurgie, sans avoir de séquelles handicapantes. Cela avait soudé les deux hommes d'un lien indéfectible et leur amitié ne s'était jamais démentie. Tim était finalement rentré au pays juste trois mois avant le retour anticipé de Jake. Quand il avait appris le retour de Jake, il était venu le voir. Leurs conversations lui manquaient trop. Jake avait rapidement retrouvé un travail de médecin et Tim avait rencontré le jeune Ethan. Il admirait la générosité de son ami pour sa famille et son neveu : avoir abandonné un travail hors norme qui le satisfaisait pour venir s'occuper de son neveu était vraiment admirable.

Alors que ses parents vivaient dans l'Oregon, le sergent avait déménagé trois mois après dans une ville proche d'Oak Lake. Il avait retrouvé un travail de menuisier, travail pour lequel il était qualifié avant de partir pour des contrées lointaines et qui lui convenait parfaitement. Ses rencontres régulières avec Jake autour d'un bon repas avait montré les failles psychologiques ramenées de ses années militaires. Jake avait alors décidé de suivre une formation spécifique sur le choc et le stress post-traumatiques des soldats et il avait commencé à voir aussi Tim à la clinique dans un cadre moins amical pour vraiment l'aider. Ce dernier allait de mieux en mieux. Il n'avait pas hésité à parler de l'aide de Jake à d'autres soldats de son unité revenus dans la vie civile. Beaucoup avaient accepté de rencontrer des docteurs car leur souffrance, même invisible, était présente. Tim Rafferty avait tellement vanté les qualités de Jake que de quelques consultations ponctuelles, Jake avait dû réserver une demi-journée, puis une journée entière pour leur apporter son soutien. Beaucoup avaient du mal à retrouver un travail et n'avaient plus d'assurance médicale. Jake ne faisait payer que ceux qui le pouvaient et ils étaient peu nombreux. mais, cela ne dérangeait pas le directeur de la clinique car il trouvait évident d'apporter son aide. Ce qui le gênait était plus l'hôpital qu'il devait aussi gérer et cette journée était un vrai manque à gagner. Il avait même pensé le faire le samedi pour pallier cette absence d'argent, mais il voulait aussi passer du temps avec Ethan. L'adolescent avait besoin de lui et il voulait vraiment faire partie de sa vie. Il rentrait souvent pour le dîner le soir et heureusement que Jameson l'avait pris sous son aile et supervisait ses devoirs, il avait un peu moins honte de travailler autant. mais le week-end, il passait du temps avec lui, à l'amener aux matchs de base-ball, à aller au cinéma ou juste à aller se balader. Habiter dans un village en pleine campagne présentait des avantages dont il voulait vraiment profiter. Une autre solution devrait être possible, mais il n'arrivait pas à l'entrevoir pour l'instant.

Jake secouait encore la tête quand Tim entra dans son cabinet, après avoir frappé.

- Bonjour Jake. Tu sembles préoccupé. Tu veux en parler ?

Ils se serrèrent la main et Tim prit place en face de son ami, qui lui sourit :

- Bonjour Tim, c'est le monde à l'envers.

- Écoute, je vais beaucoup mieux grâce à toi et je suis loin d'être le seul. Je ne vais pas tarder à laisser ma place à un autre d'ailleurs. Donc, si je peux t'apporter aussi un peu d'aide, n'hésite pas.

Jake n'avait pas envie de parler des difficultés financières de l'hôpital alors il évoqua l'absence de Will, le mari d'Ellen.

- Tu sais, Jameson, qui s'occupe le soir d'Ethan, a une fille Ellen, une infirmière qui travaille dans cette clinique. Son mari Will fait partie du même régiment que le nôtre. Cela fait dix-huit mois qu'il n'est pas rentré et son retour à Noël vient d'être annulé. Elle est une formidable infirmière et s'occupe très bien de sa petite fille Gaby, mais, évidemment, elle a besoin que son mari rentre. Les vidéos-conférences ne sont même pas régulières et la dernière, hier, fut vraiment triste pour tout le monde. Je ne sais pas quoi faire et ça me fend le cœur.

Tim acquiesça. Il comprenait parfaitement la situation.

- As-tu pensé à appeler le colonel MacCallan ?

- Non, pourquoi ? J'ai quitté l'armée depuis trois ans, je ne suis pas certain qu'il se souvienne de moi !

- Je l'ai revu il y a quelques semaines et nous avons évoqué quelques souvenirs et tu en faisais partie. Je peux t'assurer qu'il se rappelle de toi. J'ai même abordé le travail pour les soldats que tu soignes. Il semblait vraiment intéressé.

Jake hocha la tête un peu étonné :

- Je suis flatté. Crois-tu qu'il puisse intervenir ? Tu me connais. Je ne veux pas le mettre dans une position délicate, mais la règle est quand même de rentrer chez soi une fois par an et, là, il reste là-bas car son remplaçant est tombé malade et son poste est assez stratégique.

- J'imagine que son travail est particulier, mais, c'est aussi un mari et un père de famille. Ce doit devenir difficile pour lui aussi d'être loin de sa famille. Je t'envoie les coordonnées du colonel et tu l'appelles. Explique-lui la situation. Il a bien accepté ton retour alors que ce n'était pas prévu et encore moins anticipé. C'est un homme de ressources. S'il ne peut rien faire, il te le dira.

- Je vais l'appeler.

Tim lui sourit :

- N'hésite pas ! Il t'a décoré tout de même pour services rendus. Je doute qu'il le fasse si souvent, et qu'il ne s'en souvienne pas.

- Tu as raison. Cela me semble si lointain. Ma vie a tellement changé ces trois dernières années.

Jake reprit son bloc et regarda son ami en souriant :

- Et si l'on parlait de toi ?

Tim allait beaucoup mieux et savait à quel point l'aide précieuse de son ami lui avait permis de surmonter les difficultés de ce retour à la vie civile. Il venait à présent surtout pour le voir plus en tant qu'ami qu'en tant que médecin ; les cauchemars et les peurs irrationnelles avaient complètement disparu. Il arrivait désormais à vivre avec son passé et Jake en était le principal artisan.

Quand Tim sortit du bureau de Jake, il comprit qu'il n'était pas le seul à avoir besoin de soutien. Aucun siège n'était disponible dans la salle d'attente, remplie de soldats. Même si les cheveux avaient repoussé et si les corps avaient parfois repris quelques formes, l'allure des hommes présents trahissait leur passé de soldat. Il reconnaissait aussi la douleur et le mal-être dans leurs yeux. Jake apportait une écoute bienveillante, n'émettait aucun jugement ou reproche, et surtout comprenait ce que les hommes en face de lui avaient vécu et pouvait leur procurer un véritable appui médical.

Alors qu'il marchait dans le couloir en se dirigeant vers l'ascenseur, Tim passa devant le bureau des infirmières et ne put s'empêcher d'entendre leur conversation.

- Je t'assure. Le directeur va devoir prendre des mesures drastiques s'il veut sauver la clinique !

- Il n'a déjà pas renouvelé le contrat des intérimaires. Que veux-tu qu'il fasse maintenant ?

- Peut-être licencier d'autres soignants.

- Avant, il peut déjà arrêter cette journée dédiée aux vétérans. Nous savons tous que cela lui tient à cœur, mais personne ou presque ne paie. Une journée de chirurgie ou de consultations payées en plus nous aiderait bien.

- Il n'arrêtera pas, c'est trop important à ses yeux.

- Il le fera peut-être à contre-cœur. Si l'hôpital ferme, il ne pourra plus aider personne, ni les vétérans, ni les malades.

Tim hésita avant de frapper, mais décida d'en avoir le cœur net.

- Excusez-moi mais j'ai entendu vos propos malgré moi. Je suis le sergent Tim Rafferty. Pourquoi le docteur Keene devrait arrêter ses consultations avec les soldats ?

Les infirmières se regardèrent un peu gênées. Elles avaient l'impression d'avoir trahi un secret.

- S'il ne vous a rien dit, ce n'est pas à nous de le faire.

Tim secoua la main :

- Il ne dira rien car il ne veut pas m'inquiéter. J'ai cru comprendre que le fait que les soldats ne paient rien, ou presque rien, commence à devenir un souci.

- Cela n'est qu'une conséquence en fait. Tout est parti du fait que les subventions de l'État ont diminué brutalement. Le docteur Keene cherche de nouvelles compensations pour continuer à faire fonctionner la clinique. Plusieurs services sont menacés de fermeture comme la maternité ou la pédiatrie. Cela deviendrait compliqué s'il faut se rendre à quarante kilomètres d'ici pour la fièvre d'un enfant ou pour accoucher. Il souhaitait développer un vrai service de néo-natalité, mais l'horizon s'obscurcit complètement pour ce projet.

- Je comprends. Quel est le lien avec les soins donnés aux soldats ?

- Si le docteur Keene prenait des consultations et des chirurgies payantes une journée de plus, cela permettrait de consolider les recettes. mais, nous ne faisons aucun reproche aux soldats. Nous comprenons que la plupart soit dans une grande précarité et qu'ils aient aussi besoin de soin. Tout le monde trouve normal ici de leur venir en aide après des années passées en opération.

- Merci pour votre gentillesse. Je suis heureux d'être au courant car cela me permet de chercher aussi des solutions.

Tim serra la main de toute l'équipe et quitta l'hôpital.

Harper n'avait pas vu le temps défiler entre les clients qui se pressaient pour profiter des promotions et la mise en place des décorations de Noël. Elle avait décidé de laisser la librairie ouverte toute la journée pour permettre à ceux qui venaient faire leurs courses dans la rue de profiter de cette plus large ouverture. Alice était partie déjeuner et Ethan s'était rendu à la brasserie toute proche pour acheter un repas à emporter.

Quand Alice était revenue, Harper avait commencé à manger avec les enfants dans l'arrière-boutique.

- Je suis content d'avoir aidé à décorer la librairie. Jameson veut toujours tout faire seul car il ne veut pas nous «exploiter» comme il dit. mais, cela me plaît de participer.

- Oui, je sais qu'il a vraiment peur de vous faire trop travailler. mais, je comprends que tu aies envie de contribuer et c'est tout à ton honneur Ethan.

- Il est tellement gentil avec moi. Il me laisse lire tous les livres que je veux et je n'achète que ceux que j'aime vraiment.

Harper sourit, cela ne l'étonnait pas vraiment de la part de son père :

- Ça me semble être une bonne négociation.

Gaby, qui ne voulait pas être en reste, ajouta de sa voix fluette :

- Moi, j'aime aussi aider papy.

Harper et Ethan lui adressèrent un tendre regard :

- Il apprécie que tu lui prêtes main-forte.

Quand ils eurent fini de manger, ils revinrent dans la librairie pour seconder Alice. Tandis que les enfants posaient les dernières boules sur les sapins, Harper évalua d'un rapide coup d'œil la disposition de la librairie. Alice servait les clients qui souhaitaient un gâteau ou un café, après avoir trouvé les livres qui leur convenaient. Avec les années, son père avait trouvé un bel arrangement intérieur. La circulation était aisée, les différents espaces affichaient une belle visibilité et l'éclairage doux et chaud ajoutait une impression de bien-être. Les clients se pressaient aujourd'hui, mais cela ne fit pas oublier à Harper que ce n'était pas toujours le cas. Visiblement, le fait d'avoir ouvert à l'heure du déjeuner avait attiré des acheteurs. Elle en discuterait avec son père. Elle le savait opposé à une ouverture régulière le midi car la qualité de vie permettant un vrai repos pour déjeuner était primordial à ses yeux. Il ne l'acceptait qu'à de rares occasions, principalement en décembre pour permettre les achats de Noël.

Gaby et Ethan s'installèrent à l'étage pour lire tranquillement leurs livres préférés. Alice et Harper n'eurent que peu de moments de calme et cela les ravit pleinement.

A dix-huit heures, elles fermèrent les portes de la librairie, fatiguées mais heureuses d'une telle journée.

Alice vérifia la caisse et un grand sourire éclaira son visage :

- Quel plaisir de voir cette caisse remplie de billets et de coupons de carte bleue. Ce fut une belle journée. Il en faudrait quelques autres comme celles-ci jusqu'à Noël et ton père serait soulagé. Merci beaucoup d'être venue m'apporter ton renfort. Je n'aurais vraiment pas réussi à m'en sortir seule et si tu n'avais pas été présente, la librairie n'aurait pas été ouverte aujourd'hui. Cela aurait été vraiment regrettable, quand on regarde le résultat de la journée qui vient de se dérouler.

Harper confirma d'un hochement de tête :

- Je suis vraiment heureuse d'avoir été à tes côtés. Tu gères parfaitement le petit café et les ventes. Ton efficacité est redoutable. Je serai encore présente demain à l'ouverture à dix heures.

Alice soupira de soulagement :

- Je n'osais pas te poser la question. Je croyais que tu partais ce soir.

- Oui, c'est ce qui était prévu. mais, tout a changé et je vais rester au moins quelques jours avec mon père et t'aider à la librairie.

Alice prit Harper dans ses bras dans un élan spontané. Harper fut surprise et mesura à quel point la jeune femme appréciait sa présence.

Harper appela Gaby et Ethan :

- On part les enfants !

Ils rangèrent leurs livres et dévalèrent les escaliers. Ils n'avaient pas vu le temps passer.

Dans la voiture, le calme de la lecture les avait apaisés et ils étaient silencieux.

En arrivant à l'hôpital, Harper demanda à Ethan :

- Peux-tu aller voir si Jake est encore là ?

Il lui sourit :

- Oui, le bâtiment est encore allumé au premier étage. J'y vais.

- Si tu es sûr, je te crois. Bonne soirée.

- Bonne soirée.

Harper allait faire demi-tour quand Ethan revint sur ses pas :

- Demain, je vais au base-ball l'après-midi, alors je ne pourrai pas venir à la librairie car le matin, je fais mes devoirs.

- Ne t'inquiète pas ! Tu m'as beaucoup aidé aujourd'hui. Mon père va être fier de toi. Amuse-toi bien demain ! Bonne soirée !

Ethan lui fit un geste de la main et partit en courant rejoindre son oncle.

Harper ouvrit la porte et Gaby s'engouffra dans la maison.

- Papy, j'ai aidé à décorer la librairie ! C'est vraiment Noël !

La petite fille arriva dans la salle à manger. Jameson était assis dans son fauteuil préféré. Il discutait avec Madison qui préparait le repas dans la cuisine ouverte. Cela lui permettait d'échanger avec son amie tout en se reposant.

Gaby s'assit en face de lui et commença à lui décrire la librairie. L'enthousiasme de sa petite-fille apporta un sourire sur le visage du grand-père.

- Je constate que tu as beaucoup travaillé pour rendre la librairie toute belle pour les fêtes de fin d'année.

- Oh oui ! mais Ethan et Tatie Harper m'ont aidée aussi. Je n'étais pas toute seule.

- C'est encore plus réjouissant quand on le fait à plusieurs, non ?

- Oui, tu as raison. Je vais même y retourner demain avec Tatie Harper si maman est d'accord !

- Si je suis d'accord pour quoi ?

Ellen venait juste de franchir la porte quand elle entendit sa fille parler. Cette dernière courut dans ses bras :

- Maman ! J'ai beaucoup aidé Tatie et Alice aujourd'hui avec Ethan. La librairie est vraiment bien décorée grâce à nous. Je peux y retourner demain, s'il te plaît, s'il te plaît, s'il te plaît...

Ellen n'avait pas eu le temps d'enlever son manteau qu'elle portait déjà sa fille dans ses bras. La voir ainsi joyeuse après la nouvelle de la veille lui fit chaud au cœur.

- Est-ce que Tatie Harper est d'accord pour t'emmener ?

Harper cria de sa chambre :

- Oui, bien sûr. Elle travaille très bien !

Ellen s'assit sur le canapé, sa fille toujours accrochée à son cou :

- D'accord Gaby, mais tu surveilles bien Tatie Harper pour qu'elle ne fasse pas de bêtises !

- Maman, elle ne fait pas de bêtises, c'est une adulte !

Harper arriva sur ses entrefaites et fit un clin d'œil à sa sœur :

- Si seulement cela marchait ainsi...

Le dîner se passa calmement. Harper appréciait la présence de Madison. Celle-ci avait préparé un repas délicieux et avait passé beaucoup de temps avec Jameson. Ce dernier avait fait une longue sieste. Il paraissait reposé et détendu. Harper et Ellen finissaient de ranger la vaisselle quand Madison les salua. Puis, elle sortit et Jameson la suivit quelques instants.

Harper demanda en souriant à Ellen :

- J'ai l'impression qu'ils s'entendent de mieux en mieux tous les deux. Crois-tu qu'il y ait anguille sous roche ?

Ellen répondit sérieusement :

- Est-ce que tu serais opposée à ce que papa refasse sa vie ? Avec Madison ou quelqu'un d'autre ?

- En fait, pas du tout. Je sais que maman restera toujours dans son cœur, mais s'il pouvait vivre encore quelques années de bonheur, j'en serais ravie.

- J'ai l'impression qu'il craignait ta réaction.

- Je sais que je ne vis pas ici en permanence, mais je ne souhaite que son bonheur. Et Madison est vraiment une personne charmante. Nous aurions de la chance si cela se passait bien entre eux.

Ellen lui sourit :

- Alors, je pense que nous sommes chanceuses !

- Et toi, qu'en penses-tu ?

Ellen haussa les épaules :

- Je l'ai vu tellement malheureux après le décès de maman, que j'ai vraiment apprécié de le voir retrouver le sourire avec Gaby, Ethan et évidemment Madison. Je pense comme toi, je ne crains pas qu'il oublie maman. Je serai heureuse de le savoir à nouveau heureux.

Jameson avait entendu les dernières paroles de ses filles :

- Merci d'être aussi compréhensives avec moi. Vous avez parfaitement raison, Madison ne remplacera pas votre maman, comme je ne remplacerai pas le père de Michael. mais, peut-être pouvons-nous vivre les prochaines années un peu moins seuls et plus heureux.

- C'est tout ce que l'on te souhaite papa.

Ils se serrèrent dans les bras les uns des autres.

Harper alla se coucher remplie de bonheur pour son père qui avait retrouvé un peu de bonheur depuis le décès de son épouse, il y avait près de cinq années. Elle réalisa alors que sa peine devait aussi s'être un peu envolée car, pour la première fois depuis ce Noël si triste, elle avait eu plaisir à décorer cet endroit aux couleurs de cette fête familiale. Elle n'avait pas hésité à apporter sa contribution, alors qu'elle avait soigneusement évité de revenir à Oak Lake pour passer la fin d'année en famille toutes ces dernières années. Le souvenir de sa mère restait présent, mais la tristesse avait été peu à peu remplacée par l'acceptation de sa disparition.

Décidément, ce Thanksgiving lui réservait des surprises, bonnes et mauvaises, mais entraînait aussi des changements dans sa vie qui paraissait toute tracée.

Chapitre 6

Harper recommençait à rêver. mais elle avait l'impression que, dans ses rêves, se mêlaient aussi des souvenirs.

Son esprit s'éparpillait entre la vue de son appartement et celle de sa chambre à Oak Lake. Elle voulait courir à Central Park et elle se retrouvait sur les routes de la colline derrière la maison de son père. Des visages se mélangeaient. Le visage d'un homme rencontré chez son père se superposait à celui d'Alden. Ce dernier disparaissait dans une brume. Un jeune homme adolescent discutait avec Emily. Rien n'était vraiment cohérent, comme dans les rêves, mais, en même temps, tout semblait complètement réel et concret. Elle secoua la tête dans son sommeil.

Harper avait identifié les personnes qui étaient venues la voir : son père, sa sœur, sa nièce. Elle avait aussi reconnu Madison et Ethan. Même si elle ne connaissait pas ce jeune homme depuis longtemps, sa sollicitude l'avait touchée. Le médecin, son oncle, était passé aussi.

Elle savait aussi que des infirmières venaient régulièrement, mais elle ne pouvait pas encore les reconnaître. Un peu de patience était nécessaire.

Par contre, les circonstances de son arrivée à l'hôpital étaient encore dans les brumes de son cerveau.

Jake aimait le samedi. Il pouvait dormir un peu plus longtemps, paresser dans sa maison, vérifier les devoirs d'Ethan et tranquillement préparer le déjeuner. Même si son téléphone était toujours accessible, il essayait de ne pas le consulter pour vivre pleinement la journée avec son neveu.

Il pensait de plus en plus à Ethan comme à son fils, plus qu'à son neveu. Comme ils portaient le même nom, personne ne supposait qu'Ethan n'était pas son fils. Au fil des semaines et des mois, ils avaient réaménagé la maison et aussi réorganisé leurs vies à deux pour débuter un nouveau chemin. Les souvenirs restaient présents, mais Jake et Ethan devaient aussi continuer à développer des projets et à réaliser des rêves. Ethan avait gardé l'ordinateur de son père où se trouvaient toutes ses photos d'enfance. Il les avait sauvegardées ailleurs et l'ordinateur était rangé dans un placard et ne sortait plus aussi souvent qu'avant. Jake réalisa que cette vie rendait heureux Ethan, et il devait bien s'avouer qu'il l'aimait aussi plus qu'il ne l'aurait imaginé en rentrant précipitamment quelque trois ans auparavant.

Ethan était penché sur la table de la salle à manger, face à la baie vitrée du jardin. Il finissait ses exercices de mathématiques, avant de commencer la révision de ses leçons d'histoire. Il travaillait avec plaisir et la présence de son oncle, près de lui, lui apportait un soutien et une sérénité alors qu'aucun mot n'était prononcé. Ethan aimait sa nouvelle vie avec les Casey, père et fille, Gaby et son oncle. Il avait l'impression d'être entouré d'amour et cela avait allégé sa peine. Ses parents étaient partis, ils ne le verraient pas grandir, mais d'autres personnes continueraient à le faire.

Dès le déjeuner englouti, Ethan partit préparer son sac de base-ball. La veille au soir, il s'était entraîné et cet après-midi, le match avait lieu contre l'équipe junior de la ville voisine. Il aimait beaucoup ce sport et son oncle l'accompagnait à chaque fois. Il l'encourageait et le félicitait quel que soit le score final. Ces moments comptaient beaucoup pour Ethan. Il avait changé de club juste après le décès de ses parents. Comme cela avait été organisé quelques semaines avant, personne ne s'en était étonné dans ce nouveau club et surtout personne ne savait qu'il était orphelin. Cela avait participé à la reconstruction de l'enfant de ne pas être sans cesse jugé avec ce drame sur les épaules. Quelques personnes étaient au courant, mais n'avaient pas soulevé la question. Ils avaient vu l'enfant s'épanouir et n'avaient pas voulu trahir ce qui semblait devenir « son » secret. Ethan ne relevait plus quand quelqu'un parlait de Jake comme son père. Il s'occupait de lui comme le faisait son père. Les autres n'avaient pas à connaître son histoire et, même s'il n'oubliait pas ses parents, il commençait à y penser moins souvent. La vie avait pris le pas sur la tristesse le plus souvent.

Vers dix-sept heures trente, alors qu'il ne restait qu'une demi-heure environ à jouer, Jake sentit son téléphone vibrer de façon continue. Alors qu'il évitait vraiment de travailler le week-end, il avait expliqué à Ethan qu'un médecin restait un médecin vingt-quatre heures sur vingt-quatre. Il décrocha.

- Bonjour docteur Keene. Je suis confuse de vous déranger, mais un très grave accident de voiture a eu lieu à moins de dix minutes du terrain de base-ball. Les pompiers viennent juste d'être prévenus et sont en route.

- Envoyez-moi la localisation. Je pars de suite.

Ethan était assis sur le banc. Il avait vu que son oncle avait répondu au téléphone et que son visage s'était fermé. Il se leva pour aller à la rencontre de son oncle qui s'était lui aussi levé :

- Je suis désolé Ethan, mais je dois me rendre sur les lieux d'un accident. Quelqu'un viendra te chercher et t'amener chez Jameson.

- Ne t'inquiète pas. Va sauver des vies si tu le peux. Je me débrouillerai et je te tiendrai au courant.

Jake le prit dans ses bras :

- Merci Ethan d'être aussi compréhensif. A ce soir.

Ethan lui sourit et fit un signe de la main alors que son oncle quittait le stade. Il revint s'asseoir sur le banc avec ses coéquipiers.

Harper avait passé la journée à la librairie avec Gaby. Celle-ci avait continué à décorer la librairie avec application. Harper lui prêtait main-forte quand les clients se raréfiaient. Alice était aussi venue alors que le samedi était son jour de congé. Harper n'était pas familiarisée avec toutes les opérations de la caisse et Alice l'aidait sur les tâches annexes. Elles s'entendaient très bien ensemble. Elles avaient encore ouvert à l'heure du déjeuner et une fois encore, des clients qui se promenaient dans la rue principale s'étaient arrêtés. Pour Harper, c'était à la fois une bonne et une mauvaise nouvelle. Même si cela augmentait le chiffre d'affaires, cela demanderait un gros effort pour son père d'ouvrir tous les jours de l'année à l'heure du déjeuner. Alice rentrait pour manger en famille et ne pouvait pas rester le midi de façon régulière.

Quand le téléphone sonna, elle ne reconnut pas le numéro, mais décida de répondre malgré tout.

- Bonjour Harper, c'est Jake.

- Oh, bonjour Jake.

- Votre père m'a donné votre numéro. Je suis confus de vous solliciter, mais pourriez-vous aller chercher Ethan au terrain de base-ball quand vous aurez fermé la librairie ? Votre père est seul car Madison est rentrée chez elle et il a pensé à vous pour m'aider.

- Bien sûr, je passe le prendre. Est-il au courant ?

- Non, pas encore, mais vous pouvez lui envoyer un message. Je vous donne son numéro.

- Ne vous donnez pas cette peine. Je l'ai déjà. Je lui envoie un message pour l'avertir et un dès que je pars de la librairie. Il saura ainsi quand j'arriverai.

- Merci beaucoup pour votre aide. Un grave accident de voiture sollicite les deux cliniques des deux villes et tout le personnel disponible. Je suis en voiture et je m'y rends. Votre sœur aussi participe aux secours.

- Merci de me prévenir. Je vous laisse secourir les blessés et ne vous inquiétez pas, je m'occupe de Gaby et d'Ethan.

- Merci encore. Vous êtes un ange !

Et sur ces paroles, Jake raccrocha. Harper sourit. Elle ne se comparerait absolument pas à un ange, mais elle aidait volontiers cet homme qui se dévouait tant aux autres. Il méritait son respect et suscitait même son admiration.

Elle accueillit encore quelques clients et à l'heure de la fermeture, elle ne s'attarda pas. Avec Alice, elle ferma le magasin et elle se promit de venir tôt le lundi matin pour finir de tout ranger. Gaby avait rangé, quant à elle, tout l'étage des livres pour enfants et adolescents.

- Tatie Harper, je suis contente qu'Ethan reste avec nous ce soir puisque nos parents ne sont pas là.

- J'ai l'impression que tu l'aimes bien.

- Oui, pour un grand, il est vraiment gentil. Maman dit qu'il ne voudra peut-être plus jouer avec moi quand il sera plus grand, alors j'en profite tant qu'il le veut bien.

- Tu as bien raison. Peut-être changera-t-il un peu quand il sera au lycée et peut-être toi aussi quand tu grandiras. Alors saisis cette chance de partager de bons moments maintenant.

En arrivant au stade, Harper vit Ethan discuter avec d'autres garçons. Elle ne savait pas trop si elle devait se manifester ou l'attendre. Ethan choisit pour elle. Dès qu'il l'eut aperçue, il courut vers la voiture et ouvrit la portière :

- Vous êtes vraiment chouette de venir me chercher. Je n'avais pas forcément envie de passer la soirée chez des gens que je ne connais pas assez bien. Alors, qu'avec la famille de Jameson, je sais que la soirée va être vraiment agréable !

Gaby applaudit :

- Je suis d'accord !

Ethan se tourna vers elle et ils échangèrent une tape dans les mains pour montrer leur accord. Harper lui demanda avec douceur :

- Jake t'a expliqué pourquoi il a dû partir ?

- Oui, il est allé aider des gens blessés sur un accident de la route.

- Et tu comprends qu'il puisse partir rapidement ?

- Oh oui ! Je sais qu'il aimerait passer tout son temps disponible avec moi et que s'il part, c'est pour secourir. Y aller le plus vite possible permet de sauver des vies, alors je suis content qu'il le fasse.

Un silence s'installa pendant quelques instants, Harper et Ethan étaient perdus dans leurs pensées. Gaby ressentit instinctivement que c'était important de respecter cette absence de parole. Harper sentit que le deuil de ses parents était encore un souvenir difficile à appréhender pour le jeune adolescent puisqu'il n'avait pas expressément identifié l'accident de ses parents dans ces propos. mais dans le même temps, il prenait beaucoup de recul pour parler du secours qu'apportait son oncle. Elle se doutait qu'avec Jake, le sujet avait été abordé en profondeur pour qu'il fût aussi lucide sur ces départs parfois soudains et prolongés.

Madison était revenue pour dîner avec toute la famille de Jameson quand celui-ci l'avait prévenue de l'absence d'Ellen et de Jake. Préférant passer une soirée en bonne compagnie que seule chez elle, elle avait apporté une quiche et un gâteau qu'elle avait prévus pour le lendemain.

- Merci Madison. Ta quiche est vraiment délicieuse.

- C'est gentil Gaby. Je suis ravie de voir qu'elle plaît. J'ai aussi fait des pâtes en plus pour le joueur de base-ball.

Ethan ne répondit pas, mais hocha la tête. Il mangeait avec beaucoup d'appétit le repas ainsi préparé. Cela fit sourire les adultes.

Au moment du dessert, Ethan reparla de Riley Smith :

- Arrivez-vous à avancer sur la recherche de votre auteur mystère ?

Harper secoua la tête :

- Je n'ai pas vraiment pris le temps de m'y mettre sérieusement depuis que je suis arrivée à Oak Lake. Je t'avoue que c'est un peu compliqué pour moi car je ne sais pas vraiment comment chercher.

J'ai des pistes, mais les adresses internet des personnes sont un grand mystère pour moi.

- Je me débrouille plutôt bien sur internet et sur les sites. Je peux vous aider si vous voulez. Il faudrait m'expliquer ce que vous cherchez concrètement.

Harper prit une inspiration :

- J'ai bien étudié les chapitres publiés et j'ai trouvé potentiellement des dates, des lieux et des prénoms qui pourraient caractériser l'auteur. Je n'en suis pas sûre évidemment, mais je ne vois que cette piste à suivre.

- Je trouve cela astucieux et c'est un bon début. J'ai d'autres idées plus techniques. Nous pourrions en parler ensemble demain matin si vous voulez.

- D'accord, mais à ce moment-là, tu me tutoies !

Ethan rougit :

- Nous verrons.

Jameson intervint alors dans la conversation :

- J'ai du mal à comprendre pourquoi les maisons d'édition recherchent autant ce... Riley Smith.

- En fait, l'histoire développée, et nous n'avons lu que les premiers chapitres, présente un univers original, intéressant et dense. La maison d'édition qui aura le privilège de l'éditer aura de la chance car l'auteur va, sans l'ombre d'un doute, écrire plusieurs tomes et que cela le rendra riche, mais sa maison d'édition aussi !

- Et si l'auteur ne veut pas de cette richesse ? S'il préfère rester anonyme ?

Harper sourit :

- C'est évidemment possible, mais une maison d'édition peut aussi lui proposer un contrat et des possibilités auxquels il ne pense pas. S'il n'y est pas sensible, il refusera. mais souvent, quand on écrit, c'est aussi pour être lu par le plus grand nombre et même être lu dans d'autres langues. L'univers des Sorcières de l'Ombre plaira à de nombreux jeunes adultes car beaucoup se reconnaîtront dans les différents personnages. mais, après, si l'auteur ne le souhaite pas, il restera sur ce site assez confidentiel et nous en resterons là. Je respecterai son choix, n'en doute pas. D'autres maisons d'édition, voire d'autres confrères des Éditions du Soleil où je travaille, seront sans doute plus insistants car c'est une vraie poule aux œufs d'or !

Gaby demanda :

- Ça existe des poules qui pondent des œufs d'or ?

Tout le monde sourit et Harper lui expliqua :

- Non, ma chérie, c'est juste une expression pour dire que l'auteur rapportera beaucoup d'argent à la maison d'édition qui le publiera.

Madison s'enquit auprès de Harper :

- Est-ce que toutes les maisons d'édition se valent ? Est-ce que la tienne peut offrir des services différents ?

Harper prit quelques secondes pour répondre à cette question :

- J'aimerais pouvoir dire avec conviction que ma maison d'édition est meilleure que les autres, mais honnêtement, je ne le pense plus vraiment. Cette chasse à l'auteur qui permet d'obtenir comme récompense un poste d'éditeur en chef ne me paraît pas saine. Je pensais avoir mérité ce poste, mais maintenant, je ne vais plus l'obtenir en cas d'échec. Cette mission est compliquée pour moi car d'habitude, les auteurs m'envoient leurs histoires et ils sont heureux quand je leur propose un contrat. Je n'ai jamais eu d'efforts à faire pour convaincre un auteur d'être publié. Personnellement, je laisserai cet auteur dans l'anonymat, même si j'aimerais le rencontrer pour savoir comment il pense organiser son univers et comment il travaille. Je pense que je pourrais aussi lui apporter des astuces et de l'aide.

Elle sourit et se pencha vers Jameson et Madison :

- Dans un monde idéal, je créerais ma propre maison d'édition dans laquelle je publierais les Sorcières de l'Ombre. Je laisserais l'auteur anonyme, sans devoir entamer des tournées de dédicaces ou des salons de livres. Ainsi, il n'aurait que des avantages à être publié sans les inconvénients de la célébrité. Comme je gagnerai de l'argent grâce à lui, je pourrais publier de plus petits auteurs que les

Éditions du Soleil ont refusés et qui, à mon humble avis, mériteraient d'être lus par le plus grand nombre.

Harper se releva sur sa chaise :

- Voilà mon rêve et pour l'instant, c'est clairement un rêve !

Jameson haussa les épaules :

- Les rêves existent pour être réalisés !

- C'est vrai, mais il faudrait d'abord que je parle à Riley Smith et que mon projet l'intéresse.

Ethan affirma :

- Avec mon aide, rien n'est impossible !

- Ton enthousiasme me plaît Ethan ! mais en attendant, nous allons débarrasser la table.

Gaby, Ethan et Harper sortirent de table et laissèrent Jameson et Madison s'installer dans le canapé. La soirée se déroula avec un jeu de société auquel ne joua pas Jameson, mais celui-ci resta près d'eux à commenter les actions des uns et des autres.

Gaby monta se coucher, suivi de près par Ethan qui voulait lire un peu dans son lit. Après quelques instants de discussion, Madison partit et Jameson alla se coucher. Harper resta dans le salon. Cela lui avait fait du bien de parler de cette recherche d'auteur et d'exprimer à la fois ses doutes sur le bien-fondé de cette quête et son envie de créer sa propre maison d'édition. Le dire à haute voix avait rendu son rêve un peu moins impossible, même s'il restait inatteignable en l'état actuel de ses recherches. Elle ferma la maison et monta dormir. La journée avait été épuisante, mais lui avait procuré une vraie satisfaction. Cet endroit lui apportait de la sérénité.

Il était près de trois heures du matin quand Jake gara sa voiture devant sa maison. Il réveilla doucement Ellen qu'il avait ramenée. Celle-ci était épuisée de cette interminable nuit et Jake avait proposé de la raccompagner.

- Oh, excusez-moi de m'être endormie, alors que vous conduisiez.

- Ne vous excusez pas. Je le comprends parfaitement et je vous assure que j'aurais fait la même chose si vous aviez conduit. La soirée et la nuit ont été éprouvantes et exténuantes. Allez dormir et ne mettez pas de réveil pour demain matin.

Ellen sortit de la voiture :

- C'est à Gaby qu'il faut dire cela. Merci en tout cas de m'avoir raccompagnée. Bonne nuit.

Jake ferma la voiture à clef :

- Bonne nuit et bon dimanche !

Ellen traversa la rue pour entrer dormir chez son père et voir Gaby à son réveil. Jake rentra chez lui. Harper l'avait averti qu'Ethan dormait chez Jameson. Il trouvait la jeune femme très prévenante et pleine d'empathie. Il appréciait son aide spontanée. Très clairement, elle avait sa place dans la famille de Jameson. Même si son travail et son logement différaient de celui de sa sœur, le lien familial et les qualités partagées ressortaient. Elle n'allait pas tarder à retourner à New York, puisque Jameson allait beaucoup mieux. Sa vie n'était pas à Oak Lake. Il regretterait son sourire et sa présence.

En s'allongeant sur son lit, il eut du mal à s'endormir, malgré son épuisement. Les images de l'accident le hantaient encore. Pourtant, il avait été un médecin militaire dans des zones de combat. Il avait presque pu s'habituer à des blessures de guerre, presque, parce que cela restait difficile à supporter, mais l'urgence et les conditions précaires rendaient l'exercice de son métier hors du commun. Paradoxalement, il avait trouvé une routine dans cette vie particulière. Les blessures d'un accident de la route le renvoyaient à celles de son frère et de sa belle-sœur. Cela lui rappelait trop à quel point la vie est fragile, même sur une route droite. La voiture d'en face avait fait un écart inexpliqué et avait percuté de face la voiture de sa famille. Le choc frontal à vive allure n'avait pas permis d'espoir et les passagers des deux voitures avaient perdu la vie. Ethan se trouvait à la maison avec un baby-sitter. Quand le colonel MacCallan était venu l'avertir, il avait pris son temps pour lui annoncer la nouvelle de la tragédie. Jake était un officier très apprécié pour sa force mentale et son courage, mais cette nouvelle l'avait anéanti. Il n'avait qu'un seul frère plus vieux de quelques années. Ses parents étaient décédés quelques années avant et il ne restait qu'eux deux. Le lendemain, Jake était retourné voir le colonel, lui avait expliqué les circonstances familiales et avait demandé son rapatriement le plus rapide possible pour aller s'occuper de son neveu orphelin. Il était revenu deux jours plus tard à Oak Lake dès que son remplaçant s'était présenté. Il avait mis en ordre tous ses dossiers et appelé régulièrement Ethan pour que l'enfant ne se sentît pas seul. Jameson l'avait accueilli le temps que Jake arrivât et la profonde amitié entre les deux hommes avait débuté à partir de ce moment-là. Le médecin n'avait pas hésité à arrêter sa carrière pour prendre soin du garçon et n'avait pas regretté une seconde son geste.

La soirée avait été assez intense en soins, mais, heureusement, les blessés avaient pu être pris en charge et aucune victime n'était à déplorer. Il avait dû opérer en urgence deux personnes et cela lui avait rappelé des moments de stress en opération, stress qu'il appréciait. Il finit par s'endormir quelques instants plus tard et oublia de mettre son réveil.

Le dimanche matin, Jake ouvrit les yeux vers neuf heures. Il n'avait pas fermé les rideaux et le soleil d'automne l'avait réveillé. Il prit une douche rapide et but un café. Il voulait retrouver Ethan au plus vite. Il quitta donc sa maison et, au moment de sonner chez Jameson, la porte s'ouvrit et Harper en sortit. Ils faillirent se rentrer dedans.

- Oh excusez-moi !

Jake et Harper s'étaient exclamés en même temps. Harper maintint la porte ouverte :

- Je suppose que vous venez voir Ethan. Il s'est levé il y a quelques instants et prend son petit déjeuner avec Gaby. Ellen n'est pas encore levée.

- Oui, en effet, je viens voir Ethan. Si j'avais pensé à fermer mes volets, je dormirais moi aussi encore.

- Je l'ai entendue rentrer tôt ce matin. J'espère que vous avez pu soigner des personnes.

Jake sourit légèrement :

- Oui, nous avons fait du bon travail, mais aujourd'hui, nous nous reposons.

- Venez manger avec nous ce midi. Vous n'aurez pas à cuisiner et nous vous autoriserons « exceptionnellement » à mettre les pieds sous la table.

- Ne me tentez pas !

- Je pars faire les courses et j'ajoute donc deux convives.

- Merci beaucoup. J'accepte volontiers.

- Ah, j'ignorais que je vous avais laissé le choix !

Ils se sourirent. Jake entra dans la maison, se retourna pour voir Harper monter dans sa voiture. Ils se firent un geste de la main et se sourirent.

Dans le magasin d'alimentation générale, dans la même rue que la librairie de son père, Harper se baladait au milieu des étalages, ne sachant pas que choisir pour le déjeuner. Alors qu'elle prenait des fruits et des légumes, elle croisa le propriétaire du parking. Elle le salua :

- Bonjour monsieur Wilson.

Ce dernier lui serra la main, essayant de la reconnaître, puisque, manifestement, elle connaissait son nom. Le voyant hésiter, elle se présenta :

- Je suis Harper Casey, la fille de Jameson Casey, le propriétaire de la librairie.

- Oui, bien sûr. Cela fait quelques années que je ne vous ai pas revue.

- En effet.

- Allez-vous rester à Oak Lake maintenant ?

- Je ne suis là que pour quelques jours, le temps que mon père se remette de ses soucis de santé.

- J'ai vu qu'il n'était pas là. Je croyais qu'il vous avait laissé le magasin. Je suis navré d'apprendre qu'il a eu des problèmes de santé. J'espère que ce n'est pas trop grave.

Harper s'appuya sur son caddie. Elle voulait profiter de ce moment inattendu pour aborder la question du parking.

- C'est vraiment gentil de vous en soucier. Ce n'est pas trop grave, mais il a besoin de se reposer et je vais rester le temps qu'il faut pour qu'il aille mieux.

En parlant, elle s'étonna de ses propres paroles. Elle n'avait pas vraiment réfléchi à la question, mais cela lui semblait évident en le disant : elle resterait ici le temps nécessaire pour que son père retrouvât des forces.

- Je souhaitais vous parler des difficultés que rencontrent les magasins de la rue.

Elle vit monsieur Wilson fermer son visage, croiser les bras et se mettre en arrière, que des signes non verbaux qu'il n'avait pas vraiment envie d'évoquer la question du parking. Harper décida de ne pas en rester là et se pencha légèrement en avant pour lui expliquer la situation :

- Depuis la création du centre commercial à l'extérieur de la ville, beaucoup de personnes s'y rendent parce que les prix sont plus abordables, mais surtout parce qu'il est facile de se garer. Je suis persuadée que s'ils pouvaient à nouveau se garer comme c'était possible il y a quelques mois, cela redonnerait vie aux magasins de la rue principale. Pour le Black Friday, le lendemain de Thanksgiving, beaucoup de clients sont venus car ils avaient le temps de marcher pour déambuler dans la rue et s'arrêter pour trouver des objets à acheter. Quand ils ont le temps, les clients préfèrent le commerce de proximité, des enseignes uniques et originales, plutôt que les grandes chaînes qu'ils trouvent partout et même sur internet. Êtes-vous d'accord avec moi ?

Madame Wilson, son épouse était venue lui parler, mais devant la conversation intense qu'elle constata, elle était repartie dans ses achats. Visiblement, ce n'était pas le moment de les déranger. Monsieur Wilson eut à peine le temps d'acquiescer que Harper reprit son plaidoyer :

- Vraiment, le parking que vous possédez dans cette rue serait une aubaine pour les magasins... et pour vous !

Monsieur Wilson garda les bras croisés, mais s'avança vers Harper pour la première fois depuis le début de la conversation.

- Et pourquoi... pour moi ?

Harper sourit intérieurement. Elle avait réussi à attirer son attention et surtout piquer sa curiosité.

- J'ai discuté avec plusieurs responsables de magasins. Ils pensent que ce serait juste de vous payer un loyer mensuel et pas seulement que vous receviez de l'argent quand les clients se garent.

- Je ne comprends pas. Les clients paieraient et les magasins aussi ?

- En fait, les magasins louent tout le parking, sauf les quelques places pour les habitants du petit immeuble au-dessus du magasin de vêtements d'enfants. Quand les clients viennent se garer, ils prennent un ticket. En dessous d'une heure de shopping, même sans achat, le magasin dans lequel ils se trouvent vous paie le prix du parking. Ce sera donc gratuit pour les clients. S'ils achètent dans plusieurs magasins, chaque magasin peut lui donner un bon pour payer le parking. Dans tous les cas, vous êtes gagnant : vous avez le loyer fourni par les magasins et le parking payé à l'heure pour les clients. Qu'en pensez-vous ?

Monsieur Wilson avait décroisé ses bras et ses yeux pétillaient. Personne ne lui avait proposé quelque chose d'aussi avantageux.

- Vous avez discuté avec tous les gérants des magasins ?

- La plupart, oui et nous nous chargeons de convaincre les derniers. Au pire, leurs clients paieront leur propre ticket. mais je ne crois pas que cela ferait une bonne publicité aux magasins.

Monsieur Wilson sourit pour la première fois depuis le début de l'entretien :

- Avez-vous abordé le sujet du prix de la location ?

- Pas concrètement. Je suis sûre que vous serez d'accord pour demander un prix abordable, puisque, en plus, vous récupérez le prix du parking. Il faut que le prix convienne à tout le monde.

- Bien sûr.

- Et vous n'aurez plus à vous soucier de l'entretien du parking. Il sera assuré par ce loyer sans problème. Vous n'aurez plus à faire de publicité pour trouver des locataires du parking. Vous gardez ceux qui habitent tout près, pas plus.

Monsieur Wilson lui tendit la main. Harper s'empressa de la serrer :

- Je suis très heureuse que vous réfléchissiez à cette proposition.

- Je vais contacter madame Baker, la représentante des responsables des magasins de la rue principale rapidement. Cette idée est originale et je veux vraiment l'examiner. Comment l'avez-vous eue ?

Harper se détendit. La conversation prenait une tournure agréable :

- J'ai un logement à New York et nous avons dû négocier notre parking avec les magasins au rez-de-chaussée et le gérant de l'immeuble. Je vous remercie de m'avoir écoutée.

- Merci beaucoup d'être venue discuter. A bientôt.

- A bientôt.

L'épouse de monsieur Wilson le rejoignit et Harper s'éloigna. Elle devait finir les courses pour le déjeuner, mais elle se dit qu'elle avait peut-être sauvé la librairie de son père et d'autres magasins si monsieur Wilson acceptait son idée.

Elle revint dans la maison de son père le sourire aux lèvres. Agir pour le bien de sa communauté lui avait fait beaucoup de bien, quel que soit le résultat final de la négociation.

Chapitre 7

La nuit était tombée et les rideaux cachaient à peine la clarté de la pleine lune. Harper ouvrit les yeux. Elle tourna doucement la tête et réalisa qu'elle se trouvait à l'hôpital. Elle leva ses bras et bougea ses jambes : tout semblait fonctionner correctement. Elle se redressa lentement. Elle se sentait faible, mais n'avait sans doute pas bougé depuis des heures ou des jours.

Son dernier souvenir lui revint brutalement à la mémoire : elle se trouvait dans sa voiture se précipitant dans le champ en contrebas de la route. Elle venait d'éviter un animal sauvage sur la route et avait tourné le volant trop soudainement. Le choc avait dû l'étourdir.

Peu à peu ses souvenirs revinrent. Elle partait pour New York quand elle avait eu son accident. Elle était restée presque une dizaine de jours dans sa famille, puis devait rentrer chez elle pour son travail. mais depuis combien de temps était-elle allongée dans un lit d'hôpital ?

Le dimanche midi, le déjeuner se déroula avec les mêmes convives. Cette grande tablée réjouissait toutes les personnes présentes. Gaby et Ethan s'entendaient très bien, malgré leur différence d'âge. Ellen appréciait la présence de sa sœur. L'absence de Will rendait sa présence encore plus précieuse qu'à l'habitude. Quant à Jake, quand il était assis à table chez son père, elle arrivait à oublier qu'il s'agissait de son directeur.

Harper lança la conversation avec enthousiasme sur sa rencontre fortuite avec monsieur Wilson en expliquant rapidement sa proposition complète et conclut :

- Pour la première fois, je l'ai vu écouter et même ne pas refuser une proposition. Je ne me risquerai pas à penser qu'il va l'accepter (elle croisa ses doigts en disant cela), mais il a promis d'y réfléchir et de contacter madame Baker. J'espère que cela va permettre d'aboutir à une solution où tout le monde sera gagnant.

Jameson sourit :

- Je te félicite d'avoir essayer de le convaincre. Il ne voulait rien entendre avec nous et pensait qu'on lui ferait perdre de l'argent. J'espère que les discussions vont avancer dans le sens commun et que cela va vite aboutir. Noël est dans quelques semaines.

Harper haussa les épaules :

- Les dés sont lancés. J'appellerai madame Baker s'il le faut.

Au moment du dessert, Ethan parla avec Harper :

- J'ai commencé à regarder pour trouver Riley Smith.

- Et alors ?

- Il me faut encore du temps, car je ne trouve rien de complètement cohérent. En tout cas, je suis sûre que tu as raison. Cette personne ne publie rien sur les réseaux sociaux ou sur internet.

Jake intervint dans leur échange :

- Qui est Riley Smith que vous cherchez à trouver ?

Harper le regarda et lui répondit :

- C'est un auteur qui a publié quelques chapitres sur internet d'un livre très prometteur. Mon directeur aux Éditions du Soleil nous a donné comme mission de découvrir sa vraie identité et de le convaincre de nous rejoindre.

- Et si tu réussis, que gagnes-tu ?

- C'est assez étrange à dire, mais, juste le job de mes rêves ! Éditrice en chef ! Sauf que je pensais obtenir ce poste par le travail que j'ai fourni depuis dix-huit mois et non par le hasard de trouver cet auteur. Cette recherche n'a rien à voir avec ce poste, mais mon directeur a proposé cette récompense pour motiver tout le service.

- Je comprends mieux. Et si personne dans votre service ne le trouve, que se passe-t-il ?

Harper haussa les épaules :

- Je ne sais pas en fait. Si une autre maison d'édition y arrive, il sera sans doute très en colère et peu enclin à donner le poste même à des personnes qui l'auraient mérité. Si personne n'y arrive, ce sera peut-être plus serein ! mais, j'avoue que je n'y ai pas pensé. La date limite est le dernier jour de l'année. Je verrai bien où j'en serai.

Ethan se pencha vers elle :

- Je suis sûr que nous allons réussir à le trouver. Il faudra après que tu arrives à le convaincre de signer chez vous.

- Oui, tu as raison Ethan. En fait, je dois réussir deux missions et non une seule. mais la plus dure pour moi est de percer son identité. Après, négocier est un autre objectif. De toute façon, nous n'en sommes pas encore là.

Pendant la discussion, Jake avait remarqué à quel point Ellen était fatiguée. Elle se frottait les yeux et baillait beaucoup, même si elle essayait de rester discrète. Il se demandait s'il était raisonnable qu'elle continuât de prendre autant de gardes et de remplacements aux urgences. Il avait bien interprété qu'elle compensait sa tristesse et l'absence de son mari par un surcroît de travail. Si elle ne prenait pas soin d'elle-même spontanément, il faudrait qu'il intervînt en tant que son supérieur. Il savait bien que le manque de stagiaires et d'intérimaires rendait la tâche compliquée au personnel habituel. L'arrêt des subventions n'était pas intervenu au bon moment. Il devait trouver une solution pour ne pas avoir à fermer un ou plusieurs services. Il avait passé de nombreux appels et si les personnes avaient bien compris les conséquences, peu avaient proposé concrètement des espèces sonnantes et trébuchantes. Il restait encore des réponses en attente, mais il commençait à douter de trouver une solution pérenne.

Néanmoins, quoi qu'il se passât, il devait prendre soin de son personnel et éviter l'épuisement mental et la fatigue physique du personnel soignant. La réunion générale du lundi matin porterait là-dessus, même si pour l'instant, il n'avait aucune vraie solution à apporter. Aborder le sujet permettrait aussi de montrer qu'il en avait conscience.

Ethan se leva avec Harper pour débarrasser la table. Jake était content de l'éducation d'Ethan. Son frère et sa belle-sœur avaient posé les bonnes bases et il avait pu continuer sur la même lancée. L'adolescence changerait un peu la donne, comme souvent, mais il ne doutait pas qu'Ethan garderait son bon caractère et ses bonnes manières malgré tout.

Jameson restait assis à table et demanda à sa fille célibataire :

- Harper, vers quelle heure penses-tu partir aujourd'hui ? Le temps est encore incertain. La neige n'est pas loin et le soir du week-end de Thanksgiving, je doute que tu sois seule sur la route.

Alors qu'Harper marchait entre la cuisine et la salle à manger, elle répondit mine de rien tout en ramenant les dernières assiettes :

- Merci pour tes remarques très judicieuses, mais elles ne me concernent pas puisque je reste la semaine prochaine ici. Je m'occuperai de la librairie, pendant que tu te reposeras. Ça te convient ?

Jameson échangea un sourire avec Madison :

- J'ai encore besoin de repos selon mon médecin traitant. Donc ta décision me convient parfaitement. Docteur, qu'en pensez-vous ?

Alors qu'il tutoyait d'habitude Jake, il cherchait à montrer à quel point l'avis médical comptait. Jake rentra dans son jeu en parlant un peu fort alors que Harper était dans la cuisine.

- Oui, une semaine de repos complet est exactement ce qui est nécessaire pour votre état. Votre fille vous rend un fier service.

Harper revint dans la salle à manger en finissant de s'essuyer les mains sur un torchon :

- N'en rajoutez pas ni l'un, ni l'autre. J'ai pris ma décision seule et je sais que c'est la bonne !

Jameson et Jake s'autorisèrent à sourire franchement :

- Honnêtement, vous aidez vraiment votre père en étant à la librairie. Cela ne pénalise-t-il pas votre travail à New York ?

- Non, j'ai apporté toutes mes fiches de lecture et mes dossiers. Je dois les envoyer durant le mois de décembre. En fait, j'ai fini tous mes projets et je les envoie peu à peu pour me laisser du temps pour aider à la librairie et pour chercher Riley Smith. J'aurais pu prendre des vacances, mais mes projets personnels ont été bouleversés. Alors, mon efficacité va être un atout que je vais utiliser pour une fois.

- Vous pourriez rester plus longtemps ?

Harper esquissa une petite moue :

- Dans l'absolu oui, mais mon directeur n'apprécie pas de voir ses bureaux vides. Il a toujours peur de nous payer à ne rien faire. Donc, je pense que ce serait utile que je rentre la semaine prochaine, quitte à revenir rapidement.

- Je comprends. En tout cas, nous sommes tous ravis que vous restiez une semaine de plus.

Harper apprécia la remarque.

Le lundi matin, Jake arriva tôt à l'hôpital. Il devait préparer les deux opérations qu'il avait programmées, mais il voulait surtout étudier comment alléger le planning du personnel soignant pour leur permettre de souffler avant Noël. La période des fêtes de fin d'année restait un moment chargé où l'alcool, la fatigue, le froid et les intempéries ne faisaient pas bon ménage. Il lui fallait toujours utiliser un peu plus de personnel qu'à l'accoutumée. Il devait vraiment présenter une organisation allégée jusqu'à Noël pour que le personnel de garde ne soit pas trop épuisé pendant les festivités. Après ses opérations, il continua à chercher des idées pour que la réunion fut le début d'un vrai dialogue et laisser la place à des propositions.

Harper avait amené les enfants à l'école. Jake était parti tôt et Ellen dormait encore. Celle-ci était vraiment épuisée par les nuits de garde qu'elle cumulait. L'argent qu'elle gagnait en plus ne suffisait pas à expliquer ses heures supplémentaires. Elle voulait juste éviter de penser que les fêtes de fin d'année se dérouleraient encore sans la présence de Will. Alors Harper avait choisi d'emmener Gaby à l'école pour lui donner quelques heures de sommeil en plus. La fillette avait apprécié ce changement, c'était tellement rare que sa tante l'emmenât à l'école. Après les avoir déposés, Harper se rendit à la librairie.

Quitte à rester la semaine entière, autant modifier la décoration selon ses goûts. Elle savait que son père n'y verrait pas d'inconvénient. Elle ajouta quelques bougies à la cannelle, acheta à la boulangerie toute proche des sablés de Noël en forme de sapin, d'étoile et d'ange, des cupcakes au glaçage en forme de flocons de neige et des brownies juste sortis du four. L'odeur de Noël se diffusait par petites touches.

Elle accueillit les premières personnes avec plaisir. Elle mit en valeur des auteurs qu'elle appréciait et même certains qu'elle avait découverts en venant lire enfant. Elle ajouta des commentaires écrits à la main, comme le faisait son père dans certains livres pour lesquels il avait eu un coup de cœur.

Alice avait pris de l'assurance durant les derniers jours. Elle parlait plus volontiers aux clients. La caisse enregistreuse était devenue sa meilleure amie. Les prix des gâteaux, l'utilisation du scanner de code-barres et le rendu de monnaie n'avaient désormais plus aucun secret pour elle. Harper appréciait beaucoup la jeune femme, et encore plus, en la sentant à l'aise dans ses nouvelles responsabilités.

Alors qu'Harper était montée à l'étage, dans le temple des enfants et des jeunes adultes, elle retrouva des auteurs familiers, et même certains qu'elle avait découverts. Cela la ramena brutalement dans le monde qu'elle avait quitté. Elle repensa à son bureau et réalisa à quel point les réunions pour défendre les auteurs de chacun lui manquaient. Il fallait décortiquer les détails des romans, expliquer les coups de cœur et convaincre pour le choix final que ce livre ne serait pas juste « un » livre, mais le début d'une longue série. Cette adrénaline lui plaisait, mais l'environnement des Éditions du Soleil était-il le plus favorable pour son épanouissement et sa carrière ? Elle n'en était pas convaincue. Elle avait évoqué en souriant de créer sa propre maison d'édition, mais elle devait s'avouer que, quelque part au fond d'elle-même, cette hypothèse confinait au rêve.

En redescendant, une couverture d'un beau livre de photos attira son regard. Il représentait une vue sur Central Park et l'image de son balcon lui revint en mémoire. Son bel appartement ne lui manquait pas autant qu'elle l'aurait pensé. Naturellement, elle n'était à Oak Lake que depuis quelques jours, mais elle avait vraiment l'impression d'avoir remis les pieds dans des pantoufles confortables, qui lui convenaient parfaitement. Elle s'était très vite réhabituée aux arbres se reflétant dans le lac, aux magasins de son enfance, au calme de la nuit et aux repas familiaux. Elle ne recevait que très peu chez elle. La plupart du temps, elle retrouvait ses amis, ses collègues et même son petit ami au restaurant. Emily était déjà venue déguster un bon repas chez elle, mais ce n'était pas une habitude partagée, même pour Alden. Elle commençait à se dire qu'elle n'aimait ce grand appartement que pour la vue sur les arbres. Elle sourit en pensant à son incroyable garde-robe, alors que depuis son arrivée, elle n'avait pas varié énormément ses tenues.

Alors qu'Alice encaissait les achats d'un jeune couple, Harper les regarda sortir main dans la main. Sa relation avec Alden lui paraissait lointaine. Elle enviait la douceur qui émanait de ce couple. Elle pouvait presque ressentir leur relation équilibrée et heureuse. Durant les derniers mois, elle avait pensé que le couple qu'elle formait avec Alden ne correspondait pas à tous ses critères. Ne pas chercher à laisser son travail pour passer du temps ensemble restait un vrai symptôme d'une relation moins épanouie qu'elle ne le pensait. Elle acceptait les raisons d'Alden et, en prenant de la distance, elle réalisait qu'elle les avait acceptées très, voire trop, facilement. Alden avait finalement raison. Leur histoire n'avait pas été assez solide et les derniers mois en avaient attesté. Leurs sorties s'organisaient régulièrement avec des amis ou des collègues, plus que seuls tous les deux, sauf en vacances. Cette relation la satisfaisait, mais elle devait s'avouer qu'elle s'éloignait sérieusement de ses désirs personnels. Si la blessure d'orgueil était encore sous-jacente, celle de la rupture s'était considérablement allégée. Elle ne voulait plus d'une relation où les deux parties ne s'impliquaient pas totalement.

Madison passa chercher Ethan et Gaby à l'école. Harper devait rester à la librairie. Si Ethan venait d'habitude seul, Gaby restait à l'école jusqu'à ce que sa baby-sitter vînt la chercher. mais comme Harper avait proposé qu'elle restât à la librairie avec elle, Madison avait accepté d'aller à l'école récupérer les deux enfants. Gaby était ravie. Ethan pouvait ainsi finir ses devoirs et continuer à lire.

Le jeune garçon appréciait la présence d'Harper. Tout d'abord, le fait qu'elle habitât New York l'éblouissait. Il n'avait pas beaucoup voyagé et la grande ville l'attirait. Puis, son travail pour choisir des auteurs le fascinait. Il avait du mal à imaginer concrètement son métier, mais qu'il consistât à lire des romans toute la journée lui paraissait de l'ordre du rêve. Peut-être serait-il lui aussi un jour « découvreur de talents ». Pour l'instant, l'informatique et les sciences constituaient ses passe-temps habituels. Il avait commencé à chercher Riley Smith sur internet sur la base des détails donnés par Harper. Il était arrivé dans plusieurs cul-de-sacs, mais certaines pistes semblaient prometteuses. Il en parlerait plus tard à Harper. Il savait qu'il avait envie de l'impressionner et appréciait qu'elle s'adressât à lui comme à un adulte. Il voulait vraiment réussir, comme pour lui prouver qu'elle avait eu raison de croire en lui. Il alla la saluer :

- Bonjour Harper.

- Bonjour Ethan. Déjà là ? Je n'ai pas vu le temps passé. Gaby est en train d'avaler les bons gâteaux de Madison je suppose.

La petite fille arriva sur ces entrefaites, les mains propres, mais les lèvres pleines de sucre glace.

- Bonjour Gaby. As-tu passé une belle journée ?

- Oui Tatie Harper, très bonne ! J'ai même eu un A en récitation.

- Je te félicite Gaby. Et toi, Ethan ? As-tu passé une bonne journée ?

- Contrairement à Gaby, j'ai eu trois examens et aucune note. Donc, je suis ravi que la journée soit finie ! J'ai, bien sûr, quelques devoirs, mais cela devrait aller vite. Je vais pouvoir finir de lire mon livre.

Son enthousiasme pour la lecture plaisait à Harper, qui le partageait sans réserve. Madison fit un geste de la main et repartit chez elle. Elles se verraient au dîner sans l'ombre d'un doute.

Jake sortait content de la réunion avec les chefs de ses équipes. Ellen en faisait partie. Tous avaient apprécié que leur directeur fut aussi conscient de leur charge de travail et surtout qu'il cherchât des solutions pour la diminuer. Chacun avait proposé des pistes possibles, à travers un peu de réorganisation ponctuelle. Le brainstorming avait ouvert des possibilités auxquelles Jake n'avait pas nécessairement pensé. Il avait remarqué qu'Ellen n'avait pas intensément participé. Son visage était marqué par la fatigue et il sentait pointer la tristesse de l'absence de son mari dans ses yeux. Il allait devoir forcer sa nature de ne pas demander d'aide et d'appeler le colonel. Peut-être n'obtiendrait-t-il rien, mais il se devait d'essayer.

Ellen et Jake ne rentrèrent pas très tard ce soir-là et le dîner familial se déroula de bonne heure dans la soirée. Jameson allait de mieux en mieux. Sans vraiment réaliser un examen médical, Jake l'observait à la dérobée. Il le trouvait beaucoup moins essoufflé, le visage un peu plus reposé et surtout beaucoup plus serein dans l'ensemble. Le repos et la présence de sa fille à la librairie lui apportaient manifestement un apaisement. Même si Jake savait la présence d'Harper temporaire, il était content de voir l'état de son patient et ami s'améliorer depuis quelques jours. Il arriverait mieux à le convaincre de prendre du recul par rapport à la librairie quand sa fille serait partie.

Jameson demanda à Harper :

- Alors, cette journée à la librairie sans interruption, qu'en as-tu pensé ?

- Tu sais, papa, je pense que cette tranche horaire arrange quelques clients qui travaillent dans un environnement proche et qui viennent manger le midi dans les brasseries et autres cafés.

- Tu as raison. Penses-tu que, si j'embauchais quelqu'un, il faille intégrer cette clause ?

- Sur quelques jours, et surtout dans les semaines précédant les fêtes de fin d'année, je ne sais pas si c'est très probant. mais, cela voudrait le coup de prolonger en janvier et de comparer avec l'an dernier si cela a de l'influence sur les ventes. Si, en plus, le parking était ouvert aux clients de la rue, cela pourrait donner un véritable aperçu sur la justesse de cette décision. Il n'est pas nécessairement utile de le mettre en place toute l'année, mais plus ponctuellement qu'actuellement, c'est vraisemblable.

Ellen, qui n'était pas intervenue dans la conversation, revint sur un mot employé par son père :

- Envisages-tu sérieusement d'embaucher quelqu'un en plus d'Alice et de toi ?

- Disons que je commence à étonner Jake et qu'il faut que je lève le pied. Je continuerai à aller à la librairie, mais sans doute pas toute la journée. Si Alice demande de l'aide, je me déciderais alors à enrôler une nouvelle personne à temps partiel. Nous verrons après Noël. Je tiens encore à te remercier Harper d'être rester une semaine de plus. Cela m'aide bien.

Sa fille lui sourit :

- Je crois que cela me fait du bien à moi aussi de passer du temps ici. Quant à Alice, je trouve qu'elle commence à se débrouiller de mieux en mieux seule. Peut-être ne sera-t-il pas nécessaire d'embaucher quelqu'un.

- Après l'école, je pourrais venir l'aider.

Ethan était intervenu et Jake n'eut pas le temps de commenter qu'une petite voix ajouta :

- Moi aussi, après l'école, je peux venir aider.

Ellen caressa la tête de sa fille :

- Tu es peut-être un peu jeune pour avoir un contrat de travail...

Jake compléta la remarque de l'infirmière

-... et Ethan aussi !

- J'ai bientôt quatorze ans. Je pense que ça se négocie !

- Moi aussi, je veux négocier avec papy !

Ils se tapèrent dans la main avec du bruit.

Tous éclatèrent de rire. Gaby cherchait vraiment à copier tout ce que pouvait faire Ethan. Leur complicité faisait plaisir à voir.

- En attendant de négocier, je propose de débarrasser la table et qu'on puisse jouer à un jeu de société.

Cette idée de Jameson remportait toujours un franc succès et la vaisselle fut rapidement enlevée.

Quand Jake eut fini ses opérations et ses consultations le mardi en début d'après-midi, il passa au bureau des infirmières et demanda Ellen :

- Excusez-moi. Savez-vous où se trouve Ellen Jones s'il vous plaît ?

- Elle vient juste de sortir voir un patient, mais ne va pas tarder à revenir.

- Pouvez-vous lui dire à son retour que je souhaite la voir dans mon bureau ?

- Bien sûr, docteur !

Jake revint dans son bureau et commença à mettre en forme les idées développées hier pour alléger le travail de son équipe et leur permettre de se reposer un peu plus. Il était en pleine réflexion quand il leva la tête pour voir qui tapait à sa porte.

- Bonjour Ellen. Entrez, je vous en prie et fermez la porte.

- Bonjour Docteur.

A l'hôpital, ils se vouvoyaient. Cette différence entre la journée et le repas du soir ne les gênait pas. Même amis, ils étaient dans un rapport hiérarchique au travail et cela leur convenait.

- Ellen, hier, j'ai organisé cette réunion pour que chacun dise ses difficultés. Je ne vous ai pas beaucoup entendue.

- Je n'ai pas vraiment de difficultés en ce moment. Je suis présente dans mon travail et cela me convient.

Jake se leva et marcha vers la fenêtre. Il ne savait comment exprimer sa demande.

- Je vais aller droit au but. Je pense que vous travaillez trop. Si vous ne vous reposez pas un peu, votre santé sera en danger. Votre fille a besoin de vous et en ce moment, heureusement que votre sœur est là, car elle ne vous voit pas assez.

Ellen allait l'interrompre quand il leva le bras pour l'arrêter :

- Je sais, je sais. Vous avez du travail, et j'en suis en partie responsable. mais, vous prenez les gardes, les missions d'urgence, tout ce que vous pouvez faire et même au-delà. Je sais aussi que l'absence de votre mari n'est pas tout-à-fait étrangère à cet acharnement au travail. mais, je vous le dis avec bienveillance. Vous allez droit au burn-out et cela ne réglera pas votre tristesse. Je vous demande donc de partir dès maintenant après la relève et de prendre les deux prochains jours en congé. Votre équipe se débrouillera sans vous. Vous pouvez même dire que je vous l'ai imposé, puisque c'est vrai.

Ellen leva les yeux vers lui et les larmes perlaient au coin de ses paupières. Elle acquiesça doucement et dit tout bas :

- Merci !

Elle se leva et il ajouta :

- Se reposer, c'est dormir. Rester chez vous, détendez-vous. Harper peut encore, cette semaine, s'occuper de Gaby, alors profitez-en. Vous en avez vraiment besoin.

Elle hocha la tête et sortit. Elle était confuse que son directeur eut besoin de lui ordonner ce repos, mais elle savait qu'il avait raison. Elle se noyait dans le travail pour oublier que son mari était au loin et qu'il n'était pas près de rentrer. Elle retourna voir ses collègues à qui elle annonça qu'elle partait dès maintenant pour ne revenir que vendredi. Son inquiétude était réelle et leur réaction la surprit car elles la félicitèrent d'enfin se reposer. Aucune ne lui en voulait. Elles étaient visiblement contentes qu'elle prît un peu de temps pour elle. Elle termina la relève et rentra chez elle.

Elle envoya un message à Harper et à son père :

« Sur ordre de mon directeur, je rentre me reposer jusqu'à vendredi matin. Je ne viendrai pas ce soir dîner. Expliquez, s'il vous plaît, à Gaby que je suis fatiguée. J'essaierai de venir pour son petit déjeuner demain matin, mais je n'en suis pas certaine. Merci pour votre aide et votre compréhension. Je vous aime fort tous les trois ».

Elle rentra chez elle sans lire les retours de son père et de sa sœur. Elle s'allongea sur son lit sans se déshabiller et n'entendit même pas le réveil sonner à sept heures le lendemain matin. Elle dormit en trois fois près de vingt heures, se levant pour aller aux toilettes et boire un verre d'eau.

Le mercredi soir, elle alla manger chez son père. Elle se sentait encore fatiguée, mais le sommeil lui avait redonné un visage plus apaisé. Sa fille courut dans ses bras :

- Maman. Je suis vraiment heureuse de te voir. Tatie Harper et Madison m'amènent et me ramènent à l'école. Tu m'as manqué, mais tout le monde s'est bien occupé de moi.

Ellen serra sa fille dans ses bras, puis celle-ci s'éloigna et la regarda :

- Tu sais, hier, j'ai décidé de ce qu'on allait manger et j'ai choisi des crêpes salées et sucrées. Madison les réussit drôlement bien !

Ellen sourit devant l'enthousiasme de sa fille.

- Merci à tous. Je crois n'avoir jamais autant dormi de ma vie. J'en avais sans doute un peu besoin.

Jake ne dit rien, mais Harper confirma :

- Tu étais épuisée et tu es encore fatiguée, mais tu as retrouvé un visage presque humain !

Ellen grimaça un :

- Merci.

Puis, elle ajouta :

- mais tu as raison. J'étais dans une spirale de fatigue et de tension nerveuse. Je vais encore me reposer demain, si tu veux bien encore t'occuper de Gaby une journée supplémentaire.

- Bien sûr. Je suis heureuse de profiter de ma nièce

Gaby ne perdait pas une miette de la conversation :

- Et moi, je suis heureuse d'être avec Tatie Harper !

Ellen rentra chez elle après le repas. La décompression après des semaines de stress intense l'avait prise au dépourvu et la fatigue était présente à l'état pur. Elle était sereine à l'idée que sa sœur s'occupât de sa fille pendant son repos. Cela lui réchauffait le cœur. Jake avait bien eu raison d'insister, elle n'aurait jamais osé, seule, partir en pleine journée. Elle dormit près de douze heures d'affilée.

Tout le monde savait qu'Ellen souffrait de l'absence de Will. Qu'elle acceptât de prendre quelques jours de repos les soulageait tous. Jake s'assurerait que, ce week-end, la clinique ne l'appellerait que si vraiment sa présence était indispensable. Elle méritait de passer du temps en famille.

Le jeudi matin, après avoir déposé les enfants à l'école, nouvelle habitude qui convenait à tout le monde, Harper arriva en avance à la librairie. Elle ouvrit son ordinateur et envoya les dossiers qu'elle avait déjà étudiés et préparés dans son appartement new-yorkais. Pour une fois, elle se félicitait de son efficacité et de son implication dans son travail. Cela lui permettait d'aider son père et de chercher Riley Smith. Elle ouvrit sa boîte mail et découvrit de nombreux courriels de son chef Mason Davis. Souvent, elle était en copie avec d'autres, mais un, en particulier, attira son attention. Il demandait la présence de toute l'équipe le lundi suivant à quatorze heures et ne tolérerait aucune absence. Il tenait à faire le point sur les recherches des uns et des autres sur Riley Smith. Elle lui répondit en actant sa présence, puis referma son ordinateur un peu dépitée.

Elle n'avait pas vraiment avancé. Avec Ethan, ils passaient du temps ensemble, le soir, quand Gaby était partie dormir. mais, même si Ethan avait trouvé quelques correspondances, aucune ne concordait vraiment. L'ardeur avec laquelle le jeune garçon cherchait l'auteur encourageait Harper à continuer. Jake ne voyait pas d'inconvénient à ce qu'il aidât la jeune femme. Souvent, quand il rentrait du travail, il passait directement chez Jameson. Il observait la jeune éditrice et son neveu un sourire aux lèvres. Leurs petits cris de joie ou de désespoir amusaient beaucoup Jake. Son neveu avait l'air heureux d'aider Harper et cela remplissait son cœur de bonheur. Son neveu s'épanouissait et cela rassurait Jake sur le rôle qu'il tentait de tenir ces dernières années. Il avait tellement douté d'être capable d'être un bon père de substitution. En le voyant rire et grimacer avec Harper, il pouvait pleinement réaliser le chemin parcouru à deux. Au milieu du dîner familial, Harper annonça :

- Mon directeur organise une réunion où il veut que tout le monde soit présent lundi après-midi. Je rentre donc lundi prochain à New York. Je vous assure que je serais volontiers restée une semaine de plus, mais...

Son père l'interrompit :

- Ne te justifie pas ! Tu seras restée douze jours au final, c'est tellement plus que les deux jours initiaux. Nous sommes tous très heureux de ce temps passé avec toi. Nous l'avons savouré et nous allons en profiter jusqu'à lundi matin. Je savais que tu ne resterais pas jusqu'à Noël. Ta vie, ton travail et ton logement sont dans la Grosse Pomme. Alors, c'est normal que tu rentres là-bas. Reviens quand tu veux et surtout quand tu peux, nous serons toujours là pour t'accueillir.

Harper se leva et entoura son père de ses bras :

- Merci papa. Promis, je reviendrai plus souvent.

Légèrement inquiet, Ethan lui demanda :

- Continuerons-nous à chercher Riley quand tu seras chez toi ?

- Évidemment ! Et j'espère bien qu'on restera en contact si ton oncle est d'accord.

Jake sourit :

- Bien sûr ! Peut-être même que nous irons vous voir. Je crois qu'Ethan rêve d'aller en haut de l'Empire State Building !

Les yeux du jeune garçon brillèrent en se tournant vers Jake et vers Harper :

- Serait-ce possible ?

- Je le pense !

Et Gaby demanda de sa voix fluette :

- Maman, nous aussi, nous pourrons aller en haut de...

Ellen sourit :

- D'accord ! Nous irons tous ensemble visiter New York !

La conversation s'orienta sur des sujets plus légers. Alors qu'Harper pensait que la nouvelle de son départ se déroulerait de façon un peu tendue, elle avait pu ressentir la bienveillance et la compréhension de tous, sans l'ombre d'un jugement. Elle reviendrait plus souvent à Oak Lake, elle se le promit solennellement.

Chapitre 8

Harper se rétablissait rapidement. Elle arrivait à manger, mais restait encore un peu fatiguée.

Elle avait tendance à dormir le jour et à être réveillée la nuit. Cela lui donnait l'occasion de rêvasser, de se souvenir, de réfléchir et surtout de prendre du recul, une nouveauté pour elle. Ce moment hors du temps que son accident avait impliqué lui permettait de réfléchir. Elle se posait beaucoup de questions qui remettaient peut-être en cause la vie parfaite qu'elle pensait vivre.

Son bel appartement avec vue sur Central Park était un havre de paix. Elle travaillait sans doute trop pour avoir besoin d'un tel endroit pour se connecter à la nature. Elle réalisait qu'elle avait donné trop d'importance à sa carrière, parce que sa vie amicale et amoureuse n'était sans doute pas aussi épanouie qu'elle le souhaitait. Elle avait décoré son cocon avec beaucoup de goût, dans un style minimaliste et artistique. Elle appréciait les objets puisqu'elle les avait choisis, mais il ressemblait trop à un magazine de décoration et pas assez à un endroit chaleureux qui témoignerait de sa vie. Elle ajouterait des photos de voyage et des personnes qu'elle aimait en rentrant. Elle intégrerait d'autres plaids bien doux et moelleux, des petites décorations pour égayer sa cuisine superbe, mais trop sobre. Elle voulait que son chez-elle ressemblât à un vrai foyer. Elle avait pris conscience à quel point la maison de ses parents reflétait la quiétude et la chaleur familiale dont elle avait besoin sans s'en rendre compte.

Sa carrière lui semblait aussi avoir pris trop de place dans sa vie. Travailler les week-ends sans même obtenir de reconnaissance n'était plus aussi satisfaisant. La vie moins stressante qu'elle avait redécouverte dans la librairie de son père la faisait réfléchir à une nouvelle organisation pour sa prochaine vie professionnelle. Elle devait comprendre ce qu'elle souhaitait vraiment faire, dans quelles conditions et avec qui. La mission de trouver la vraie identité de Riley Smith ne la comblait pas du tout. Si l'auteur souhaitait rester anonyme, elle n'avait pas envie de le forcer à se dévoiler. Même si elle souhaitait le rencontrer pour échanger avec lui sur cet univers prometteur, elle ne le ferait pas à tout prix. Elle commençait à envisager d'arrêter cette mission et de renoncer à ce poste qu'elle convoitait. Obtenir cette promotion par cette méthode commençait vraiment à la rebuter. L'accident l'avait empêchée d'aller à cette réunion de service. Et si c'était un signe...

Elle attendait le passage de Jake avec impatience. Pourvu qu'il lui permît de sortir !

Et si elle y pensait bien, elle n'était pas insensible à son charme, ni à sa gentillesse ou son sourire. Il avait une vie bien trop remplie et n'aurait sans doute aucune place pour elle, mais d'y songer n'empêchait rien.

Jake se leva de bonne heure et eut le plaisir de déjeuner avec Ethan qui voulait réviser un examen de mathématiques :

- Bonjour Ethan. Tu es bien matinal !

- Bonjour Oncle Jake. Oui, je veux relire mon cours. L'examen ne m'inquiète pas, mais hier, j'ai passé du temps avec Harper et du coup, je veux relire la leçon une fois supplémentaire.

- Je te comprends. mais, bon, les mathématiques te réussissent bien et je ne doute pas que cela va continuer aujourd'hui.

- Oui, moi non plus.

- Dis-moi, tu as l'air de bien t'entendre avec Harper !

Ethan se leva, il venait de finir de boire son chocolat chaud et de manger deux grandes tartines de pain beurrées avec de la confiture. Il avait commencé par un bol de céréales. L'adolescence se manifestait déjà dans l'abondance de nourriture.

- Oui, je l'apprécie vraiment beaucoup. Sa mission de détective est amusante, mais il n'y a pas que cela. Elle est toujours souriante et de bonne humeur, alors que je suis sûr que tout n'est pas parfait dans sa vie. Elle est aussi très patiente avec Gaby et très sympathique avec moi. J'espère vraiment qu'on restera en contact tous les deux car elle connaît beaucoup de choses et surtout elle vit à New York !

Jake sourit :

- Je ne doute pas que vous continuerez à échanger. Et, je suis sûre qu'elle viendra plus souvent à Oak Lake.

- Alors, tant mieux ! Bon, je te laisse. Je vais réviser ma leçon !

Jake finit de débarrasser la table. La vie avec Ethan était vraiment plaisante.

Le jeune directeur arriva de très bonne heure à la clinique ce vendredi matin. Il voulait préparer le coup de téléphone au colonel MacCallan. Il n'avait jamais réclamé de faveur et devoir le faire, même pour une bonne raison, le mettait mal à l'aise.

En marchant vers le bâtiment, il repensa à Harper et à son retour à New York. La jeune femme lui plaisait bien et le fait qu'elle rentrât chez elle le peinait. Il acceptait qu'elle eut construit sa vie ailleurs, mais partager son quotidien lui avait permis de l'apprécier. Il s'était rendu compte qu'ils partageaient les mêmes valeurs ,importantes à ses yeux. En effet, elle n'avait pas hésité à venir aider son père qui s'était blessé. Lui aussi avait accouru pour prendre soin de son neveu. Même s'il avait complètement changé de vie, Harper n'avait pas eu à le faire, pas encore en tout cas. Serait-ce absolument nécessaire pour elle ? Chacun vivait ses propres exigences. Tout comme lui, elle accordait une grande importance à la famille et leurs échanges avaient montré qu'elle regrettait ses absences ces derniers mois. Enfin, elle aimait apporter son soutien aux autres, valeur indispensable pour le médecin qu'il était. Elle avait pris en charge sa nièce pour soulager sa sœur. Et son sourire plein de joie avait souvent redonné le sourire à l'homme très occupé qu'il était.

Depuis son arrivée à Oak Lake, il avait eu l'impression qu'elle s'était épanouie, presque retrouvée. A Thanksgiving, son visage traduisait de l'anxiété, de la tristesse et de la fatigue. Hier soir, elle respirait la joie, une certaine sérénité et même une forme de paix. La voir s'amuser sur cette recherche avec Ethan avait gonflé son cœur de bonheur. Il était en train de tomber amoureux. Il secoua la tête en entrant dans son bureau. Ce n'était ni le moment avec les tracas de la clinique, ni la bonne personne puisqu'elle repartait vivre loin d'ici, à trois heures d'Oak Lake, qu'il ne pouvait pas quitter, et surtout dans une ville hors norme.

Il s'assit à son bureau et sourit en voyant les dossiers des vétérans préparés avec soin par son assistante. Cette journée, sans doute la plus difficile à gérer émotionnellement, représentait une source de joie et de plaisir. Le soutien qu'il apportait le remplissait d'épanouissement et la gratitude que ses patients lui manifestaient était réciproque. Il avait l'impression que ce vendredi faisait le lien entre son ancienne vie et la nouvelle. Il n'avait eu aucune hésitation en venant prendre soin de son neveu, ni aucun regret de son ancienne vie. Il avait vraiment tourné la page. mais, il avait aimé cette vie dans l'urgence en prenant soin de soldats qui défendaient des idéaux qui avaient un sens pour lui. Alors, continuer de soigner ces militaires rentrés au pays faisait remonter en lui les raisons du choix initial de son métier et effaçait la fatigue que cette journée engendrait. Il posa quelques idées sur le papier pour son coup de téléphone au colonel. Il appellerait plus tard. Un peu de procrastination, très inhabituelle pour lui, ne compromettrait pas le résultat. Puis, il alla chercher la première personne de la salle d'attente.

Quand Ellen revint dans le bureau des infirmières, après ses deux journées et demie de repos, voire de sommeil, elle sut que des aménagements avaient été apportés.

- Bonjour Sandie et Tina. Me suis-je trompée de bureau ?

Sandie lui sourit :

- Bonjour Ellen ! Non, je te rassure !

- mais pourquoi êtes-vous là et non au troisième étage ?

- Assis-toi, nous allons tout t'expliquer !

- D'accord, je prends un deuxième café et je vous écoute.

Elles s'assirent toutes les trois autour du bureau et les deux autres infirmières détaillèrent la nouvelle organisation. Jake avait réorganisé les tâches pour chaque service avec les idées proposées et chaque service avait approuvé les nouveaux emplois du temps. Les durées étaient un peu rallongées pour que la continuité de service fut assurée, mais des jours étaient libérés et cela satisfaisait tout le monde. Ellen arbora un grand sourire :

- De toute façon, nos journées étaient souvent plus longues que la normale. mais savoir que nous pourrons avoir plus de jours de repos est vraiment revigorant. Que les services communiquent plus et partagent certaines ressources rend le travail d'équipe plus réel. Très bonne idée !

- Oui ! Le docteur Keene a vraiment repris l'essentiel de nos propositions et nous avons pu tous adhérer sans délai à ce nouveau projet. Je ne sais pas si cela change la problématique de l'absence des subventions, mais cela nous accorde une meilleure qualité de vie !

- Nous ne pouvons pas régler tous les problèmes à la fois.

Sandie demanda doucement à Ellen, en posant sa main sur sa main :

- Et toi, comment te sens-tu ?

- J'ai vraiment bien dormi, des dizaines d'heures ! Je suis encore un peu fatiguée évidemment, mais je me sens bien mieux. Je n'étais pas loin d'un épuisement total. Ce nouveau fonctionnement va aussi nous permettre de nous reposer. Donc, je me sens vraiment soulagée de ne pas replonger dans la même spirale.

- Ça nous fait plaisir que tu ailles mieux. Nous n'osions pas te le dire, mais tu étais l'ombre de toi-même depuis quelques semaines et nous étions inquiètes pour toi. Et là, honnêtement, tu as retrouvé meilleure allure.

- Oui, je le savais aussi. mais, je croyais que le travail m'aidait à aller mieux. Cette spirale infernale et surtout complètement illusoire m'entraînait vers le burn-out. Je suis contente de m'être arrêtée à temps.

Elles se plongèrent dans la distribution des chambres et des patients à surveiller. Ellen remercia Jake silencieusement. Peut-être ne réussirait-il pas à sauver la clinique sans devoir faire des choix drastiques, mais il était vraiment attentif à ses équipes. Elle reprit avec plaisir son travail. Sa pile de dossiers sous le bras, elle partit rejoindre son premier patient.

Harper était arrivée en avance à la librairie comme tous les matins. mais, elle n'était pas d'humeur à tout ranger. Elle avait juste envie de savourer le plaisir de se trouver là à cet instant-là, sachant qu'elle allait devoir repartir dans « son » monde. Elle déambula dans les rayons, s'arrêta devant les livres mis en valeur, remit en place des livres pris et reposés par erreur et huma l'odeur des gâteaux frais qu'elle avait achetés et posés sur le comptoir. Cet endroit méritait qu'elle participât à le sauver. Elle n'avait pas eu de nouvelles de madame Baker. Il faudrait qu'elle l'appelât bientôt.

Des souvenirs d'enfance remontèrent. Elle se souvint de la première fois où elle s'était assise dans un coin pour lire seule un livre. Sa mère ne l'avait même pas dérangée pour le déjeuner pour la laisser terminer son livre. Elle revit aussi la fois où elle avait découvert Harry Potter, mais aussi Ernest Hemingway ou Harper Lee. Elle aimait les livres, tous les livres, ceux pour enfants, les classiques, les grands auteurs, mais aussi les romans et évidemment ceux pour jeunes adultes. Travailler dans le domaine des livres au sens large avait toujours été une évidence depuis son enfance, mais elle était en train de se demander si sa place était aux Éditions du Soleil et si d'autres options ne s'offraient pas à elle, quand Alice entra dans la librairie peu avant l'ouverture.

- Bonjour Harper.

- Bonjour Alice.

Alice alla poser son sac et son manteau à l'arrière du magasin et revint près des caisses.

- Tu avais l'air perdue dans tes pensées. Tu n'as même pas ouvert le store, ni même la caisse. Ça ne te ressemble pas.

Harper soupira doucement :

- Tu as parfaitement raison. De nombreux souvenirs sont revenus à ma mémoire. J'ai passé tellement d'heures dans cette librairie à découvrir des milliers d'auteurs. J'ai ouvert mon esprit et mon imagination ici. J'ai découvert des mondes remplis de fantaisie, des philosophies étranges du bout du monde, des héros qui m'ont transportée. J'ai rêvé mon avenir et cela m'a même permis d'orienter mes études supérieures et de trouver mon métier. Cette librairie signifie tant pour moi.

Alors qu'elles finissaient d'ouvrir le magasin pour accueillir les clients, elles continuèrent de deviser. Alice sourit :

- Oui, je sais. Votre père me parle souvent de vous dans cette librairie quand vous étiez enfant. Plus qu'Ellen, vous étiez à votre place ici. Je pense qu'il imaginait que vous la reprendriez.

- Je l'ai pensé aussi un temps, mais j'aime vivre à New York et surtout j'aime être dans une maison d'édition. J'ai l'impression d'apporter ma pierre à l'édifice des auteurs.

Alice hocha la tête :

- Je comprends. Et, ne pouvez-vous pas faire les deux ici ?

- Non, il n'y a pas de maisons d'édition dans le Vermont, en tout cas pas comme celles qui se trouvent à New York.

- Alors, il vous reste à la créer !

Harper n'eut pas le temps de répondre que les premiers clients entraient dans la librairie. Elle les salua et finit d'aménager les derniers détails. Alice répondait à leurs questions. Harper repensa plus tard à la remarque d'Alice, qui rejoignait celle de Madison : créer sa propre maison d'édition. Les rêves permettaient d'avancer, mais il ne fallait pas oublier l'apport financier non négligeable pour démarrer une telle entreprise. Elle secoua la tête comme pour faire envoler une telle idée.

A presque quatorze heures, juste avant de commencer les consultations de l'après-midi, Jake se décida à appeler le colonel. Il avait évité toute la matinée d'y penser et il devait se faire violence pour oser demander un service. Puis, il avait croisé Ellen en allant chercher son repas et cela lui avait rappelé à quel point l'absence de Will avait des conséquences sur la jeune femme. Il devait tenter sa chance, même si rien n'était possible. Sans demander, il ne pourrait rien arriver.

Il composa le numéro que lui avait donné le sergent Tim Rafferty. Tant que la sonnerie retentissait, il résista à l'envie de raccrocher.

- Bonjour, bureau du colonel MacCallan.

- Bonjour madame, je suis l'ancien capitaine Jake Keene, médecin militaire. Est-ce possible de parler au colonel s'il vous plaît ?

- Bonjour Capitaine. Je suis désolée, mais il n'est pas au bureau aujourd'hui. Je vais lui laisser un message pour l'informer de votre appel. Pouvez-vous m'épeler votre nom et m'indiquer un numéro de téléphone où il vous rappellera ?

Jake était déçu, mais il répondit avec l'alphabet international comme il l'avait fait si souvent :

- Kilo-Echo-Echo-November-Echo. Mon portable est 152-102-6978. Ce n'est pas urgent. Il peut même m'appeler le week-end si cela l'arrange.

- Je lui envoie un message de suite avec toutes vos informations.

- Je vous remercie madame. Bonne après-midi.

- Merci Capitaine. Bonne après-midi à vous aussi.

Jake raccrocha en expirant profondément. Il avait réussi la première étape. Il restait à attendre que le colonel le rappelât. Soulagé d'avoir fait le premier pas, l'après-midi passa très rapidement et sans penser à nouveau au colonel.

Gaby monta lire à l'étage de la librairie. La petite fille partageait le goût de la lecture de sa tante. Elle s'installa sur un gros coussin et s'appuya contre un rayonnage. Le temps passa rapidement. Alors que l'heure de la fermeture arrivait, Harper vint s'asseoir à côté d'elle, sans un mot. Gaby finit son livre et le posa sur ses genoux en le refermant. Elle avait l'air triste.

- As-tu aimé ce livre ?

Gaby ne répondit pas immédiatement :

- Oui, j'ai bien aimé, l'histoire est triste, mais elle se termine bien.

Harper connaissait l'histoire, mais demanda quand même :

- De quoi parle-t-elle ?

- D'un petit garçon de huit ans comme moi. Il a un chien qu'il aime beaucoup. Un matin, celui-ci s'enfuit parce qu'il a vu à manger sur le siège arrière d'une bicyclette et il l'a suivie. mais, en chemin, il se perd et n'arrive pas à retrouver la maison. Le petit garçon l'attend et est très triste. Il pense beaucoup à lui. En même temps, l'auteur décrit les aventures loufoques du chien. A la fin, ils se retrouvent.

Harper ne dit rien. Le parallèle entre l'histoire et la vie de Gaby était trop évident.

- J'ai hâte que papa revienne. Il me manque beaucoup.

Gaby se réfugia dans les bras de sa tante pour pleurer. Celle-ci la serra fort et retint ses larmes pour ne pas ajouter de la peine à celle de Gaby. Quand l'enfant se calma un peu, elle parla dans le cou de la jeune femme :

- Et ce qui me fait aussi de la peine, c'est que maman est triste aussi. Elle essaie de le cacher, mais je le vois bien. Elle travaille tout le temps et quand elle est avec moi, elle n'est pas comme quand papa est là. On dirait que son sourire s'est envolé.

Harper murmura à son oreille :

- Tu as raison. Ta maman est aussi triste que toi que ton papa ne soit pas avec vous. Elle sait bien, comme toi, que ton papa a un métier qui l'emmène loin d'ici et qu'il agit pour nous protéger, mais cela n'empêche pas que ton papa lui manque, comme il te manque. Il va revenir, pas comme vous l'espériez pour la fin d'année, mais il va revenir. Tu pourrais lui écrire.

- Je le fais déjà, mais le courrier met tellement de temps pour lui parvenir. mais, tu as raison, je vais lui réécrire, qu'importe le moment où il recevra ma lettre. Je ne lui poserai pas de question, comme je faisais quand j'étais petite (Harper eut un sourire). Comme ça, je n'attends plus sa réponse pour lui renvoyer une lettre. Je vais en écrire une en rentrant et lui dessiner un bel arbre de Noël.

Gaby se leva en même temps qu'Harper. Elle avait retrouvé son sourire. La tristesse engendrée par le livre semblait avoir disparu.

- S'il te plaît, ne dis pas à maman que j'ai pleuré. Cela lui fera plus de peine.

Harper secoua doucement la tête :

- Je ne vais pas lui dire, mais je pense que ce soir quand elle te lira une histoire, tu peux lui parler de celle que tu as lue. Partager ses sentiments avec les gens que l'on aime, même si c'est de la tristesse, c'est aussi un beau geste de confiance et d'amour. Vous serez tristes ensemble un peu, mais de le dire vous aidera aussi.

Gaby resta silencieuse quelques instants et répondit :

- D'accord. Tu as peut-être raison. Je pourrai la consoler comme tu l'as fait avec moi.

- Exactement !

Elles descendirent en bas où les attendaient Ethan et Alice. Ils avaient déjà fermé la boutique et tous sortirent par l'arrière-boutique.

Alors que Jake allait sortir de son bureau, son téléphone sonna dans sa poche. Il comprit aussitôt que l'appel émanait du colonel MacCallan. Il revint sur ses pas, reposa ses affaires et répondit :

- Allô.

- Bonjour Capitaine, c'est le Colonel MacCallan. Je ne vous dérange pas ?

- Non, pas du tout, mon Colonel. Merci de me rappeler.

- Je suis ravi que vous m'ayez appelé. Ces derniers mois, j'ai entendu parler de vous à plusieurs reprises et par des personnes très différentes.

- Ah ! Je suis déjà content que vous vous souveniez de moi. J'ai quitté l'armée il y a plus de trois ans.

- Dites-moi Capitaine, vous me croyez vieux et avec des problèmes de mémoire ? Je pense me souvenir de la majorité des militaires avec qui j'ai travaillé et je n'ai pas posé de décoration sur la poitrine de centaines d'hommes. Alors, oui, je me souviens de vous. Vous étiez un excellent officier, un excellent docteur et chirurgien et surtout quelqu'un sur qui on pouvait toujours compter.

Jake était à la fois surpris et ému du portrait flatteur que dressait un homme pour lequel il avait une profonde admiration, doublé d'un grand respect.

- Merci mon Colonel. Je ne sais pas quoi dire.

- Alors, je vais parler ! Je ne sais pas pourquoi vous m'avez contacté. mais les militaires qui m'ont parlé de vous m'ont décrit l'endroit où vous les receviez comme un lieu d'écoute, d'absence de jugement et surtout de paix, et même de guérison. Je sais que les chocs et stress post-traumatiques ne sont pas toujours bien reconnus dans l'armée. mais, vous savez que j'y prête attention. Je suis même dans une commission nationale sur ce thème. Je ne prétends pas être parfait, mais en tout cas, dans mon régiment, ce n'est pas un sujet tabou. En recevez-vous beaucoup ?

Jake expira lentement. Aborder ce sujet était simple pour lui.

- J'ai commencé avec le sergent Tim Rafferty...

- Il fait partie de ceux que j'évoquais.

- Nous avons commencé par nous voir amicalement, et après, j'ai senti que cela ne suffirait pas alors je me suis formé spécifiquement sur le sujet. Je ne sais pas ce qu'il vous a dit, mais je pense l'avoir vraiment soutenu.

- Il était dithyrambique sur vous. Je confirme !

- Puis, par lui, d'autres militaires revenus à la vie civile ont commencé à me contacter. Ce qui devait être une ou deux heures au début devint très rapidement une demi-journée, puis une grande demi-journée et maintenant c'est une journée qui a débuté ce matin à huit heures et s'est terminée quand vous m'avez appelé. Personne ne prend rendez-vous et je vois tout le monde. Certains viennent de loin car des compagnons ont parlé de moi et je les oriente ensuite vers d'autres médecins dans leur ville ou plus près de leur maison. Nous avons créé un groupe de médecins dans le Nord-Est qui consacrent une partie de leur temps à nos soldats.

Un instant, le colonel se tut. Jake se demandait s'il l'avait choqué ou déçu.

- C'est vraiment très intéressant et sincèrement, je suis fier que vous ayez pris en charge vos frères d'armes, même en ayant quitté l'armée. Est-ce que votre clinique est reconnue par l'armée comme un endroit où l'on reçoit des vétérans ?

- Non, je n'ai aucun lien officiel avec l'armée.

- Ah..., mais alors, puis-je vous poser une question indiscrète ?

- Bien sûr mon colonel ! Je n'ai rien de spécial à cacher.

- Je sais que le retour à la vie civile n'est pas facile pour tous les vétérans, surtout ceux qui viennent vous voir. Si vous leur consacrez une journée entière, êtes-vous suffisamment rémunéré pour cela ? Beaucoup n'ont pas encore de travail quand vous les recevez, et donc ne possèdent pas d'assurance médicale.

Jake ne sut quoi répondre, mais décida d'être franc :

- En effet, très peu paient. mais, je ne leur demande rien. J'ai décidé de le faire pour les aider, pas pour gagner de l'argent. Ceux qui peuvent payer le font. Les autres ont assez de souci sans que j'en ajoute un supplémentaire.

- C'est tout à votre honneur, mais une journée par semaine représente beaucoup pour une clinique.

- Merci mon colonel de vous préoccuper de mes finances, mais nous nous débrouillons pour l'instant.

- Je comprends. Vous êtes vraiment un homme exceptionnel. Comment allez-vous ces dernières années ? Le retour à la vie civile fut-il facile pour vous ?

- Facile, non car j'ai arrêté une vie qui allait à deux cents kilomètres par heure pour vivre une vie plus au ralenti. mais, sincèrement, je ne regrette pas un instant mon choix. Venir dans la ville où habitaient mon frère et son épouse a été la meilleure idée que je pouvais avoir. J'ai intégré rapidement la clinique et je pense qu'ils ont été contents de mes compétences, puisque j'ai été élu à l'unanimité directeur un peu plus tard. Depuis, je vis des journées plutôt longues, mais le week-end est dédié à mon neveu. C'est un chouette bonhomme et je pense qu'ensemble, nous sommes parvenus à surmonter nos deuils. Nous sommes bien l'un avec l'autre. Nous habitons en face de Jameson Casey, qui possède une librairie. Tous les soirs, Ethan y va. Il lit une quantité incroyable de livres de toutes sortes. Il reste chez lui jusqu'à mon retour. S'il y a des urgences, je sais qu'il sera en sécurité là-bas. D'ailleurs, voici le vrai motif de mon appel aujourd'hui.

Pour une fois, le colonel ne l'interrompit pas. Il sentait que Jake avait besoin d'un peu de temps.

- Jameson a une fille Ellen. Elle est infirmière dans ma clinique. Elle est vraiment brillante. Elle ne compte pas ses heures et prend vraiment soin des malades. Elle a une petite fille, Gabrielle, de huit ans. Son mari s'appelle William Jones. Il est capitaine et en opérations extérieures en ce moment. Je ne sais pas exactement quel est son poste, mais ce que je sais, c'est qu'il n'est pas rentré avec son unité en juillet dernier car son remplaçant était blessé ici. Il ne rentre pas non plus à Noël car aucun remplaçant n'a été nommé. Son poste est unique visiblement. Cela fait donc plus de dix-huit mois qu'il n'est pas rentré. Il espère rentrer cet été, mais n'est pas convaincu qu'il le pourra. Cela devient une situation difficile pour Ellen et Gabrielle, et j'imagine aussi pour lui.

Le colonel lui évita la corvée de demander et dit :

- Vous dites le capitaine William Jones ? Quelle unité ?

- La dix-septième.

- Je ne vous promets rien, puisqu'elle ne dépend pas de mon régiment. Je vais voir ce qu'il est possible de faire selon les circonstances. Une chose est sûre Capitaine, je suis d'accord avec vous : dix-huit mois sans sa famille, c'est beaucoup trop long. A un moment, cela deviendra contre-productif, même avec les meilleurs. Je vous tiens au courant. Vous avez eu raison de m'appeler. Ce fut une conversation très enrichissante. A bientôt Capitaine.

- Merci mon Colonel. A bientôt.

Jake prit plusieurs inspirations. Il avait gardé un excellent souvenir de son supérieur et en lui parlant, il avait retrouvé quelques instants toute l'énergie de cet homme. Si quelqu'un pouvait accomplir un miracle, ce serait lui. Tim avait eu une très bonne idée. Cela ne dépendait plus de lui désormais, mais il ressentait une grande satisfaction.

Ses yeux tombèrent sur une photo d'Ethan et de ses parents. Sa vie d'avant s'était révélée passionnante, mais celle-ci lui apportait de nombreuses satisfactions. Il avait été honnête en disant au colonel qu'il n'avait aucun regret et surtout que d'aider des vétérans, même gratuitement, était gratifiant pour lui. L'argent n'était pas son moteur essentiel. Il trouverait une solution pour que la clinique pût continuer. Il se le promettait, mais en aucun cas au détriment des soldats.

Il reprit son sac et ses affaires, sortit du bureau et se dirigea vers sa voiture, le cœur léger. Sa seule déception est de ne pouvoir rien dire à Ellen. Surtout ne pas lui donner d'espoir. Noël est une bonne période pour croire aux miracles.

Chapitre 9

Harper avait retrouvé tous ses esprits. Elle se sentait bien reposée.

Tous ses souvenirs étaient revenus, les bons comme les moins bons. Elle se sentait prête à commencer de nouveaux projets. Elle devait prendre des décisions. Elle méritait de construire une vie qui lui apporterait une sincérité et un accord avec ses valeurs. Elle réalisait que la vie si parfaite qu'elle avait organisée ne répondait plus vraiment aux critères qu'elle souhaitait.

Un très bel appartement, mais en étant célibataire, ne la satisfaisait plus. La nature qu'elle recherchait avec une vue incroyable sur Central Park ne lui suffisait plus. Les balades sur les collines autour de chez son père lui avaient redonné l'envie d'une nature vraiment présente dans sa vie.

Un travail bien rémunéré, mais sans perspective de promotion, ne lui semblait plus suffisant. Le changement brutal d'exigences pour obtenir le poste qu'elle convoitait lui avait donné le sentiment d'être un pion dans l'organisation et de ne pas être respectée dans son travail. Peut-être se trompait-elle, mais elle ressentait cette injustice au plus profond d'elle-même. Avait-elle vraiment envie de « débusquer » cet auteur ?

Elle repoussa le plateau repas du dîner et ferma les yeux. Toutes ces réflexions la fatiguaient, mais en même temps, elle avait la sensation d'être un papillon sortant de sa chrysalide.

Ce samedi, Ethan et Jake se trouvaient au match de base-ball dans une ville à quelques dizaines de kilomètres pour le championnat des juniors. Ellen se reposait avec Gaby. Elles passaient une journée ensemble ponctuée de repos, de jeux et de lectures. Jameson continuait de se reposer chez lui, mais avait prévu une petite promenade avec Madison. Retrouver un peu de mobilité lui serait utile quand il retournerait la semaine suivante à la librairie quelques heures par jour lorsque sa fille serait partie.

Harper travaillait à la librairie avec Alice. Elle appréciait de plus en plus sa présence et commençait à envisager de parler à son père sur le fait qu'elle pût prendre en charge une plus grande partie de la gestion du magasin. Son implication était réelle et les dernières circonstances lui avaient conféré une meilleure confiance en elle. Elle avait vraiment démontré que Jameson pouvait compter sur elle.

A la fin de la journée, alors qu'Harper et Alice commençaient à fermer le magasin, elles eurent la surprise de voir entrer madame Baker et plusieurs autres responsables de magasin.

- Bonjour Harper. Bonjour mademoiselle.

- Bonjour madame Baker.

Elles se serrèrent la main.

- Excusez-nous de venir à la fermeture du magasin, mais nous voulons avancer rapidement sur le location du parking pour en profiter pendant la période des fêtes de fin d'année.

- Vous ne nous dérangez pas du tout. Entrez, je vous en prie. Vous avez donc pu rencontrer monsieur Wilson.

- Oui, grâce à votre proposition et sans doute votre talent de persuasion. Nous avons bien discuté ensemble cette semaine. Il a fait une proposition que j'ai envoyée à tous les gérants de magasin. Il ne manque que la réponse de votre père. Nous savons tous qu'il a eu des soucis de santé. Il ne nous as pas répondu. Pouvez-vous lui demander de répondre ce soir ou demain matin ?

- Nous pouvons aussi l'appeler maintenant. Il est au courant de la proposition. Vous pouvez annoncer les prix et il vous répondra en direct. Il va beaucoup mieux qu'à Thanksgiving.

Madame Baker regarda les autres personnes présentes autour d'elles et toutes acquiescèrent. Harper appela son père :

- Re-bonjour papa.

- Re-bonjour Harper.

- Je t'appelle car madame Baker est à la librairie, avec d'autres gérants. Elle a parlé et négocié avec monsieur Wilson. Elle t'a envoyé un mail auquel tu n'as pas encore répondu. Elle voudrait savoir si tu serais d'accord avec le montant proposé. Peux-tu lui parler maintenant ?

- Volontiers. Je n'ai effectivement pas regardé mes mails depuis Thanksgiving.

- Je te la passe.

Madame Baker exposa les conditions tarifaires pour chaque magasin. Ils échangèrent quelques minutes et madame Baker raccrocha.

- Il ne nous manquait que l'accord de votre père. Il vient de me le donner. Il va m'envoyer ce soir le mail en retour pour rendre officielle sa position.

Harper sourit :

- Je suis ravie que vous ayez pu trouver un accord avec monsieur Wilson.

- Honnêtement, nous avions essayé plusieurs fois de le rencontrer et à chaque fois, nos propositions ne le satisfaisaient pas. mais il est vrai que nous ne suggérions pas la même chose que vous. Là, nous sommes arrivés à un accord qu'on peut qualifier de gagnant-gagnant et qui satisfait tout le monde. Donc, nous sommes tous ravis car cela pourrait être mis en place très vite avec un article par la mairie et quelques panneaux publicitaires.

Harper sourit. Elle avait hésité à intervenir et, à la fin, sa proposition avait aidé son père et le reste des commerçants. Cela lui apportait beaucoup de satisfaction. Cela faisait longtemps qu'elle n'avait pas apporté son aide à sa communauté et elle redécouvrait le plaisir de participer ainsi. En plus, elle appréciait que, peut-être, la librairie de son père pourrait encore faire partie quelque temps du paysage d'Oak Lake. Elle avait des idées innovantes à lui proposer et, en revenant pour les vacances de Noël, elle pourrait les exposer et même en mettre certaines en place.

Quand elle se gara devant chez son père, elle avait encore un sourire posé sur les lèvres. Elle avait bon espoir que la situation se débloquât rapidement et il restait encore plusieurs semaines avant la fin de l'année. Elle sortit de la voiture en même temps que Jake sortait de sa maison.

- Bonsoir Harper.

- Bonsoir Jake. Alors, comment s'est passé le match d'Ethan ?

- Très bien. Ils ont gagné, mais surtout, nous avons passé une belle après-midi au soleil. Et vous ?

- Très bien aussi. J'aime beaucoup passer du temps dans cette librairie. Une partie de mon enfance y résonne encore.

- Ce sera le cas aussi pour Ethan, je pense.

Devant la porte, Jake ouvrit la porte et l'invita, de la main, à entrer.

- Merci.

Leurs bras se frôlèrent et ils évitèrent de se regarder pour ne pas accentuer leur malaise.

Ethan était déjà arrivé et parlait avec Madison dans la cuisine. Gaby lisait un livre. Ellen avait ouvert l'ordinateur portable de son père pour répondre de façon formelle au mail concernant le parking. Harper jetait un coup d'œil à cette maison remplie de joie et de vie et réalisa en un instant qu'elle désirait plus que tout une telle harmonie dans son existence. Elle allait devoir réfléchir à une nouvelle organisation de sa vie.

Jake lui demanda tout bas :

- Tout va bien ?

Harper se tenait debout dans l'entrée, à regarder toute la maisonnée s'activer et n'avançait pas.

- Oui, Jake, tout va bien. Je réfléchissais.

Jake pénétra dans la salle à manger, puis alla rejoindre Ethan dans la cuisine. Harper se dirigea vers son père :

- As-tu pu envoyer le mail ?

Son père acquiesça :

- Ellen a répondu pour moi. Je suis ravi que cela se mette en place, et j'espère que cette nouveauté permettra vraiment un regain économique de notre rue.

Ellen déclara :

- Le centre commercial a évidemment joué un rôle dans la baisse de fréquentation, mais le fait que les gens ne puissent plus s'arrêter facilement est encore plus responsable de cette diminution. Nous allons vite nous en rendre compte. Madame Baker voudrait le mettre en place dès lundi en fabriquant des panneaux elle-même pour aller plus vite en attendant d'avoir la vraie signalisation.

Harper approuva :

- Excellente idée. Nous pourrions aller l'aider demain après-midi.

Ellen était d'accord et demanda à sa fille :

- As-tu envie de faire des pancartes pour aider papy et les magasins de la rue à avoir plus de clients ?

L'enfant cria son enthousiasme :

- Oui ! Oui ! Oui !

Ethan interrogea Jake des yeux. Ce dernier haussa les épaules et accepta la proposition :

- Nous serons aussi là.

Harper sourit :

- J'appelle madame Baker.

Tandis que la jeune femme prenait les renseignements pour participer, Jameson regarda Madison :

- Et si nous y allions nous aussi ? Après tout, ces panneaux seront là pour aider nos magasins.

- J'allais te le proposer.

La soirée se déroula tranquillement. Gaby et Ellen rentrèrent chez elles. Madison partit aussi de bonne heure. Ethan traversa la rue pour finir ses devoirs. Jameson monta se coucher. Harper et Jake finissaient de ranger la cuisine tout en discutant :

- Je suis vraiment content que cette histoire de parking évolue dans le bon sens. Si vous saviez comme votre père était inquiet.

Harper le regarda :

- Pourrait-on se tutoyer ? Cela me paraît trop guindé pour des gens qui mangent ensemble tous les soirs.

- Cela me convient parfaitement.

Une fois le rangement terminé, ils allèrent s'asseoir dans la salle à manger. La pièce était éclairée de façon tamisée et l'atmosphère qui se dégageait permettait une conversation plus personnelle.

- Je ne veux pas que tu trahisses le secret médical, mais pourquoi veux-tu que mon père se repose ? Il a évoqué des examens, mais j'avoue ne pas avoir su interpréter les conséquences.

- L'an dernier, ton père se plaignait de douleurs thoraciques et de fatigue. Il a donc subi plusieurs examens spécifiques. Son cœur va bien, mais se révèle malgré tout fatigué. Il doit en prendre soin en évitant le stress et la position debout trop longtemps. A la librairie, tu as sans doute vu une chaise style « chaise de bar ». Cela lui permet de s'asseoir à hauteur de la caisse sans se fatiguer. Cela a bien amélioré son état de fatigue. Par contre, pour le stress lié, entre autres, à la gestion du magasin, c'est bien plus compliqué. La création du nouveau centre commercial a ajouté de la tension, qui s'est accentuée avec la baisse du chiffre d'affaires. Tout cela est négatif pour lui. Il a commencé à envisager de vendre, mais n'arrive pas à s'y résoudre.

- Je comprends qu'il ne veuille pas vendre, en tout cas pas encore, car cette librairie est intimement liée à sa vie et aussi à son mariage. mais, l'idée est, en fait, plus de faire baisser son anxiété que de vendre, non ?

Jake sourit à sa façon de présenter la situation :

- Oui, c'est exact. Je pense que le parking et l'ouverture du midi peuvent être de bonnes solutions pour aider à l'amener à plus de sérénité. mais, les circonstances qui entourent la famille d'Ellen et de Will ne participent pas à une grande paix intérieure. Plusieurs éléments dans sa vie actuelle sont un peu des perturbateurs.

- C'est gentil de ne pas avoir cité mon prénom. Je sais que de vivre loin ne lui convient pas trop. Ma rupture avec Alden et mon travail sous pression ne doivent pas aider non plus au calme de sa vie. mais la vie entière est pleine de stress. Il faut aussi apprendre à le combattre.

- Tu as raison et c'est ce qu'il fait à sa façon. Il se repose plus, il délègue à Alice des responsabilités, il s'occupe de Gaby et d'Ethan le soir et cela lui procure beaucoup de bonheur. Il ne peut rien faire pour Will, alors il aide Ellen.

Jake prit une profonde respiration :

- Ton père va mieux. Son malaise la semaine dernière est anodin et ne traduit pas une aggravation pour son cœur. mais, je pense qu'il faut qu'il prenne un peu de distance avec son travail pour se reposer vraiment. Une sieste l'après-midi est fortement conseillée dans son cas.

- Merci beaucoup pour toutes ces précisions. Cela m'aide à mieux comprendre la situation. Je ne sais pas vraiment ce que je vais pouvoir mettre en place de mon côté, mais je vais vraiment y songer.

- Tu sais, Jameson compte beaucoup pour Ethan et pour moi. Il était ami avec mon frère et son épouse. Sa présence rassure Ethan sur la transition entre avant et après. Il craint parfois de les oublier et il pose des questions à ton père.

- Et toi, comment as-tu vécu la perte de ton frère ?

- Je vivais une vie particulière, plutôt intense et éprouvante, que j'avais choisie. Je rentrais plus souvent que Will, mais même quelques jours dans l'année ne suffisaient pas pour être dans la vie quotidienne d'Ethan. Nous faisions aussi des appels en vidéo avec mon frère et son épouse. Comme nous avons perdu nos parents il y a quelques années, nous étions proches malgré tout. Quand j'ai appris la nouvelle, le ciel m'est tombé sur la tête car j'ai rapidement compris que je n'avais pas d'autre choix que de rentrer. Mon neveu avait besoin de moi. Mes parents sont partis avant la naissance d'Ethan et ses autres grand-parents vivent à l'étranger. Je n'ai pas hésité une seconde, car il était hors de question qu'il soit placé en famille d'accueil. Je n'ai jamais eu aucun regret depuis que j'ai pris cette décision. Ma hantise était plutôt de ne pas savoir me débrouiller pour continuer à bien élever un garçon que je ne voyais que rarement. Allait-il me faire confiance ? Est-ce que j'allais savoir comment me comporter avec un enfant de dix ans, moi qui n'étais pas père ? Plus que d'arrêter ma carrière, mon nouveau travail au quotidien avec lui me préoccupait.

Harper ne disait rien. Elle l'écoutait avec beaucoup d'attention.

- En fait, cela a été beaucoup plus simple que je ne l'imaginais. Nous avions avec Ethan en commun notre douleur de les avoir perdus. Cela nous a rapprochés et nous avons trouvé un moyen de nous consoler. Nous avons pleuré ensemble, nous avons parlé d'eux, nous avons redécoré ensemble la maison pour que cela reste leur maison, mais, avec moi dedans, en rajoutant nos photos de tous les deux aux côtés des leurs. Nous avons décidé d'être heureux même si c'est parfois compliqué. Nous pouvons les évoquer sans problème quand un souvenir rejaillit car l'autre comprend ce que nous ressentons. Cela nous a permis d'avancer à deux un peu plus vite que si nous gardions notre peine au fond de notre cœur. Très rapidement, j'ai trouvé un poste à la clinique et je me suis intégré dans la vie d'Oak Lake et par là même dans celle d'Ethan.

- Et tu n'as pas trouvé à compléter votre famille ?

Jake sourit d'un air espiègle :

- Est-ce une façon détournée de savoir si j'ai eu ou si j'ai quelqu'un dans ma vie ?

Harper fit mine de rien et Jake ne la laissa pas languir trop longtemps :

- De toute façon, ce n'est pas un secret. Non, je n'ai rencontré personne ici qui puisse prendre une place dans notre famille. C'est un peu difficile pour une femme de devenir à la fois ma compagne et la mère à temps plein d'un adolescent en même temps. Il faudrait qu'elle s'entende vraiment bien avec lui. Il fait désormais partie de ma vie et la femme avec laquelle je vivrais devra en avoir conscience. Il ne partira pas en pension loin de moi, comme on me l'a parfois suggéré.

Harper s'était redressée :

- C'est vraiment stupide d'oser te demander cela. Tu quittes ton travail pour t'installer avec lui, ce n'est pas pour l'envoyer vivre à l'autre bout du pays. Ethan fait partie de ta vie et une femme qui tomberait amoureuse de toi ne devra pas penser à changer cet état de fait.

Jake la regarda d'un drôle d'air :

- Merci pour ton enthousiasme. Ça me conforte dans l'idée que trouver une telle femme n'est pas simple, mais aussi que c'est le bon choix. Puisque nous en sommes aux confidences, pourquoi as-tu rompu avec Alden ?

- En fait, c'est plutôt lui qui a rompu avec moi. Nous étions ensemble depuis dix-huit mois à peu près. Alors qu'au début, nous passions beaucoup de temps ensemble. Peu à peu, nous avons laissé notre travail prendre le contrôle de notre emploi du temps. Ces derniers mois, nous ne nous sommes pas beaucoup vus. Il est avocat et cherchait un poste d'associé. Cela lui prenait son temps et ses pensées. Je suis clairement passée au second plan. Quand il a été promu à l'autre bout du pays, il m'a invitée au restaurant pour m'annoncer en même temps son nouveau poste et la fin de notre relation. Tout était fini entre nous car nous n'étions pas la priorité de l'autre. En fait, c'est surtout moi qui n'était pas la sienne. mais, cela, je ne l'ai compris que plus tard, voire trop tard. Je devais le présenter à ma famille à Thanksgiving. Passer la blessure d'orgueil, j'ai réalisé qu'en effet, j'acceptais trop facilement ses excuses pour décaler ou annuler nos rendez-vous. Cela signifiait donc qu'il ne comptait pas non plus tant que cela à mes yeux. J'étais sans doute plus amoureuse de notre histoire que de lui. Cela m'a permis de comprendre ce que, désormais, je souhaitais pour trouver l'homme de ma vie et qu'il ne fallait pas trop transiger. Faire quelques concessions sera sans doute inévitable, mais pas sur ce qui compte pour moi.

- Et qu'est-ce qui compte tant pour toi ?

- Alden ne parlait jamais de créer une famille. Je veux avoir des enfants, passer du temps avec eux et avec cet homme, tous ensemble. Alden ne voyait jamais sa famille. Je veux venir voir la mienne plus souvent qu'avant et que mon compagnon comprenne ce besoin. Alden ne s'intéressait jamais à mon travail. Je veux quelqu'un qui me soutienne dans mes difficultés ou dans mes redirections. Évidemment, ce que je demande à l'autre, je suis capable de le faire pour lui.

- Tes demandes ne me paraissent pas disproportionnées. Je pense même qu'elles participent à une base saine d'une relation.

Harper soupira en portant sa main sur sa poitrine :

- Parfois, j'ai l'impression de trop demander. Donc merci de partager mes idées.

- Contente de repartir lundi ?

- Oui et non. Oui, parce que mon travail, ma maison, mes amis, enfin surtout Emily, sont là-bas. mais, non, parce que j'ai aimé être ici, retrouver mes repères, des gens qui me connaissent, loin de l'anonymat urbain. Quelques semaines plus tôt, je t'aurais expliqué à quel point j'aimais la vie que je m'étais construite : un chouette petit ami, un travail qui m'épanouissait, un appartement que j'aimais. Tout a été remis en cause en quelques jours. Je suis célibataire, la mission qu'on me demande ne me convient pas et mon appartement me paraît soudain peu chaleureux. J'ai l'impression de devoir redessiner mes priorités et ce que je souhaite vraiment dans ma vie.

- Je connais bien ce sentiment pour l'avoir vécu quand j'ai quitté l'armée. Ma vie me paraissait tracée et tout a été remis en cause en un instant. Tu arrives à un moment de ta vie où tu vas devoir prendre beaucoup de décisions sans être sûre que ce sont les bonnes, comme dans un tourbillon que tu ne contrôles pas.

- Et toi, comment as-tu fait ?

- Si je devais te donner un conseil, et tu n'es pas obligée de m'écouter, ce serait de suivre ton cœur. J'ai vraiment écouté ce qu'il me disait, et non ce que rationnellement je devais faire. Quitter l'armée à ce moment-là n'était pas vraiment une bonne tactique financière, mais le bien-être de mon neveu valait tout l'or du monde, alors cette idée ne m'a traversé l'esprit que quelques instants. J'ai retrouvé une nouvelle vie qui me donne beaucoup de bonheur et m'occuper des soldats le vendredi me permet de garder un lien très fort avec ce qui me plaisait dans mon ancienne vie. Alors, je peux dire sincèrement que ce choix a été une vraie réussite.

- Oui, à te voir avec Ethan, je n'en doute pas du tout. Même si diriger une clinique doit t'apporter un bon lot d'anxiété et de préoccupations, tu as l'air d'apprécier ton travail.

- Je te confirme qu'en ce moment, ce n'est pas très reposant, mais je suis sûr que nous allons trouver une solution. Et j'aime vraiment mon métier.

- Je croise les doigts pour toi. Au fait, je voulais te remercier d'avoir réaménagé l'emploi du temps d'Ellen. Les jours de repos et un week-end libre étaient vraiment nécessaires à son équilibre tant physique que psychique. Elle ne l'aurait pas décidé seule, alors tu as vraiment eu une bonne initiative.

- Je ne l'ai pas fait que pour elle, mais pour tout le personnel soignant en nous concertant tous ensemble. Tout le monde a proposé des suggestions et j'ai mis en place celles qui recevaient l'accord de la majorité. Les légères modifications d'emploi du temps et d'organisation ont engendré de vraies journées de repos. Alors, je suis ravi que tout le monde y trouve son compte. Je t'avoue que l'épuisement de ta sœur a été le déclencheur de cette réflexion.

- Alors, mille mercis ! Son rire, à table, ce soir, a été un pur ravissement.

Jake se leva. Son travail l'épuisait et le samedi n'était pas toujours propice au repos. mais il avait du mal à finir cette conversation :

- Je vais aller me reposer. J'ai vraiment apprécié cette discussion.

Harper regarda sa montre. Il était près d'une heure du matin. Elle se leva à son tour.

- Je dois aussi aller dormir. Moi aussi, j'ai savouré cette soirée.

Ils se firent une embrassade. Elle dura juste un instant de trop. Ils s'éloignèrent et Jake se rendit à la porte. Au moment de partir, Jake la regarda avec un sourire que lui rendit Harper. Puis, il se retourna et traversa la rue pour rentrer chez lui. Au moment de fermer sa porte, il se retourna. Elle le regardait toujours et il lui fit un signe de la main. Elle leva la main, puis ferma la porte. Elle avait vraiment passé une belle soirée. Tout paraissait si simple avec Jake. Les conversations étaient vraies et sincères, sur des sujets profonds : un réel bienfait !

Le dimanche après-midi, toute la famille se retrouva chez madame Baker. D'autres personnes s'y trouvaient déjà.

- Bonjour monsieur Casey. Quel plaisir de vous revoir ! Comment allez-vous ?

- Bonjour madame Baker. Je vais mieux, merci. Je vois que vous avez l'énergie pour commencer au plus tôt cette nouvelle signalisation.

- Nous avons beaucoup parlé avec monsieur Wilson depuis des mois, mais visiblement, la discussion avec votre fille a changé la donne et nous en sommes très heureux. J'ai envoyé tous les papiers ce matin pour qu'il les signe. mais il m'a assuré que, dès demain, il acceptait la mise en place du parking pour les clients de nos magasins. Alors, battons le fer quand il est encore chaud !

- Entièrement d'accord avec vous. Indiquez-nous ce que nous pouvons faire.

- Vous êtes venu avec du renfort ! Merci beaucoup ! Suivez-moi !

La présidente présenta les différents ateliers qu'elle avait organisés dans son immense garage : coupe des cartons, écriture des indications, peinture et collage.

- Vous choisissez l'endroit qui vous attire le plus et au travail !

Harper et Ellen se regardèrent en souriant. Madame Baker était toujours aussi enthousiaste et elle forçait l'admiration de tous dans l'organisation des événements.

Jameson et Madison se consacrèrent à la peinture, Gaby et Ethan à l'écriture et Harper, Ellen et Jake au découpage de cartons.

Ellen se rendit vite compte que la complicité naturelle entre Jake et Harper avait franchi une étape. Ils se souriaient. Jake venait l'aider plus qu'à son tour. Il prêtait aussi main-forte à Ellen, mais pas de la même façon.

Ellen demanda insidieusement tout en prenant un carton :

- Au fait, Harper, tu rentres demain à New York.

- Oui, je n'ai pas vraiment le choix.

- J'ai bien compris que ton directeur n'était pas toujours très conciliant. mais, quand penses-tu revenir ?

Ellen vit que Jake, mine de rien, attendait sa réponse avec intérêt. Harper s'arrêta un instant de découper pour réfléchir :

- Pour les fêtes de fin d'année, c'est sûr. Peut-être devrais-je travailler en télétravail, mais je serai à Oak Lake. Avant, je ne sais pas encore. Il faut que je constate de visu ce que mon chef prépare pour l'année prochaine.

Tout en continuant de découper le carton qu'il avait entre les mains, Jake arbora un sourire de contentement. Ellen avait sa réponse. Il se passait quelque chose entre sa sœur et son directeur. mais, selon les solutions que choisirait Harper, cette relation se développerait... ou non.

Vers dix-neuf heures, tous les cartons étaient finis. Madame Baker prit la parole :

- Merci à tous d'être venus nous aider. J'espère que vous vous êtes autant amusés que moi !

Des cris d'excitation retentirent.

- Tant mieux ! Nous allons les déposer demain matin vers neuf heures.

Tout le monde applaudit à ces propos.

Madame Baker avait recherché les endroits où ils seraient les plus utiles. Elle avait envoyé à toute la clientèle fidèle de la rue principale un mail annonçant la bonne nouvelle. Elle espérait, comme toutes les personnes présentes, que cela déclencherait le retour de nombreux clients.

Le dîner du dimanche soir fut rempli de joie. Avoir travaillé quelques heures pour espérer aider les magasins en difficulté avait donné du baume au cœur à tout le monde. Gaby n'arrêtait pas de piailler :

- Je me suis bien amusée aujourd'hui. Avec Ethan, nous avons écrit le mieux sur les cartons.

Ellen lui dit :

- Tout le monde a bien écrit et vous aussi. Ce n'était pas une compétition, mais une entraide pour la rue principale.

- Tu as raison maman.

mais la petite fille se pencha vers Ethan, son voisin de table et murmura :

- mais, nous étions quand même les meilleurs.

Tout le monde l'avait entendu malgré ses précautions et sourit avec tendresse.

Ethan regarda Harper :

- mais Harper, nous n'avons pas fini nos recherches pour trouver Riley Smith. Je vais continuer même quand tu seras à New York. Nous nous appellerons en vidéo.

- Très bonne idée, mais tu sais, je ne suis plus très sûre de vouloir le retrouver.

Madison sembla surprise :

- mais, pourquoi ?

- Je ne sais pas trop comment l'exprimer, mais si cet auteur souhaite rester anonyme, alors pourquoi voudrais-je à tout prix l'obliger à donner son nom et à venir dans une maison d'édition ?

- Tu n'es plus convaincue que ce serait une bonne idée pour lui ?

- Je pense qu'il gagnerait beaucoup d'argent, plus qu'en mettant ses livres sur internet en accès libre. mais l'argent n'est pas non plus le moteur de tout le monde.

Jameson intervint :

- S'il n'en veut pas, il peut le donner à des organismes de charité. Cela fera des heureux.

- Oui, c'est une idée papa. mais, bon, je ne le connais pas. Je ne sais pas comment il réfléchit. Peut-être que quelqu'un l'a déjà approché dans une maison d'édition. J'en saurai plus demain.

Le départ prochain d'Harper revint dans la conversation suite à cette remarque.

Son père demanda à sa fille cadette :

- A quelle heure pars-tu demain matin ? La neige tombe encore entre Oak Lake et New York, donc prends un peu de marge pour être à l'heure à ta réunion.

- Tu as raison. Je n'ai même pas regardé la météo. Les flocons qui tombent ici me semblent tellement participer à la magie de Noël. mais, la route pour demain risque d'être bien plus longue si la météo est partout la même. Je partirai vers sept heures à ce moment-là. Même en doublant le temps normal de trajet, je serai à l'heure.

Gaby soupira :

- Je ne serai pas levée pour te dire au revoir.

- Alors, fais-moi un gros câlin maintenant !

La fillette grimpa sur les genoux de sa tante et la serra fort dans ses bras.

Madison intervint :

- Et sais-tu quand tu reviendras ?

Harper et Ellen se regardèrent en souriant.

- Ellen me l'a aussi demandé. J'ai prévu de revenir passer les fêtes de fin d'année à Oak Lake.

Jameson et Madison se sourirent à leur tour :

- C'est une excellente nouvelle !

Plus tard, alors qu'ils se retrouvaient tous les deux sur le canapé, Jameson demanda à Harper :

- Tu n'es plus venue fêter Noël depuis le départ de maman. Qu'est-ce qui t'a fait changer d'avis ?

- Si Ethan et Jake ont pu surmonter leur peine, alors je dois aussi pouvoir le faire. J'ai retrouvé le plaisir de décorer des sapins à la librairie, alors que je ne l'avais plus ressenti depuis longtemps. J'ai toujours aimé Noël et j'ai réalisé que je me privais de belles fêtes familiales. Alors, je ne dis pas que ce sera simple, mais j'ai vraiment envie cette année de renouer avec les traditions.

- Je suis vraiment heureux, ma fille, que tu aies décidé cela. Nous allons passer de belles fêtes même si tout le monde fait face à ses propres préoccupations car nous serons tous ensemble et que nous soutiendrons ta sœur sans Will.

- Tu as raison papa. Ce seront de belles fêtes car nous avons décidé qu'elles le seront.

Harper rejoignit la salle à manger où tout le monde l'attendait. Elle embrassa Madison. Elle serra Ellen dans ses bras et refit un câlin à Gaby. Même Ethan eut droit à une accolade, tout comme Jake. Elle était émue de partir. Chacun rejoignit sa maison le cœur un peu gros. Harper avait apporté beaucoup de joie à tous et avait vraiment participé à la vie familiale à tous les niveaux. Ethan avait eu l'impression de grandir à son contact. Gaby avait apprécié de passer du temps à la librairie avec elle. Ellen avait aimé partager du temps avec sa sœur. Jameson avait apprécié son aide pour la librairie et le parking. Madison avait savouré sa présence qui apportait de la joie à son ami. Jake était pleinement heureux de l'avoir rencontrée. Elle avait apporté de l'enthousiasme dans sa vie, à un moment où il en avait vraiment eu besoin.

Harper prit la voiture dès sept heures du matin, le lundi matin, alors que son père dormait encore. Le chasse-neige était déjà passé dans la nuit pour dégager les routes. Son retour à New York ne lui apportait pas la joie qu'elle imaginait. Ces douze jours avaient apporté des questions sur sa vie et peu de réponses. Elle n'avait pas pour habitude de chambouler son quotidien sur des envies. Elle voulait réfléchir. Elle devait se poser et envisager de nouvelles options. La précipitation n'apportait que rarement des bonnes décisions.

Le jour se levait à peine quand elle sortit de la ville et se dirigeait vers l'autoroute. Elle savourait les paysages qui l'entouraient, la forêt et les champs quand un chevreuil sortit brusquement d'un bosquet sur la droite et traversa la route. Elle voulut l'éviter et braqua son volant. La neige sur la route, avec un peu de givre, n'aida pas sa manœuvre. L'animal avait déjà disparu dans la forêt qu'Harper sentit sa voiture glisser dans le contrebas du champ. L'ouverture brutale de l'airbag l'assomma et elle tomba dans l'inconscience.

Chapitre 10

Ellen était au troisième étage dans son bureau à préparer toute la médication quand une de ses collègues l'appela :

- Allô ? Ellen Jones ?

- Oui, c'est moi.

- Bonjour, je suis Kat Flannygan, infirmière des pompiers. Nous arrivons à vos urgences dans moins de dix minutes. Pourriez-vous venir rapidement s'il vous plaît ?

Ellen était surprise et commençait à être angoissée.

- J'arrive, mais pouvez-vous me dire ce qui se passe ?

- Nous sommes intervenus pour un accident de la route. La personne avait votre numéro de téléphone comme personne à prévenir dans son téléphone. Il s'agit de Harper Casey.

- Harper ?

- Vous la connaissez ?

- Oui, c'est ma sœur. Je descends.

Quand les pompiers amenèrent Harper sur le brancard, Ellen se précipita vers elle. Kat Flannygan la prévint :

- Elle est inconsciente, mais il semble qu'elle n'ait pas de blessure apparente.

- Merci de m'avoir prévenue. Je préfère qu'elle soit dans notre clinique. Nous allons prendre soin d'elle.

- Je n'en doute pas. Vous la remercierez d'avoir mis votre nom, votre profession et l'adresse de votre clinique. Cette dernière n'était pas la plus proche, mais l'équipe a pensé, comme vous, que venir ici était la meilleure option. Et cette clinique a une excellente réputation. Je vous laisse la prendre en charge.

- Merci pour votre aide.

Quand Jake passa la voir en fin d'après-midi, le médecin des urgences avait déjà fait un bilan complet et des examens complémentaires.

- Bonjour Jake.

- Bonjour Ben. Quelles sont tes conclusions ?

- Elle est inconsciente, mais n'a aucune blessure ni externe, ni interne. D'après les pompiers, elle a été assommée quand la voiture est tombée et que l'airbag s'est déclenché. Elle n'a pas de traumatisme crânien, mais il faudra voir à son réveil comment elle réagit.

- Merci beaucoup pour ton retour.

- De rien. Es-tu ici en tant que directeur ou en tant qu'ami ?

- Je ne surveille pas ton travail, évidemment. Non, en effet, je connais Harper. Je te laisse t'occuper de ta patiente, mais je passerai la voir régulièrement si cela ne te dérange pas.

Ben sortit de la chambre et Jake s'assit à côté de Harper. Il lui prit la main et lui parla doucement pour qu'elle revînt à elle. Quand il lâcha sa main, celle-ci retomba sur le lit. Pour l'instant, elle ne réagissait pas à ce stimuli.

Jameson passa avec Madison voir Harper.

- Tu sembles tellement paisible Harper. Tu donnes vraiment l'impression de dormir. mais, s'il te plaît, réveille-toi.

- Harper, c'est papa. Nous avons hâte de te parler. Tu as eu un accident, mais tu n'es pas blessée. Ouvre les yeux, s'il te plaît.

Ils restèrent à côté d'elle à parler. Ils ne savaient pas si elle les entendait, mais ils avaient du mal à partir.

Ellen passa la voir entre deux patients :

- Bonjour petite sœur. Je vois que tu restes à dormir. Je crois qu'il faudrait te réveiller. Ce serait chouette pour nous d'entendre ta voix.

Elle lui caressa doucement le bras avec tendresse, mais la patiente n'eut aucune réaction.

Gaby et Ethan entrèrent à pas feutrés dans la chambre avec Ellen :

- Vous pouvez parler. Nous pensons même qu'elle peut vous entendre. Même si elle ne réagit pas, elle sait que vous êtes là.

Gaby s'approcha tout doucement du visage de sa tante :

- Bonjour Tatie. C'est Gaby. Je pense bien fort à toi et j'espère que tu vas vite te réveiller. Tu me manques beaucoup. Ça fait déjà deux jours que tu ne parles pas. C'est long. Reviens vite chez papy.

Ethan se dandinait sur ses jambes. Il ne savait pas vraiment comment se comporter face à Harper. Ellen le rassura :

- Ethan, tu n'es pas obligée de lui parler, ni de t'approcher. C'est déjà très courageux d'être venu la voir.

Gaby continua de parler à sa tante, puis elle alla s'asseoir sur le grand fauteuil. Ethan se décida alors :

- Bonjour Harper. Je ne sais pas si tu te souviens de moi. On vient juste de se rencontrer. Je m'appelle Ethan et on cherchait ensemble l'identité d'un auteur. Pour l'instant, je ne trouve aucune correspondance avec tous les détails que tu m'as fournis. mais, ne t'inquiète pas, je continue de chercher. Ce serait chouette qu'on se reparle ! Bon..., ben..., au revoir.

Jake passa un matin avant d'aller opérer. L'infirmière de nuit l'accueillit :

- Bonjour Docteur.

- Bonjour Megan. Comment s'est déroulée sa nuit ?

- Bien. Aucun événement particulier à annoncer. J'ai eu l'impression qu'elle avait bougé ses mains et qu'elle avait serré les draps. mais ce n'est peut-être qu'un réflexe.

Jake et Megan pénétrèrent dans la chambre. Jake comprit ce que voulait dire Megan. En effet, les draps étaient un peu chiffonnés, alors que la veille quand il était passé, ils étaient bien tendus.

- Je pense que vous avez raison. Nous verrons si cela se reproduit.

Megan sortit de la chambre et Jake s'avança vers le lit. Le visage de la jeune femme était apaisé et il la trouvait vraiment jolie. Il pouvait avoir de telles pensées puisque ce n'était pas directement sa patiente. Il lui prit la main et eut l'impression qu'elle réagissait. Le serrement était très léger, mais perceptible pour quelqu'un qui y prêtait attention. Il reposa délicatement la main et lui murmura :

- C'est bon signe. Tu commences à retrouver des sensations. Tout va revenir progressivement. Nous t'attendons tous avec impatience.

Jameson vint voir sa fille juste après avoir laissé les enfants à l'école et avant d'aller à la librairie. Il avait vraiment pu se reposer quand Harper l'avait remplacé. Il s'y rendait désormais le matin et restait jusqu'à la fin de la pause déjeuner d'Alice. Celle-ci lui donnait toute satisfaction. Il l'avait complimentée à plusieurs reprises. Elle acceptait de rester seule l'après-midi. Ethan venait ensuite à la librairie et l'aidait en cas d'affluence.

Grâce à Jake qui lui avait téléphoné, il savait qu'Harper avait bougé ses mains dans la nuit. Il la vit grimacer et comprit que son inconfort venait du soleil sur son visage. Il ferma le rideau pour que le désagrément cessât. Il la vit esquisser un sourire.

- Tu vois, j'ai bien compris ta grimace à cause du soleil qui te gênait. Tu es en train de revenir parmi nous Harper. Surtout, ne t'arrête pas en chemin !

Quand Jake prit des nouvelles d'Harper auprès de Ben, il se sentit rassuré :

- Comme je te l'ai dit, j'ai fait plusieurs fois les tests classiques de la lumière dans les yeux et elle a réagi par des grimaces. Elle est en train de reprendre conscience.

- Tout-à-fait Ben ! Merci de me tenir informé, surtout quand ce sont de bonnes nouvelles.

Il entra un instant voir Harper.

- Ton médecin m'a dit que tu commençais à revenir parmi nous. De notre côté, tout est prêt pour t'accueillir. Prends ton temps ! mais sache que nous sommes impatients de te revoir.

Il crut la voir esquisser un sourire, mais il n'aurait su dire s'il était réel ou rêvé.

Ellen vint voir sa sœur juste avant de prendre son service.

- Tu sais, tu commences à réagir au stimuli. Surtout ne te force pas pour parler ou pour répondre. Je vois à quel point tu fais des efforts. Prends ton temps. Nous sommes là près de toi. Ton médecin Ben est très confiant et nous aussi !

Jake reçut un message de Ben qu'il ne vit qu'à la fin de ses opérations

« Jake, Harper a bougé ses jambes ! »

Jake eut une bouffée de bonheur. Le retour complet à la conscience n'allait plus tarder.

Ben et Jake passèrent la voir en fin d'après-midi. Harper était réveillée et le sourire qu'elle afficha sur son visage valait toutes les réponses aux questions médicales :

- Bonjour docteur. Je ne connais pas votre nom, mais je reconnais votre voix ! Bonjour Jake.

- Bonjour Harper. Je suis le docteur Ben Graham et en effet, je suis souvent venu vous voir.

Jake lui adressa un geste de la tête. Il ne voulait pas interrompre Ben.

- Dites-moi comment je vais, docteur !

Ben sourit et répondit :

- Avant de vous répondre, dites-moi comment vous vous sentez.

Harper haussa les épaules :

- Bien. Je n'ai mal nulle part. Je me sens reposée, mais un peu faible. C'est sans doute dû au fait que je n'ai pas vraiment bien mangé depuis quelques jours. Sinon, j'ai l'impression que tout va bien.

Ben et Jake se regardèrent en souriant :

- Nous sommes ravis de vos réponses qui corroborent ce que nous avons constaté. A part le fait que vous soyez restée inconsciente plusieurs jours, les examens n'ont montré aucun traumatisme ni externe, ni interne. Pour vérifier que tout va bien, je vais donc vous poser plusieurs questions.

S'ensuit un questionnaire assez basique, mais permettant d'évaluer la mémoire, le langage et la cohérence de la jeune femme.

Ben conclut son examen :

- Je vous rassure. Tout va bien. On va vous garder encore demain et vous pourrez sortir samedi matin. Comme vous l'avez fait remarqué, vous êtes un peu faible. Ceci est dû à la fois à la nourriture, mais aussi au manque d'exercice. Donc, demain, vous allez manger et vous lever. Une infirmière vous assistera. Je vous laisse avec le docteur Keene. A demain !

Jake s'approcha :

- Je suis vraiment heureux de te retrouver. Ta famille attend mon feu vert. Je vais les appeler pour qu'ils viennent te voir.

- Merci Jake. Et merci d'être venu me voir régulièrement.

- Tu t'en souviens ?

- Je ne donnerai pas l'agenda exact de tes visites, mais je sais qui est venu me voir, même si certains moments restent flous.

Harper se préparait à quitter sa chambre le lendemain. Elle avait revu sa famille. Visiblement, les premiers jours, elle avait angoissé son père et sa sœur. Elle les avait rassurés dès son réveil.

- Bonjour papa, bonjour Ellen.

- Bonjour Harper.

Son père s'était approché de son lit. Il lui avait pris doucement la main.

- Tu nous as bien inquiétés, surtout quand tu ne répondais pas à ton téléphone vers dix heures. Heureusement que tu étais déjà prise en charge par les pompiers.

- Comment ont-ils su que j'avais eu un accident ? Et pourquoi m'ont-ils amenée ici ?

- Tu n'étais pas très loin d'Oak Lake. La voiture qui te suivait t'a vue faire une embardée et plonger dans le champ en contrebas. Elle s'est arrêtée et a tout de suite contacté les secours. Elle est venue te voir en attendant, mais tu étais inconsciente. Tu ne paraissais pas blessée, en tout cas rien de visible. L'airbag s'est déclenché et peut-être que son choc à l'ouverture t'a violemment assommée. C'est l'hypothèse que Jake a proposée. Tu étais inconsciente, mais tu allais bien. Tu avais noté Ellen comme personne à avertir en cas d'urgence avec son métier et l'adresse de la clinique. Cela a permis ta réorientation ici. Nous attendions patiemment ton réveil.

- Je me souviens de mon écart à cause d'un animal qui a surgi de la forêt. Après, je me rappelle de toutes vos venues, mais je n'arrivais pas à bouger, ni à ouvrir les yeux. Je me sentais épuisée. Peu à peu, j'ai pu bouger et enfin me réveiller. Ça me fait plaisir aussi.

Ellen n'avait pas dit un mot. Elle s'avança près du lit de sa sœur :

- Je venais te voir très régulièrement. Tu semblais juste endormie, c'était à la fois rassurant de te voir aussi paisible, sans blessure, ni douleur, mais aussi angoissant de ne pas te voir te réveiller. Quand Sandie, l'infirmière de nuit, m'a laissé un message pour me dire que tu t'étais réveillée dans la nuit, je suis tout de suite venue te voir. Te voir bouger... un peu, prendre ma main... même inconsciemment furent de grands bonheurs.

- Moi aussi, sentir tes doigts m'a beaucoup touchée.

- Gaby va venir te voir avec Ethan juste après l'école avec Madison.

Harper réalisa brusquement ce que son absence avait signifié :

- Et qui s'occupe de la librairie avec Alice ?

Jameson lui expliqua :

- Tu peux rester calme. Je te rappelle que ton départ était prévu. J'y suis allé tous les matins avec Alice jusqu'au retour de la pause déjeuner d'Alice. Cela a l'air d'être une bonne idée, car les clients se bousculent vraiment. Nous verrons en janvier si cela est dû juste à la période avant les fêtes ou si le besoin est réel. Beaucoup viennent aussi pour un café et un gâteau, en découvrant des livres. L'après-midi, Alice y arrive seule. Ethan vient l'aider après l'école. Gaby reste à la garderie de l'école primaire. Madison passe la chercher à la fermeture de la librairie en revenant avec Ethan. Cette semaine, cela m'a permis de me reposer l'après-midi. Je retrouve peu à peu ma forme et cela me convient bien. Jake vérifie régulièrement que je ne me surmène pas. Et la meilleure nouvelle est que l'ouverture du parking aux clients est un vrai succès. Cela a vraiment augmenté le passage. Donc, un grand merci pour ton aide.

Harper sourit à toutes ces nouvelles en même temps. Elle était ravie que son implication familiale ait pu réellement changer un peu les circonstances. Son père avait l'air plus reposé, alors qu'il avait travaillé toute la semaine.

- Ce fut un travail d'équipe. Que tu puisses travailler tous les jours sans trop te fatiguer prouve que tu t'es parfaitement remis de ton malaise. Si les affaires reprennent un peu, cela me rassurera quand je partirai.

Ellen l'interrogea :

- Penses-tu repartir tout de suite ?

Harper secoua la tête :

- Non, parce que je ne suis pas encore sortie de la clinique, et puis non car j'ai passé beaucoup de temps à réfléchir pendant cette inconscience. Je n'ai vraiment rien décidé, mais je ne reprends pas tout de suite la voiture. D'ailleurs, quels sont les dégâts et les délais de réparation ?

Jameson reprit la parole :

- La voiture n'est pas très accidentée et tu pourras la retrouver samedi quand tu sortiras de l'hôpital. Nous avons appelé ton amie Emily pour l'avertir et ainsi qu'elle avertisse ton directeur.

- Oh oui, avertir Mason de mon absence à sa réunion ! De toute façon, il a dû voir que je n'étais pas présente !

Mason Davis, son directeur, lui avait envoyé un message de prompt rétablissement quand il avait su la raison de son absence à la réunion de début de semaine sur son mail professionnel.

Quelqu'un frappa à la porte. Emily était même venue la voir.

- Emily, bonjour. Entre.

Harper appréciait vraiment la présence de son amie à son chevet. La route était longue entre New York et Oak Lake. Emily salua d'un hochement de tête les personnes présentes.

- Bonjour à tous. J'espère que je ne vous dérange pas.

- Non, Emily, nous allions partir. Harper sort demain de l'hôpital et nous reviendrons la chercher. Ravie de vous avoir rencontrée.

Ellen lui tendit sa main. Emily la serra. Puis Jameson la salua aussi. Ils quittèrent la chambre sur un dernier geste de la main.

- A demain Harper !

- A demain Ellen ! A demain papa !

Emily s'avança vers son amie.

- Bonjour ma belle au bois dormant !

- Bonjour Emily. Ça me fait vraiment plaisir de te voir. Comment as-tu su dans quel hôpital je me trouvais ?

Elle était la seule personne de New York à s'être déplacée ou même à l'avoir appelée.

- Ta sœur Ellen m'a appelée, je suis très flattée que tu lui aies parlé de moi ! Je suis allée voir Mason Davis pour lui expliquer la raison de ton absence.

- Il devait être de mauvaise humeur quand il a constaté ma défection à la réunion de service. Il m'a écrit gentiment. Je viens juste de découvrir son message et il s'est montré très humain. Que s'est-il dit pendant cette fameuse réunion ?

- Tout le monde était présent et il n'était manifestement pas satisfait de l'avancée. Cet auteur ne veut visiblement pas être découvert. Sur le site où il publie, il ne répond à aucune question ni sur son livre, ni sur son identité. Tout se passe comme s'il souhaitait juste écrire et partager son histoire, sans besoin de reconnaissance, ni même de lire les critiques positives ou négatives de ses chapitres.

- C'est également mon sentiment.

Elle se tut et Emily sentit que Harper voulait exprimer plus que cette simple phrase. La jeune femme reprit sa respiration et regarda son amie :

- Depuis que je suis arrivée à Oak Lake, je cherche avec l'aide d'un jeune garçon doué en informatique et franchement, nous ne trouvons rien. En expliquant à ma famille cette mission, j'ai fini par réaliser qu'en fait, au plus profond de moi, je n'ai pas envie de trouver cette personne. Même si je pense qu'il pourrait gagner beaucoup d'argent grâce à une maison d'édition, s'il ne veut pas être connu, alors laissons-le dans son anonymat. Je commence à trouver cela indécent. Alors, je vais appeler Mason et lui dire que j'abandonne cette mission. Je vais lui envoyer mes dernières fiches sur les deux auteurs que je souhaite défendre la semaine prochaine. mais je vais rester dans le domaine que je connais, à savoir découvrir de nouveaux auteurs.

Harper s'arrêta un instant et expira profondément, comme si elle avait retenu son souffle pendant cette tirade. Elle conclut :

- Te l'exposer ainsi rend encore plus claires ma démarche et ma volonté.

Emily était un peu surprise :

- Donc, ce travail d'éditrice en chef va sans doute t'échapper.

- Sans doute. mais, j'ai démontré depuis près d'un an et demi que j'en avais les compétences. Rechercher cet auteur n'a rien à voir avec ce travail. Alors, tant pis.

- Et bien, ce séjour familial t'a vraiment changée. Je te sens très sereine par rapport à cette décision. Je suis impressionnée.

- Revenir ici et aider ma famille et ma communauté m'a procuré plus de joie en quelques jours qu'en plusieurs années à New York, où je réalise que je vis essentiellement pour moi et non pour les autres. Cela ne me correspond pas et cet accident m'a laissé le temps de digérer les quelques jours précédents et d'analyser ce que je ressentais.

- Donc, tu ne reviens pas à New York avec moi ?

- Quand j'aurai l'aval de Jake pour conduire, je ferai l'aller-retour pour parler à Mason. Les quelques jours que je passerai chez moi me permettront de valider ou non mes nouvelles envies, voire mes nouveaux besoins.

- Qui est Jake ?

Harper ne put s'empêcher de rougir légèrement :

- Il est le directeur de la clinique et aussi un ami.

- Est-il mignon ?

- Je ne sais pas, je n'ai pas fait attention.

- A quoi n'as-tu pas fait attention ?

Jake, comme par magie, venait de franchir la porte de la chambre.

- Rien de spécial. Jake, je te présente Emily, ma meilleure amie. On travaille dans la même maison d'édition. Emily, je te présente Jake, médecin, chirurgien, directeur de cette clinique et ami de la famille.

Ils se serrèrent la main.

- Comment te sens-tu aujourd'hui ? Pas trop fatiguée ? Pas de vertige quand tu te lèves ?

Harper haussa les épaules :

- Je me sens mieux qu'hier, mais je ne me lève pas encore sans infirmière.

- Très bonne résolution. Peux-tu te lever s'il te plaît ?

Harper prit appui sur le lit pour mettre les pieds par terre. Elle prit son temps, un peu intimidée que Jake la regarde aussi attentivement. En plus, elle était toujours habillée avec la tunique de la clinique !

Elle se leva et marcha seule quelques pas. Jake se tenait prêt à la rattraper, mais il n'en eut pas besoin.

- Je ne suis pas en état de marcher dix kilomètres en forêt, mais je peux avancer sans aide.

- Comme toutes les bonnes choses ont une fin, tu peux te recoucher maintenant.

Harper remonta sur son lit et s'allongea.

- Quand pourrais-je sortir ?

- Médicalement parlant, tu n'as aucun symptôme exigeant ton séjour parmi nous. J'accepte que tu rentres chez toi, à l'unique condition, la même que pour ton père il y a quelques semaines, tu te reposes. Penses-tu pouvoir rester quelques jours chez ton père sans prendre la voiture et sans aller à la librairie ? Je commence à te connaître !

Harper esquissa un sourire :

- Je vais vraiment me reposer. Promis !

Elle leva la main pour accentuer ses paroles, puis ajouta :

- Je ne me sens pas l'énergie de conduire ou d'aller travailler.

- Très bien. Je te fais confiance, mais je passerai te voir pour m'assurer que tu respectes ta promesse. Je vais demander au docteur Graham son avis, puisqu'il s'agit de ton médecin. Nos appréciations concordent souvent. Au revoir Harper. A demain !

- Au revoir Jake. Merci et à demain !

Il salua d'un hochement de tête Emily qui, dès que Jake eut refermé la porte, s'exclama :

- Si tu n'as pas fait attention si cet homme était mignon ou non, je pense que tu ne devrais pas sortir d'ici avant plusieurs mois !

- Il est pas mal, je te l'accorde.

- Je dirai même « beau gosse » ! mais bon, tu sors d'une semaine d'inconscience !

- Je vais t'envoyer mon adresse et tu dors à la maison ce soir. Ne cherche même pas à me contredire. La maison est grande.

- Je ne vais même pas chercher à discuter avec toi et avec cette neige qui n'arrête pas de tomber, j'accepte bien volontiers !

Jake revint à ses consultations de vétéran et rencontra Tim Rafferty qui arrivait.

- Bonjour Jake ! Je suis content de voir que tu as pris le temps de manger.

- Bonjour Tim. Pas vraiment, je suis passé voir Harper qui va sortir demain.

- Celle qui a eu un accident de voiture en rentrant à New York ?

- Tout-à-fait !

- Elle a droit à un traitement de faveur de la part du directeur, non ?

- Disons que, depuis son arrivée, nous nous sommes beaucoup vus. Son père est le libraire chez qui Ethan va tous les soirs après l'école.

- Et, est-elle jolie au moins ?

- Je le suppose.

Tim éclata de rire.

- Toute réponse idiote à une question simple signifie juste qu'en fait, elle ne t'est pas indifférente.

- Ce n'est pas le sujet de notre entretien.

Tim ne renonçait pas si facilement. La gêne de son ami le faisait sourire.

- Dans quel domaine travaille-t-elle ?

- Dans l'édition et elle vit dans la Grosse Pomme.

Tim fit une moue de déception :

- Ah ! Ce n'est pas à côté d'ici.

- Non et elle vient juste de rompre avec son petit ami.

- Même si le début n'est pas idéal, j'aimerais rencontrer celle qui a touché ton cœur. J'avais peur qu'il soit fermé à jamais.

Le regard de Jake suffit à faire lever les bras de Tim :

- J'ai compris. J'arrête ! C'est toi le psychologue.

A la fin de la consultation, au moment de franchir la porte, Tim se retourna et dit avec un clin d'œil :

- Donne-lui une chance ! Et surtout, donne-toi une chance !

Il ferma la porte avant d'entendre la réponse de Jake.

Le lendemain matin, Harper attendait le passage du directeur avec impatience. Ben avait validé la sortie. Jake entra dans la chambre :

- Prête à partir ?

- Oui !

- Alors, nous y allons !

Elle le suivit, mais si elle pensait le voir, elle n'avait pas compris qu'il était venu la chercher. La neige tombait encore abondamment et il n'avait pas voulu que Jameson prit le risque de conduire avec ce temps.

- J'ai récupéré ta voiture. J'espère que cela ne t'ennuie pas que je la conduise.

- Oh non, je suis très contente qu'elle soit déjà réparée.

Ils rentrèrent sans échanger un mot chez Jameson car la conduite requérait beaucoup d'attention de la part de Jake. Le silence n'était pas pesant, chacun se plaisant avec la compagnie de l'autre. L'hiver s'était vraiment installé sur le nord-est du pays.

- Tatie Harper ! Bon retour à la maison !

Gaby et Ethan avaient fabriqué une pancarte avec écrit : « Tu nous as manqué ! ». Gaby avait ajouté beaucoup de cœurs et Ethan n'y avait même pas mis son veto. Harper remercia les enfants et alla s'asseoir. Le regard de Jameson était teinté d'inquiétude quand il croisa celui de Jake. Celui-ci lui sourit et secoua la tête : Harper allait bien. Il prit la parole :

- Ethan et Gaby, même si Harper est là, il faut la laisser se reposer pendant quelques jours. Avant mardi, il lui est interdit de conduire et nous verrons lundi soir si cette interdiction est maintenue ou non. De même, pour la librairie, Jameson, Harper ne vous aidera pas tout de suite.

Jameson acquiesça :

- Notre organisation depuis son départ marche parfaitement. Nous continuerons ainsi cette semaine. La santé est prioritaire, je l'ai appris à mes dépens.

- Merci Jameson.

Le déjeuner se déroula calmement, chacun veillait à ce qu'Harper en fit le moins possible.

Emily s'était très vite intégrée à la famille. Elle comprenait pourquoi Harper s'y plaisait autant.

Emily quitta Oak Lake le dimanche matin pour être sûre que la route fut suffisamment dégagée pour rentrer chez elle. Harper avait profondément changé depuis Thanksgiving. Emily avait trouvé son amie plus souriante et surtout plus sereine. Elle ne savait pas comment Mason allait réagir, mais elle avait bien réalisé qu'Harper avait pris sa décision.

Harper connaissait l'emploi du temps de Mason Davis par cœur et elle choisit de l'appeler quand il avait quelques minutes à lui consacrer. Elle se sentait suffisamment bien pour converser avec lui, même sur ce sujet brûlant.

- Bonjour Mason.

- Bonjour Harper. Je suis content de t'entendre. Comment vas-tu ? J'étais inquiet quand je ne t'ai pas aperçue à la réunion. Tu ne la manques jamais.

- Je vais beaucoup mieux, même si je n'ai pas l'aval des médecins pour que je prenne la route. Je ne me suis réveillée que jeudi et j'ai mis un peu de temps à récupérer. Je suis sortie samedi de l'hôpital.

- Je suis rassuré.

- Je t'appelle car j'ai pris une décision que tu ne vas sans doute pas apprécier.

- Tu ne veux plus chercher Riley Smith.

Harper resta sans voix.

- Comment le sais-tu ?

- Depuis le début, je sens bien que tu ne souhaites pas t'investir dans cette mission. Et pour tout te dire, je le comprends parfaitement. Personne n'a d'indice sur qui est cet auteur, ni où il habite. Ce travail de fourmi n'a rien à voir avec ton travail habituel, je le conçois.

- Tu as parfaitement compris mon dilemme. Je pensais mériter par mon travail le poste et non par cette inquisition. En fait, ce qui me dérange le plus est que cette personne ne veut manifestement pas de la notoriété qui peut accompagner la parution officielle et je souhaite vraiment respecter son souhait.

- Pas de problème. Je ne sais pas encore ce que décidera la direction pour le poste, mais j'appuierai ta candidature néanmoins.

- Merci beaucoup. Je m'attendais à beaucoup plus de colère de ta part.

- Je crois que cette chasse à l'auteur ne me convient pas complètement non plus. Repose-toi bien Harper !

- Merci Mason. Au revoir !

Une fois qu'elle eut raccroché, Harper garda un sourire sur les lèvres et savoura lentement cette conversation. Mason était plus attentif à ses collaborateurs qu'elle ne l'avait soupçonné. Elle prenait cette bonne nouvelle avec plaisir.

Le soir, toute la tribu était réunie autour de la table. Harper avait un peu participé à la préparation du repas. Jake n'arriva pas trop tard, tout comme Ellen. Malgré le temps hivernal, le week-end n'avait apporté aucun grave accident et les urgences avaient été plutôt calmes.

- Bonjour Harper !

- Bonjour Jake !

- Peut-on se voir dans un endroit plus discret ? Je voudrais t'examiner rapidement pour t'autoriser à conduire demain.

Ils se rendirent dans le salon et fermèrent la porte. Jake lui fit les examens élémentaires. Il avait aussi les résultats des prises de sang.

- Tous les voyants sont au vert. mais toi, comment te sens-tu ?

- De mieux en mieux. J'ai l'impression d'avoir retrouvé de l'énergie. Ce repos forcé m'a fait beaucoup de bien.

- Essaie de ne pas trop exagérer, mais, si tu le souhaites, tu peux conduire et même aller un peu à la librairie. J'ai dit un peu, pas toute la journée pour commencer !

- Je vais davantage écouter les signaux que m'envoie mon corps. Si je sens la fatigue venir, je serai raisonnable.

- Si tous mes patients pouvaient l'être un peu plus.

Ils revinrent dans la salle à manger.

Le repas se déroulait avec les rires de Gaby, les histoires d'Ethan et les discussions informelles des adultes.

Au moment du dessert, Ethan demanda à Harper :

- J'ai repris les recherches sur Riley Smith, mais je n'ai pas du tout avancé. Sais-tu si dans ta maison d'édition certains ont avancé ?

- Non, personne n'a rien trouvé. Et d'ailleurs, tu vas pouvoir abandonner ces investigations car j'ai annoncé ce matin à mon directeur que j'arrêtais de chercher cet auteur. Contre toute attente, il a compris pourquoi.

Ellen demanda :

- Et peux-tu nous expliquer pourquoi tu as pris cette décision ?

Harper répondit :

- Cet auteur ne veut pas de la notoriété, alors, laissons-le tranquille. Cela me gêne de « traquer » son identité ainsi. D'habitude, les auteurs m'envoient leurs ouvrages et sont heureux quand je les rappelle. La situation est inversée et cela ne me convient pas.

Jameson ajouta :

- mais, avec cette décision, tu renonces aussi à ta promotion, non ?

- Je ne sais pas, cela n'est peut-être pas aussi sûr si personne ne le trouve, mais, en fait, ce n'est plus mon problème. Être en accord avec mes valeurs est plus important qu'un poste.

- Bravo ma fille. C'est courageux !

- Je ne sais pas. J'ai accompli ce que je croyais juste pour moi. Les conséquences seront ce qu'elles seront. J'étais prête à perdre mon emploi en passant ce coup de téléphone, alors, le reste ne sera que du bonheur !

- Quand penses-tu retourner chez toi ?

Harper se tourna vers Jake qui avait posé la question :

- Sans doute dans une semaine. Je vais continuer de me reposer et d'aider à la librairie la semaine qui vient.

Une fois la mousse au chocolat distribuée, un silence s'installa pendant la dégustation de chacun des convives. Madison choisit ce moment pour annoncer :

- Et si je savais qui est Riley Smith ?

Chapitre 11

Un silence s'installa après la prise de parole de Madison, puis des questions et des exclamations jaillirent :

- Vraiment ?

- Comment peux-tu le savoir ?

- Le connais-tu personnellement ?

- Est-ce un homme ou une femme ?

- Quel âge a-t-il ?

- Où habite-t-il ?

Madison affichait un grand sourire et attendit que la tension baissât un peu pour reprendre la parole :

- Cet auteur est une femme.

Harper intervint :

- Je le savais. Son univers propose de jolis rôles de premier plan à des femmes et souvent, les auteures féminins en sont responsables. Excuse-moi de t'avoir interrompue Madison. Je t'écoute.

Madison reprit :

- Elle est grand-mère et va bientôt avoir soixante ans.

Harper ne put s'empêcher de parler :

- Là, je suis plus surprise car j'imaginais une personne plutôt dans ma tranche d'âge. Les Sorcières de l'Ombre offrent un univers très moderne. mais, manifestement, je me suis trompée.

Madison sourit à la remarque d'Harper :

- Manifestement ! Autre indice, elle habite ici à Oak Lake.

Ethan, Gaby, Jake, Ellen et Harper se regardaient un peu estomaqués :

- Alors, là, c'est juste incroyable !

- Ici, mais, alors, on va pouvoir la rencontrer !

- Nous la croisons peut-être au supermarché !

- Elle vient peut-être acheter des livres à la librairie !

Jameson ne disait rien et il souriait d'un air entendu. Harper s'en rendit compte la première :

- Toi, papa, tu sais aussi qui c'est !

Tout le monde se retourna vers lui :

- Oui, en effet, je côtoie cette personne régulièrement. Je savais aussi qu'elle écrivait, mais j'ai découvert récemment à quel point elle était talentueuse !

Ethan fut le premier à comprendre :

- C'est Madison !

Harper resta sans voix :

- Madison, est-ce toi Riley Smith ?

Madison hocha la tête :

- Oui !

Harper se leva et la prit dans ses bras :

- Ton livre est une vraie pépite ! Je te félicite !

- Merci beaucoup. Cela me touche de ta part.

Les questions fusèrent :

- Depuis combien de temps travailles-tu sur ce livre ?

- J'ai commencé il y a trois ans. Grâce à Jameson, je découvre de nouveaux auteurs et une fois, j'ai lu un livre qui m'a inspirée et j'ai pensé créer une histoire. Dans mon bureau, chez moi, des pancartes, des post-it, des dessins avec des flèches et même des biographies de mes personnages ornent les murs et s'amoncellent sur ma table. Cela m'occupe l'après-midi. Puis, un jour, j'ai osé me lancer dans l'écriture du premier tome.

- Es-tu encore en train d'écrire ou as-tu fini le livre ?

- J'ai fini le premier tome, j'en suis presque aux trois-quarts du deuxième.

- Donc, tu publies ce que tu as déjà écrit et non un chapitre que tu es en train d'écrire.

- Oui, exactement. Je ne voulais pas me stresser si je n'avais pas fini d'écrire un chapitre. Je relis beaucoup et quand j'ai trouvé ce site, j'ai décidé de le publier. Je voulais juste voir si quelqu'un allait apprécier ma prose.

- Tu as dû être surprise par l'engouement qu'il a suscité.

- Tu peux le dire ! J'ai arrêté de lire les commentaires et les questions car cela me prenait trop de temps sur mon temps personnel.

- Je l'imagine bien.

- Je ne suis pas vraiment sur les réseaux sociaux, juste le minimum pour avoir parfois des nouvelles de personnes qui se sont éloignées avec le temps, mais je ne mets jamais de photographies ou de commentaires sur ma vie.

Ethan poussa un cri du cœur :

- Je confirme ! A tous les niveaux ! Est-ce que l'idée d'Harper sur les détails des noms et des dates était une bonne idée ? Est-ce inspiré de ta vie ?

- Oui, elle avait raison. Quitte à choisir une date au hasard, autant s'amuser à en choisir une qui résonne en moi. mais ces éléments ne sont pas exposés sur internet, ils me sont propres. Cela explique que tu ne sois pas remonté jusqu'à moi.

Harper souligne :

- En fait, personne n'a aucune chance de remonter jusqu'à toi.

- Je ne le souhaitais pas et comme je ne suis pas vraiment active sur les réseaux sociaux, cela m'a simplifié la vie. Tu as raison Harper quand tu es convaincue que je souhaite rester anonyme. Je n'avais pas l'intention de devenir célèbre, et, en tout état de cause, je ne veux pas l'être. Je n'éprouve ni l'envie, ni le besoin de devoir expliquer mon histoire, peut-être même découvrir des incohérences dans mon récit ou que les gens me donnent des indications sur comment l'histoire devrait se dérouler. J'écris pour le plaisir, j'aime créer mes personnages, et que mes histoires soient partagées ou pas ne m'importe pas vraiment.

- Tu corrobores vraiment ce que je craignais. Tu n'as pas envie de la « gloire » qui peut accompagner ton livre.

- Exactement !

- Je l'entends bien. Je ne vais donc pas chercher à te faire changer d'avis. Pour la lectrice que je suis et qui dévore ton livre, je suis ravie de savoir qu'il y a un deuxième tome. Y en aura-t-il d'autres ?

- Oui, j'ai prévu six tomes pour les six personnages principaux. Même si chaque histoire englobe à chaque fois toutes les sorcières, chaque livre sera centrée sur une jeune femme en particulier.

- Waouh ! Tu m'impressionnes ! Je ne vais rien dire évidemment à Mason, mais je suis heureuse de connaître Riley Smith !

Allongée sur son lit, Harper avait du mal à s'endormir. La discussion avec Madison s'était prolongée tard et s'était avérée passionnante. La jeune femme découvrait l'amie de la famille sous un autre angle. Écrire une saga comme celle des Sorcières de l'Ombre demandait de l'imagination, mais aussi de l'organisation et de la rigueur. Elle admirait vraiment le travail qu'avait accompli Madison.

Au début, cette activité lui avait permis de s'occuper quand l'amie de la famille ne travaillait pas à son magasin de fleurs. Après le décès soudain de son époux, elle avait choisi de passer moins de temps parmi les fleurs et de s'octroyer un peu plus de temps pour elle. La jeune femme qui l'aidait à mi-temps avait accepté avec plaisir l'offre d'emploi à plein temps. Cela avait soulagé Madison et son employée avait apporté du dynamisme en proposant des bouquets différents. Les bénéfices avaient augmenté, jusqu'à stagner avec l'arrivée du centre commercial. Madison comptait, comme les autres gérants, sur le nouveau parking pour attirer de nouveau les clients.

Harper ne voulait plus aborder la question de l'édition avec l'auteure. Elle aimait beaucoup Madison et respectait son envie d'anonymat. Au fond d'elle, elle ne pouvait s'empêcher de penser au contrat fabuleux qu'elle pourrait lui obtenir. mais l'argent et la gloire ne figuraient pas parmi les envies de Madison. La jeune éditrice s'endormit avec les personnages du roman.

Harper se reposait le matin et allait aider Alice l'après-midi. Son père s'y rendait le matin et se reposait l'après-midi. Cela arrangeait tout le monde et Alice était heureuse de ne pas être entièrement seule. Cette organisation satisfaisait les principaux concernés. Harper récupérait rapidement. Elle avait envoyé les dernières fiches de lecture à Mason. Elle n'avait pas évoqué Riley Smith et lui non plus. Elle revenait sur New York le lundi suivant.

Le mardi soir, Harper avait ramené Gaby et Ethan de la librairie. Ellen était déjà rentrée. Le repas était prêt quand Jake appela Harper :

- Bonjour Harper.

- Bonjour Jake. Tout va bien ?

- Oui, j'ai juste un souci avec ma voiture. Les températures plutôt glaciales ne lui conviennent plus. Je dois la changer et j'ai reculé l'échéance, peut-être est-ce trop tard. Puis-je te demander un service ?

- A quelle heure veux tu que je passe te chercher ?

- Dans une heure si possible.

- D'accord. Nous aurons fini de manger, mais nous allons garder ta part.

- Merci beaucoup. A tout à l'heure.

Ellen lui demanda :

- Jake a-t-il un souci ?

- Oui, sa voiture refuse de démarrer. Je vais aller le chercher. Pourras-tu rester avec Gaby ?

- C'est vraiment gentil de ta part de penser à Gaby, mais c'est toi qu'il appelait, pas moi.

- Oui, parce qu'il sait que c'est mieux que tu restes avec Gaby.

- Si tu penses que c'est la seule explication...

Harper haussa les épaules. Elle s'entendait bien avec Jake, elle pouvait même s'avouer qu'elle l'aimait vraiment bien, mais sa vie n'était pas à Oak Lake et Jake resterait ici pour ne pas perturber l'univers stable d'Ethan.

En arrivant à l'hôpital, Harper alla dans le bâtiment de Jake et le vit penché sur un dossier sur son bureau. Il avait le visage inquiet. Elle s'assit sur une chaise dans le couloir. Jake l'avait aperçue du coin de l'œil, mais il devait finir de remplir les documents administratifs. Au bout de quelques minutes, il lui dit :

- Excuse-moi Harper, j'arrive bientôt.

- Pas de souci. J'ai un livre sur moi et j'ai mangé ! Prends le temps qui t'est nécessaire.

Quand il sortit de son bureau, Jake vit Harper plongée dans un manuscrit :

- Je croyais que tu avais fini de lire tous les livres que tu devais découvrir.

- Madison a accepté de me donner le manuscrit entier du premier tome.

- Oh ! C'est une belle preuve de confiance.

- Oui ! Elle me connaît depuis ma naissance. Je pense qu'elle sait que je ne trahirai pas son secret.

- Je le crois bien volontiers.

Ils marchèrent vers la voiture d'Harper :

- Que pense l'éditrice de ce tome ?

- Ce tome est à l'image des premiers chapitres, un univers original, des personnages attachants et une écriture très plaisante. J'ai hâte de découvrir le dénouement de l'histoire.

- Ne regrettes-tu pas de ne pas pouvoir l'éditer ?

- Bien sûr que j'aimerais l'éditer, mais je respecte trop Madison pour lui en parler.

- Je te comprends.

- Changeons de sujet. Comment s'est déroulée ta journée ?

- Disons qu'en ce moment, depuis plusieurs mois, une fois que ma journée de médecin est terminée commence une petite journée de gestionnaire où j'essaie de trouver des fonds pour la clinique.

Harper se tourna vers lui :

- Est-ce que la situation est si critique ?

- Pas si critique, mais l'absence de subvention est soudaine et demande de nouveaux ajustements. Comme je ne veux pas augmenter les prix pour ne pas pénaliser les patients d'Oak Lake, je dois reconsidérer l'organisation des services pour accueillir plus de patients. mais je ne cherche pas non plus à surcharger l'emploi du temps des soignants.

- C'est un sacré dilemme.

- Oui, c'est compliqué. Je cherche des solutions, mais pour l'instant, je n'en ai pas beaucoup. Je dois trouver des subventions pour l'année prochaine et, pour l'instant, à moins d'un miracle...

Harper et Jake s'assirent dans la voiture :

- Je crois aux miracles, mais n'y a-t-il rien que la ville puisse faire ?

- J'ai déjà rencontré le maire. La ville donnera une subvention exceptionnelle en début d'année. Ce sera une belle aide, mais, je dois trouver une aide pérenne.

- Ce doit être bien compliqué en effet. Penses-tu que nous puissions apporter notre aide d'une façon ou d'une autre ?

- Je ne sais pas. Il faudrait en discuter peut-être.

- Pourquoi pas ?

Lors de la soirée, Harper reparla des difficultés de la clinique et avec surprise, tout le monde participa et les idées fusaient.

- Une tombola ? Chaque magasin de la ville fournit des prix et l'argent récolté ira à l'hôpital.

- Il faudrait aller voir le gouverneur de l'État et lui demander de revoir sa décision.

- Nous pourrions appeler des milliardaires.

- Doubler le nombre de consultations !

Jake souriait malgré la tension qui l'habitait. Il n'était pas responsable des difficultés financières. Il avait réussi en trois ans à sortir la clinique du rouge. mais cette absence de subvention venait à un moment un peu critique, où il avait commencé à augmenter la visibilité de la clinique et donc à investir l'argent sur lequel il pensait compter. Dès septembre, il avait commencé à proposer de nouvelles chirurgies, mais cela avait nécessité de nouveaux appareils. Avec le conseil de la clinique, des achats raisonnables avaient été décidés, mais en tenant compte des subventions habituelles. L'aide ponctuelle de la mairie permettrait de consolider ce nouveau département, mais il voulait aussi continuer de développer un service lié à la néo-natalité pour éviter que les futures mamans ne continuent à se déplacer dans la capitale de l'État à plusieurs dizaines de kilomètres. Il était perdu dans ses pensées quand il réalisa qu'un silence s'était installé dans la salle à manger.

Madison venait d'annoncer :

- Et si je léguais une partie de mes droits d'auteur à l'hôpital ?

Harper la regarda avec stupeur :

- Pour cela, Madison, tu dois être éditée. As-tu changé d'avis ?

- Disons que cela se discute. L'autre jour, Jameson a dit que si je ne voulais pas de cet argent, je pouvais aussi l'utiliser pour de bonnes causes. J'ai beaucoup réfléchi et je me suis dit qu'aider le département pour la maternité serait une excellente cause. Par contre, je n'ai aucune idée de l'argent que je peux apporter.

- Beaucoup d'argent, je te le confirme. Nous pouvons en discuter cette semaine avant mon retour à New York. Nous pouvons ajouter les conditions d'anonymat et l'absence de salons du livre si tu souhaites rester dans l'ombre.

- Très bien, nous en parlerons demain.

Jake se leva et prit dans ses bras Madison :

- Je ne sais pas comment te remercier. Si tu as choisi ce service, c'est sans doute parce qu'il te tient à cœur. Tu feras partie officiellement du conseil de l'hôpital pour ce service et nous nous écouterons mutuellement pour améliorer les prestations.

Madison rougit :

- Même si je n'ai pas d'idées innovantes, je serais très heureuse de participer aux décisions. Merci beaucoup Jake.

Pour la première fois depuis des mois, le visage de Jake exprima un soulagement intense. Ellen lui fit un pouce levé :

- Voici le début des miracles, Jake !

- C'est le terme exact, un miracle dû aux Sorcières de l'Ombre, livre dont j'ai entendu le titre pour la première fois il y a à peine trois semaines.

Harper ne disait rien, elle était déjà en train de réfléchir aux conditions qu'elle poserait pour l'édition du livre pour que Madison restât la plus discrète possible. La jeune grand-mère n'avait aucune idée de l'argent que le contrat allait lui rapporter.

Au moment de partir, Jake s'approcha d'Harper :

- Encore merci d'être venue me chercher et d'avoir sollicité tout le monde pour trouver des solutions, je n'aurais jamais eu l'idée de Madison. C'est juste incroyable. Tu ne peux pas savoir comme je me sens léger et soulagé d'avoir une piste sérieuse et durable sur quelques années.

- A plusieurs, il est plus facile d'avoir des idées ! Je suis très heureuse que cela puisse venir en aide à la clinique. Le contrat peut être signé rapidement, cela demande juste quelques ajustements.

- Ne t'inquiète pas. Nous ne sommes pas à un ou deux mois près. Savoir qu'il y aura une solution nous donnera du poids face à la banque.

- Je te tiens au courant. Je vais commencer les démarches dès demain avec mon directeur.

- Je ne te remercierai jamais assez d'être venue à Oak Lake. Tu apportes une aide très précieuse à la communauté.

- C'est gentil, mais, pour Riley Smith, c'est un peu le hasard quand même. Et si Madison n'avait pas parlé, rien n'aurait pu avoir lieu.

- Un miracle de Noël ! Le hasard et un peu de magie, tout ce qui manquait à la clinique !

Pour se quitter, ils se prirent dans les bras et cela leur plut à tous les deux, plus qu'ils ne l'auraient avoué.

Madison et Harper s'étaient retrouvés dans la maison de l'auteure.

- Madison, je te remercie de la confiance dont tu m'honores. Je vais négocier un contrat avec tes conditions. Nous allons établir les bases que tu souhaites, surtout avec le plus de détails et de clarté possibles, pour lever tous tes critères implicites.

- Harper, je te connais depuis ta naissance. Je sais que tu respecteras au maximum mes volontés.

- Commençons alors !

Elles passèrent toute la matinée à discuter. Harper connaissait tous les rouages des contrats et pouvait donc répondre à toutes les questions de Madison. Il était près de midi quand Harper et Madison s'arrêtèrent.

- Je pense que nous avons fait le tour de toutes tes demandes, que je trouve au demeurant très raisonnables. Je vais négocier pour obtenir une avance pour la clinique et surtout des royalties à la hauteur de ton roman.

- Merci beaucoup. D'abord, ton écoute m'a permis de bien clarifier ce que je souhaite et ce que je refuse absolument. Ensuite, je suis sûre que tu vas réussir à établir un contrat équilibré. Je ne sais pas vraiment ce que je peux attendre. Tiens-moi au courant.

- Je vais appeler rapidement mon chef et commencer à lui en parler pour qu'il puisse faire établir le contrat la semaine prochaine. Je te le rapporterai dès mon retour. Je ferai même l'aller-retour s'il le faut.

Jake était soulagé. Il faisait confiance à Harper pour que le contrat rapportât de l'argent à Madison et donc à la clinique. Il restait impressionné par la générosité de Madison. D'autres solutions pourraient être plus facilement trouvées sur le moyen terme si la clinique pouvait continuer de se développer.

Il n'avait toujours aucune nouvelle du colonel MacCallan. Il n'en attendait pas immédiatement, mais espérait tellement que la situation se débloquât plus rapidement qu'à l'été prochain. Il était convaincu d'une chose : si le colonel pouvait intervenir, il le ferait. Le médecin devait rester patient et surtout confiant.

Quand Harper prit la route le lundi suivant, elle avait le sourire aux lèvres. Sa sœur était beaucoup plus reposée et sereine. La situation extérieure n'avait pas évolué – elle n'avait pas de nouvelles de son mari - mais les nombreuses heures de sommeil qu'elle avait pu accumuler lui avaient permis de retrouver un niveau de stress plus gérable. Gaby était toujours aussi souriante et enthousiaste. Son père et Madison semblaient très heureux du temps passé ensemble et cela lui procurait beaucoup de bonheur. Par ailleurs, il semblait s'être parfaitement remis de son malaise et de sa chute d'avant Thanksgiving. Cela la soulageait profondément. Quant à ses voisins, elle avait apprécié leur compagnie. Même si Ethan et elle n'avaient pas trouvé Riley Smith, elle avait partagé de bons moments avec lui. Il était vraiment attachant et leur goût commun pour la littérature les avait indubitablement liés. Et Jake ? Un sourire vint se poser sur ses lèvres. Il était... disons charmant, plutôt agréable à regarder et surtout sa gentillesse la faisait vraiment craquer. Ils s'entendaient bien, voire très bien, mais elle doutait d'avoir soulevé son intérêt. De toute évidence, il ne pouvait rien se passer tant qu'elle vivrait à New York. Elle eut le cœur serré en pensant au grand absent de ces retrouvailles, Will. Sa sœur faisait preuve d'un grand courage en menant de front sa vie de mère et sa vie d'infirmière.

En arrivant au bureau de Manhattan, Harper se sentait très excitée. Elle n'avait pas parlé avec Emily de Riley Smith. Elle voulait éviter toute gaffe intempestive. Elle avait appelé Mason pour lui demander un entretien dès son arrivée. Mason avait laissé sa porte ouverte, signe qu'il l'attendait. Elle frappa à la porte. Il leva les yeux du dossier qu'il examinait et lui fit signe d'entrer. Elle ferma la porte et vint s'asseoir en face de lui. Il finit d'annoter une page et referma le dossier. Il lui accorda alors toute son attention :

- Bonjour Harper. Comment vas-tu ?

- Bonjour Mason. Très bien. Mon accident est un vieux souvenir à présent. J'ai eu plus de peur que de mal, et encore ma famille a eu plus peur que moi.

- J'étais content d'avoir eu de tes nouvelles grâce à Emily et donc à ta sœur, car j'ai été inquiet moi aussi de ne pas te voir à une réunion aussi importante. Tout a l'air d'être rentré dans l'ordre et j'en suis ravi. Si tu as besoin de continuer un peu en télétravail, n'hésite pas.

- Je te remercie pour ta proposition que je vais sans doute accepter.

- Bon retour à New York !

Mason avait ré-ouvert le dossier qu'il étudiait quand Harper avait franchi sa porte, mais il vit que la jeune femme ne bougeait pas. Harper ne répondit pas immédiatement et ne put se retenir de sourire, ne sachant comment annoncer la nouvelle.

- J'ai l'impression que notre entretien n'est pas terminé. Est-ce que je me trompe ?

Son sourire envahit tout le visage d'Harper :

- En effet, j'ai une grande nouvelle à t'annoncer. Je sais qui est Riley Smith. Elle veut bien être éditée chez nous, mais elle pose plusieurs conditions.

Le directeur garda la bouche ouverte quelques secondes :

- Quoi ? Comment ? Tu sais qui est Riley Smith ?

- Oui. Elle m'a même donné son manuscrit du tome 1 des Sorcières de l'Ombre pour le lire en entier.

- Il s'agit donc d'une femme ? Tome 1 ? Cela veut-il dire qu'elle a commencé à écrire d'autres tomes ?

- Oui, c'est une femme. Elle écrit le tome 2, qui est presque fini et a prévu 6 tomes.

- Waouh ! Je n'en reviens pas ! Et comment l'as-tu trouvée ? Je pensais que tu ne voulais plus la retrouver.

- En effet, j'avais cessé de la chercher et elle m'a révélé son secret quand elle a compris que j'avais renoncé. Elle tient à son anonymat et cela ne va pas changer.

Mason posa les coudes sur son bureau et s'avança vers Harper :

- Elle veut se faire éditer et garder son identité secrète. Vas-tu me la révéler quand même ?

- Non, mais je vais tout t'expliquer.

La conversation dura deux heures environ. Harper développa les demandes de Riley Smith et Mason les étudia en posant de nombreuses questions. Même s'il rêvait d'en connaître plus sur l'auteure, il avait accepté les conditions et félicité l'écrivaine pour sa générosité. Harper lui présenta l'ébauche de contrat qu'elle avait préparé avec Madison. Les avocats des Éditions du Soleil reliraient dans le détail, mais Harper connaissait son travail et elle savait que peu de modifications seraient apportées, même si ce type de contrat n'était pas habituel. Mason était impressionné par le travail fourni par la jeune femme.

- Je pense que nous avons fait le tour des différentes demandes. Tu seras donc sa représentante et sa gestionnaire au sein de notre maison d'édition.

- Elle a insisté pour que je défende personnellement ses intérêts. L'argent ne l'intéresse que s'il peut profiter à la clinique d'Oak Lake.

- Je vais demander à la direction de créer un poste spécifique sur cette auteure. Tu pourras aussi gérer un petit groupe d'écrivains que tu as soutenu et que tu souhaites faire progresser. Nous définirons ceux que tu vas suivre en particulier et même le nombre que tu pourras ajouter si tu découvres d'autres pépites.

Harper était aux anges. Ce poste était exactement celui qu'elle souhaitait. Madison n'imaginait pas à quel point son travail avait changé de dimension grâce à elle.

Ils parlèrent encore un peu de Riley Smith. Mason cherchait à connaître d'autres détails, mais Harper veillait à ne rien trahir. Il était près d'une heure de l'après-midi quand Harper quitta le bureau de son directeur. Elle se dirigea vers celui d'Emily qui l'attendait avec une livraison de repas chinois.

- Harper, je croyais que tu étais repartie sans venir me voir.

- Emily, je n'aurais jamais fait cela.

- Raconte- moi tout.

En regardant autour d'elle, elle vit trop de monde qui pourrait laisser traîner une oreille indiscrète et proposa à son amie de monter sur la terrasse, où personne n'allait en hiver. Une fois seules, entre deux bouchées de canard laqué, Harper raconta toute l'histoire et ne prononça jamais le nom de Madison. Emily se doutait que la personne figurait dans l'entourage d'Harper, mais ne devina pas qu'il s'agissait d'une jeune grand-mère fleuriste et écrivaine à ses heures perdues. Le secret de Madison n'était pas le sien et elle ne voulait pas le divulguer, même à sa meilleure amie.

- Je suis tellement contente pour toi.

- Merci beaucoup. Je suis ravie aussi. Je vais pouvoir vraiment me concentrer sur un vrai travail avec des auteurs et continuer à dénicher des perles rares. Et Riley Smith est clairement la cerise sur le gâteau.

- Et tu penses rester à New York ?

Harper regarda son amie avec surprise :

- Euh,... oui. Pourquoi me poses-tu cette question ?

- Tu semblais tellement heureuse à Oak Lake que je croyais que tu allais y retourner.

La remarque surprit la jeune éditrice. Même si la parenthèse dans son village natal lui avait apporté beaucoup de bonheur, elle n'avait pas envisagé de quitter la ville qui ne dort jamais.

- Je ne me suis pas posé la question.

- Honnêtement, une grande partie de ton travail pourrait se faire à distance. Riley Smith se trouve là-bas aussi manifestement, si elle souhaite aider la clinique d'Oak Lake et tu pourras travailler étroitement avec elle. Pour des réunions ponctuelles, tu prends ta voiture et le tour est joué.

Harper n'eut pas le temps de répondre, une collègue vint les avertir de la réunion de toutes les Éditions du Soleil et Mason Davis cherchait Harper. La salle était remplie et Mason appela Harper sur l'estrade :

- Bonjour à toutes et à tous. Je ne vais pas tourner autour du pot. J'ai l'immense plaisir de vous annoncer que Riley Smith va être éditée chez nous.

Un tonnerre d'applaudissements s'éleva dans la salle. Quand le silence fut revenu, il ajouta :

- Harper, que vous connaissez tous, a découvert son identité, mais l'auteur souhaite rester anonyme. Nous aurons l'immense privilège de lire avant tout le monde la fin du premier tome des Sorcières de l'Ombre ! Merci Harper !

Il se tourna et désigna de son bras la jeune femme, un peu gênée de tant d'attention, qui prit la parole devant l'assemblée.

Quand elle entra dans son appartement le soir, après avoir fêté dignement l'édition de Riley Smith, Harper redécouvrit les lieux. Il lui sembla qu'elle était partie depuis une éternité. A part un peu plus de poussière, rien n'avait changé. Elle eut l'impression de ressentir pour la première fois à quel point ce lieu ne lui correspondait plus. Il manquait des photos, des souvenirs, des livres. La maison de son père était devenue une référence pour l'endroit qu'elle souhaitait habiter.

Alors qu'elle était allongée sur son lit, elle repensa aux dernières semaines passées à Oak Lake et se sentit bien seule dans ce logement avec une vue si incroyable sur Central Park.

Et si Emily avait raison ? Et si sa place finalement se trouvait dans son village natal ?

Chapitre 12

Harper chantait à tue-tête « Vive le vent » en rentrant de New York au volant de sa voiture. La radio locale diffusait des chants de Noël en continu. Elle avait retrouvé le plaisir de cette période de l'année. La tristesse liée au décès de sa mère, peu de temps avant Noël, s'était estompée et avait laissé place à une nostalgie de l'absente et à un plaisir retrouvé de ce moment un peu hors du temps que représentait pour elle les semaines précédant la fête de la Nativité.

La neige s'était vraiment installée sur l'est du pays. Les flocons virevoltaient avec légèreté et les routes dégagées permettaient d'apprécier les paysages blancs sans craindre d'incident.

Harper se sentait incroyablement bien, complètement sereine. La semaine qui venait de s'écouler avait comblé tous ses espoirs. Mason s'était montré compréhensif sur l'anonymat et avait accepté toutes les conditions de Madison. Les juristes avaient corrigé certaines tournures de phrases, voire quelques mots, mais n'avaient pas modifié l'esprit général du contrat. Harper avait beaucoup négocié avec Mason et la direction. Les royalties obtenues étaient un peu au-dessus de ses meilleures estimations. Le service de maternité avait de beaux jours devant lui, sachant que ce n'était que le premier tome et que si les suivants suivaient les mêmes espoirs, les dividendes seraient revus à la hausse. Suivre l'évolution de Madison et de sa saga représentait un vrai défi pour Harper, défi qu'elle abordait avec beaucoup d'enthousiasme.

Elle avait même réussi à obtenir la gestion de trois auteurs qu'elle avait découverts. Elle faisait exactement le travail qu'elle souhaitait. Le poste d'éditeur en chef ne l'attirait plus autant ; elle appréciait ses nouvelles responsabilités et sa nouvelle mission remplissait tous les critères professionnels qu'elle recherchait. Quelques semaines plus tôt, elle n'imaginait pas une vie professionnelle épanouissante sans le poste d'éditrice en chef et elle s'apercevait maintenant qu'elle n'avait pas vraiment réfléchi à ses besoins réels, mais qu'elle avait suivi une ligne toute tracée, une évolution classique depuis son entrée dans les Éditions du Soleil, sans considérer ses envies profondes. L'amoncellement de mauvaises nouvelles fin novembre l'avait emmenée vers son village natal et Harper avait enfin donné un sens à sa vie, un sens réel, qui lui correspondait plus que la poursuite éphémère de l'argent ou de la reconnaissance professionnelle basée sur des critères extérieurs, et non les siens propres. Ceci expliquait son enthousiasme juvénile à l'idée de l'arrivée des fêtes, sa paix intérieure face à ses récentes implications professionnelles et sa joie simple en revenant chez elle. Chez elle ! Depuis Thanksgiving, cette notion avait changé d'adresse. Les soirées dans son superbe appartement n'avaient fait que confirmer l'impression initiale lors de son retour : le style minimaliste et artistique ne lui correspondait plus. Elle ne retrouvait plus la joie et l'apaisement d'avant en franchissant le pas de la porte. Elle trouvait toujours du plaisir à habiter ce bel endroit, mais cela ne la contentait plus. Une fois les fêtes passées, mi-janvier, elle reviendrait dans son appartement avec Ethan pour lui montrer la ville qu'il rêvait d'arpenter. Elle en profiterait pour mettre ses meubles en vente ou en ramener certains à Oak Lake, et peut-être même se défaire de son appartement. Elle se laissait le temps d'y réfléchir. Elle n'y habiterait plus, quoi qu'il advînt de ses résolutions nouvelles. Elle avait quitté New York ce matin en sachant qu'elle n'y vivrait plus. Elle reviendrait pour son travail avec plaisir, mais sa vie serait désormais à Oak Lake. Elle se sentait tellement joyeuse en le réalisant qu'elle sût sans l'ombre d'une hésitation que sa décision était celle qui lui correspondait profondément.

Les flocons semblaient danser devant son pare-brise, comme pour accompagner son allégresse.

Harper avait choisi de rentrer le vendredi après-midi pour passer le week-end dans sa famille. Elle ouvrit la porte de la maison de son père et la bonne odeur de la soupe de Madison lui chatouilla les narines. Le crépitement du feu dans la cheminée témoignait de la douce chaleur qui se diffusait. Les guirlandes de couleur chaude ajoutaient une touche festive et familiale à la pièce. Les rires de Gaby résonnaient dans l'entrée et le sourire déjà présent sur le visage de la jeune éditrice s'élargit.

Jake fut le premier à l'apercevoir :

- Bonsoir Harper !

Gaby tourna la tête et stoppa son bavardage pour courir dans les bras de sa tante.

- Tatie Harper, je suis trop contente que tu sois revenue. Tu m'as manqué cette semaine !

Ethan lui fit un geste de la main :

- Alors, New York a changé ?

- Pas vraiment, mais moi oui ! Je pense que j'ai un peu évolué. Nous allons organiser un voyage en janvier pour que tu viennes visiter cette ville. Je ne vais plus vraiment y vivre, alors nous devons prévoir ce déplacement.

- Si tu ne vis plus là-bas, où vas-tu habiter ?

- Je pense que je vais devoir chercher une maison à Oak Lake.

Jake ne put s'empêcher d'afficher un sourire, signe de sa joie profonde. Pour une nouvelle, il s'agissait d'une nouvelle pour le moins inattendue et surtout d'une très bonne nouvelle !

Jameson se leva pour embrasser sa fille et la serrer dans ses bras. Il lui glissa à l'oreille :

- Si cela te convient, sois sûre que cela me convient encore plus.

- Ma décision est mûrement réfléchie !

- Alors, merci pour ce bonheur incroyable.

Du fond de la cuisine, Madison ajouta :

- J'en suis profondément heureuse. Nous pourrons plus facilement travailler ensemble !

Ellen n'avait rien dit, mais les larmes qui perlaient autour de ses yeux trahissaient son émotion.

Une fois les enfants couchés, les adultes discutaient tranquillement une tasse d'infusion à la main dans le salon.

- Qu'est-ce qui t'a motivée pour revenir vivre ici ?

Jake s'adressait à Harper et semblait curieux de sa réponse.

- Ce fut un long processus, qui a commencé quelques jours avant Thanksgiving. Ma réflexion a pris différents chemins, et même mon séjour dans l'inconscience m'a permis de progresser. Plusieurs événements ont aussi participé à cette éclosion. En vrac, la chute de mon père à appréhender, le parking de la rue principale à relancer, Riley Smith à trouver, la librairie à décorer... Je n'ai pas d'explication rationnelle, mais je me sens vraiment en adéquation avec ce que je ressens et je n'ai pas le moindre doute que cette solution va changer ma vie pour le mieux.

Madison demanda :

- Est-ce que tu quittes ton travail aux Éditions du Soleil ?

Harper secoua la tête :

- Pas du tout, bien au contraire. J'ai un contrat à te faire signer et tu vas être surprise par tes droits d'auteur. Ma direction a créé un poste pour toi et moi : l'essentiel de mon travail consiste à t'apporter toute l'aide dont tu as besoin.

- J'en suis ravie ! Et je vais te solliciter, sois-en sûre !

- Avec plaisir ! Je peux donc travailler d'ici. Je ferai quelques aller-retours au siège, mais je vais chercher une maison ici et poser mes valises enfin !

Ellen lui sourit avec tendresse :

- Je suis ravie que tu puisses concilier ton travail et une vie ici. Gaby va être ravie de te voir régulièrement.

- C'est réciproque !

- Je pense qu'Ethan se réjouit aussi de ton installation à Oak Lake. Son sourire, quand tu l'as annoncé, ne laisse pas de place au doute.

- J'apprécie beaucoup ton neveu. J'aurai grand plaisir à le côtoyer aussi.

Jake n'ajouta aucun commentaire, mais il se félicitait de la décision de la jeune femme. Avec une présence continue sur place, leur relation avait la possibilité d'évoluer et cela le comblait de bonheur. Tim le taquinerait de plus belle quand il l'apprendrait.

Le samedi matin, Madison et Harper s'étaient retrouvées chez l'écrivaine pour signer le contrat. Les droits d'auteur inscrits impressionnèrent grandement la jeune grand-mère. Elle n'imaginait pas de telles sommes et se félicita d'avoir osé avouer qu'elle était l'auteure à Harper. Jameson l'avait bien conseillée quand il avait suggéré que l'édition de ses livres permettrait de contribuer à l'essor de la communauté. Elle pourrait réellement concourir à une véritable expansion du service de maternité et de néo-natalité. Même si les royalties ne devaient durer qu'une dizaine d'années, elle changerait la vie de nombreuses futures mamans. Elle avait hâte d'annoncer la bonne nouvelle à Jake. Elle savait qu'il ne gaspillerait pas cette manne financière et même qu'il la dépenserait dans des projets utiles pour la communauté. Sa gestion de la clinique avait déjà fait des merveilles, l'apport de Madison lui donnerait les moyens de continuer.

Quand Harper se rendit l'après-midi à la librairie pour seconder Alice, elle vit des tracts évoquant la soirée deux jours avant Noël pour les militaires rentrant chez eux. Tous les ans, une soirée dédiée était organisée. Cette soirée était aussi une fête pour toute la communauté, pas seulement pour les familles de militaires. Chacun contribuait à son niveau. Une réunion pour organiser la participation de chacun avait lieu le soir même à la salle des fêtes d'Oak Lake. Harper avait l'intention d'y aller. Elle envoya un message sur le groupe familial pour l'annoncer. Les réponses rapides ne la surprirent pas. Son père et Madison seraient présents, Gaby aussi. Ellen avait décliné l'offre en arguant du ménage à finir chez elle. Harper ne répondit rien à cette excuse un peu dénuée de logique. Elle comprenait parfaitement que sa sœur ne souhaitât pas participer à cette réception des militaires, sachant que Will n'en ferait pas partie. Depuis l'appel de Thanksgiving, le soldat n'avait donné aucune nouvelle, signe que rien n'avait évolué et surtout que sa vie ne devait pas être de tout repos. Ellen n'abordait pas le sujet, et personne d'autre dans la famille n'osait lui demander des nouvelles. Même si Ellen donnait le change, surtout pour sa fille, personne ne doutait de sa peine. Qu'elle ne voulût pas participer à l'organisation n'étonnât personne.

La salle des fêtes regorgeait déjà de nombreux citoyens, quand Harper y entra. Son sourire éclatant témoignait de son bonheur d'être présente à cet événement. Elle retrouva rapidement sa famille. Jake arriva peu de temps après avec Ethan, quand le dernier match de base-ball de son équipe eût été terminé. Ils écoutèrent le discours d'un membre de l'équipe communale. Les tâches pour mener à bien la préparation de la fête, qui se déroulait une semaine plus tard, étaient parfaitement définies. La décoration avait lieu les soirs de semaine et la mise en place de l'estrade et des chaises n'aurait lieu que le jour même. Les enfants de l'école primaire avaient préparé un spectacle pour leur école et le proposaient à nouveau lors de cette soirée. Harper décida de s'inscrire deux soirs de la semaine suivante et Jake, comme par hasard, choisit les mêmes soirs. Ethan et Gaby viendraient le samedi suivant pour mettre en place la salle. Jameson et Madison décidèrent de venir les trois autres soirs, en dehors de ceux choisis par le chirurgien, pour qu'Ethan ne fût pas seul. La semaine du jeune homme était chargée en examens avant la coupure des vacances de Noël.

Après la réunion, ils décidèrent d'aller manger tous ensemble au restaurant. Ellen les y rejoignit un peu plus tard.

- Désolée pour mon retard. Je voulais finir de tout ranger.

- Maman, ne t'inquiète pas ! Nous n'avons pas encore commandé.

Nous venons juste d'arriver au restaurant.

Que sa fille cherchât à la rassurer fit sourire la jeune infirmière.

- Que veux-tu manger ?

Ethan et Gaby répondirent en chœur :

- Un burger maison avec des frites !

Ellen s'assit à côté de sa sœur et la conversation débuta sur un mode détendu. Tout le monde parlait quand Harper demanda en murmurant à sa sœur :

- As-tu fini le ménage que tu souhaitais ?

Ellen ne doutait pas qu'Harper sût que son excuse n'était pas réelle :

- Oui. J'ai beau savoir que Will ne sera pas présent, j'ai vraiment nettoyé et mis en ordre la maison aujourd'hui, comme s'il allait rentrer.

- Tu as bien fait de suivre ton envie. Ta maison est propre désormais quelle que soit la raison pour laquelle tu t'es lancée dans ce grand nettoyage.

- Tu as raison. Cela m'a apporté de la joie et même beaucoup de satisfaction.

Elles se prirent dans les bras. Ellen eut quelques soubresauts, les pleurs n'étaient pas très loin, mais le soutien fraternel lui apporta beaucoup d'apaisement. Jake et Harper échangèrent un regard plein de compréhension. L'absence de Will restait poignante pour tous, encore plus pour Ellen et Gaby.

Le mardi soir, Harper se rendit à la salle des fêtes. Une petite troupe s'activait déjà à suspendre guirlandes, branches de gui et de houx tout autour de la pièce. D'autres décoraient des sapins de Noël dans une ambiance très conviviale. Harper prit place à la table ronde pour construire les couronnes. Tous les ingrédients étaient présents et il s'agissait de finir de les assembler. Harper s'assit confortablement et commença sa couronne. Quand elle eut terminé son premier ouvrage, elle réalisa que Jake n'avait toujours pas franchi le pas de la porte. Elle vérifia son téléphone et vit alors son message « Réunion imprévue. J'arriverai plus tard. Jake ». Le bruit ambiant ne lui avait pas permis d'entendre la notification du message. Elle comprenait parfaitement que son travail pût le retenir au-delà des horaires classiques. Qu'il ait pensé à l'avertir lui fit un immense plaisir. Elle répondit « Bon courage ! J'assemble des couronnes. Harper ».

Alors que Jake s'apprêtait à quitter la clinique pour se rendre à la salle des fêtes, il avait reçu un coup de téléphone.

- Bonjour Capitaine.

- Bonjour mon Colonel.

- Désolé de vous déranger aussi tardivement, mais est-ce possible que l'on se rencontre ce soir ?

Jake n'osa pas refuser.

- Bien sûr, mon Colonel. Vers quelle heure ? Et quel endroit vous arrange ?

- Je suis sur la route vers Oak Lake. Disons dans trente-cinq minutes, à votre clinique.

Jake ne laissa rien paraître de sa surprise et accepta :

- Cela me convient parfaitement. Mon bureau se trouve dans le bâtiment C, le premier sur la gauche. Au premier étage, bureau 132.

- Très bien, Capitaine. A tout à l'heure.

Jake se posait des questions sur la venue du Colonel MacCallan. Cela devait avoir un rapport avec le retour de Will. Il espérait de tout cœur une bonne nouvelle. En même temps, si le colonel se déplaçait, il ne devait pas lui annoncer de mauvaises nouvelles. Cela aurait été beaucoup plus simple d'en parler au téléphone. Il revint donc sur ses pas, rouvrit la porte du bâtiment et pénétra dans son bureau. Il enleva sa veste et s'assit à son bureau. Trente-cinq minutes à attendre ? Il décida d'allumer son ordinateur et de continuer les tâches administratives qu'il avait interrompues pour aller voir Harper. En attendant que son ordinateur démarrât, il prit son téléphone pour envoyer un message à la jeune femme expliquant son retard potentiel. Selon la conversation, il doutait même de pouvoir se rendre sur place.

Jake était plongé dans un dossier quand il entendit quelqu'un frapper. Il leva la tête et se leva :

- Bonjour mon Colonel. Entrez, je vous en prie.

Le colonel s'approcha du directeur et lui tendit la main :

- Bonjour Capitaine. Merci d'avoir sans doute modifié votre emploi du temps pour moi.

Jake ferma son dossier et lui sourit :

- J'avoue avoir un peu hâte de connaître l'objet de votre visite.

Les deux hommes prirent place sur les chaises de part et d'autre du bureau.

- Je tiens à dissiper tout malentendu dès maintenant, et malheureusement toute joie dans le même temps. Je ne vous apporte aucune nouvelle concernant le capitaine William Jones. J'ai rappelé son cas, et même insisté, auprès des personnes compétentes. Deux difficultés se présentent pour son retour : il est nécessaire de lui trouver un remplaçant, car, comme vous le savez, son poste est unique et stratégique, et de lui fournir un nouveau poste dans notre pays, car il ne peut rentrer qu'avec une affectation. Ses compétences sont précieuses et réussir à combiner ces contraintes dans un faible temps imparti relève du miracle. Je ne tiens pas à vous donner de faux espoirs. Je peux juste vous informer que son dossier est sur le dessus de la pile.

Jake ne put retenir une moue de dépit, mais hocha la tête rapidement :

- Merci mon Colonel pour votre aide et votre soutien. Je connais les difficultés inhérentes aux retours. J'apprécie vraiment tous les efforts que vous avez fournis.

Un petit instant de silence s'installa, le temps pour Jake de digérer la déception. Il tourna la tête vers le colonel en haussant les sourcils :

- mais, si vous n'êtes pas ici pour Will, pour quelle raison avez-vous tenu à me rencontrer si rapidement ?

Le colonel sourit de la perplexité de son ancien officier :

- Je viens vous voir pour votre département lié aux soldats retournant dans la vie civile et aux difficultés auxquelles ils doivent faire face.

Jake retint son souffle. Il ne comprenait pas du tout où voulait en venir le colonel MacCallan.

- Après notre conversation, j'ai appelé quelques soldats qui viennent vous consulter. Je n'ai eu leur nom qu'après avoir contacté le sergent Tim Rafferty dont vous aviez parlé. Chaque soldat a fait l'éloge de votre travail et de l'aide que vous leur apportez. Comme vous le savez, la gestion de l'après-service demeure un sujet important à mes yeux. Je fais partie d'une commission nationale débattant sur le stress post-traumatique, son traitement médical et le soutien à apporter sous différentes formes.

Le colonel fit une pause et sentit l'intérêt croissant de son interlocuteur :

- J'ai donc parlé de vous lors de notre dernière session, la semaine passée, évoqué votre clinique et l'apport non négligeable que vous apportiez dans ce type de prise en charge, aux dépens même de vos intérêts financiers. Nous ne souhaitons pas que vous arrêtiez votre contribution à nos soldats ou nos anciens soldats.

- Je ne souhaite pas non plus stopper cette prestation. Je ne l'ai même jamais envisagé.

Le colonel hocha la tête :

- Nous en sommes intimement convaincus et c'est pour cette raison, qu'à l'unanimité, nous avons voté une dotation annuelle pour votre clinique dédiée à ce département pour les cinq prochaines années.

Jake n'en revenait pas. Après l'aide financière de Madison pour la maternité, un vrai miracle en soi, le colonel venait lui aussi de concrétiser la magie de Noël ! Quelle que soit l'aide, elle serait suffisante pour le laisser continuer cette journée particulière.

Dans un élan de joie, Jake se leva et prit le colonel dans ses bras. Il s'écarta très vite avec honte :

- Je vous présente mes excuses, mon Colonel, j'ai agi avec spontanéité.

- Ne vous excusez pas, Capitaine ! J'apprécie votre enthousiasme. Vous ne connaissez pas encore le montant de l'allocation et vous êtes déjà content. J'apprécie cela.

Il lui annonça ensuite le montant fixé et Jake dut se retenir de sauter de joie.

- Avec un tel montant, je vais créer un vrai pôle d'échanges et de prise en charge avec d'autres médecins dans plusieurs états limitrophes du Vermont, comme nous en avions le projet. Nous arrêterons de travailler seuls chacun dans notre département et nous pourrons mettre nos ressources en commun. Les soldats bénéficieront encore plus de notre collaboration. Je ne sais comment vous remercier mon Colonel. C'est inespéré. En plus, le fait de savoir que vous nous suivez sur cinq années permet de proposer une vision sur le long terme.

L'officier supérieur annonçait parfois de terribles nouvelles, mais, ce soir, il était ravi de la joie sur le visage de son interlocuteur. Ses missions présentaient aussi des aspects plus positifs. Il arriverait en retard lui aussi à la réunion de famille qui l'attendait, mais il avait absolument tenu à annoncer la nouvelle dès qu'il l'avait apprise. Il connaissait l'abnégation du chirurgien et savoir qu'il pouvait l'aider l'avait vraiment rempli de bonheur.

Jake ne savait comment exprimer sa reconnaissance.

- Capitaine, nous avons tous les deux mieux à faire ce soir que de travailler. Vous aurez les fonds virés dès début janvier. Notre seule exigence est un suivi de vos dépenses.

- N'en doutez pas. Je comptais vous informer de l'utilisation. Une partie sera dédiée à la clinique qui connaît une passe difficile financièrement, mais une partie sera pour encore mieux organiser l'aide à apporter de la manière la plus optimale.

Les deux hommes se serrèrent la main :

- J'ai défendu votre projet sur la base des informations que vous m'avez fournies et sur les témoignages de quelques soldats. J'ai confiance en vous et votre réaction me conforte dans cette idée. Nous restons de toute façon en contact. Bonne soirée !

- Je ne décevrais pas la confiance que vous avez placée en moi. Merci mon Colonel. Ce soir, vous êtes un vrai Père Noël ! Bonne soirée et à bientôt.

Jake se rassit un peu hébété dans son fauteuil. Il avait du mal à y croire. Décidément, ce mois de décembre apportait son lot d'excellentes surprises, totalement inattendues et tellement précieuses après les mois d'incertitude et de recherche stérile. Tout d'abord avec Madison, puis ensuite avec l'armée. Il finit par sortir de cette léthargie et quitta son bureau rempli d'adrénaline.

Il arriva à la salle des fêtes avec près d'une heure de retard, mais son sourire éclatant rassura Harper, qui craignait qu'une urgence ne l'ait contraint à rester à la clinique. Au regard de l'heure tardive, certains participants étaient partis, mais sans surprise, Harper se trouvait encore à la table des couronnes. Il vint s'asseoir auprès d'elle.

- Bonsoir Harper. Désolé pour mon retard.

- Bonsoir Jake. Merci beaucoup de m'avoir prévenue.

- C'était la moindre des choses. Je viens juste de voir que tu as répondu à mon message.

- C'était la moindre des choses !

Ils se sourirent avec complicité.

- J'espère que tu n'as rien eu de grave à gérer.

- Oh non, il s'agit même de tout le contraire. Mon ancien officier est venu me rendre visite. Il avait entendu parlé du département dédié aux soldats revenus dans la vie civile.. Nous avions bien discuté au téléphone il y a quelques semaines. Il m'a rendu visite ce soir pour m'annoncer un autre miracle de Noël.

Harper était suspendue à ses lèvres.

- Une fondation de l'armée a décidé d'aider le département pendant cinq années avec une dotation vraiment incroyable. La clinique est définitivement sauvée ! Je n'en reviens pas.

Harper s'était levée pendant que Jake parlait. Elle sentait au timbre de sa voix que les nouvelles ne pouvaient qu'être excellentes ! Le jeune médecin se leva aussi et quand il eut fini de parler, Harper se jeta dans ses bras :

- C'est juste incroyable ! Je suis tellement heureuse que tout ce que tu fais pour les soldats soit apprécié et soutenu ! Bravo !

Les quelques personnes présentes souriaient en se demandant ce qui pouvait provoquer autant d'exultation.

Jake et Harper s'étaient éloignés l'un de l'autre pour reprendre un comportement plus adéquat. Jake se tourna vers les autres participants et annonça :

- La clinique est sauvée !

Tout le monde applaudit et vint le congratuler. Une des doyennes de l'association conclut la soirée :

- La magie de Noël jaillit quand on ne s'y attend pas !

Quand ils rentrèrent chez eux, Jake demanda à Harper :

- Puis-je laisser un petit mot à Jameson pour lui annoncer la bonne nouvelle ?

- Bien sûr, entre.

Elle lui trouva un papier et un crayon. Jake écrivit le même petit mot à Ethan et à Jameson :

« Après Madison, c'est une fondation de l'armée qui nous aide ! La clinique est sauvée ! Mon bonheur est au-delà des mots ! Jake »

Il posa le papier pour Jameson sur la table de la cuisine. Il sortit et Harper le suivait pour fermer la porte derrière lui. Il se retourna :

- J'ai l'impression d'être un enfant le jour de Noël qui découvre dix énormes cadeaux alors qu'il pensait ne pas en recevoir.

- J'imagine très bien la scène. C'est vraiment incroyable ! Avais-tu demandé une aide quelconque ?

- Non, et c'est le plus incroyable dans toute cette histoire.

Jake hésita à lui confier la vraie raison initiale de son appel, puis partager ce secret avec elle lui parut sous le sceau de l'évidence. Il prit une profonde inspiration :

- A part Tim, personne n'est au courant de ce que je vais te dire.

Harper comprit immédiatement :

- Promis, je ne dirai rien. Il s'agit de Will, n'est-ce pas ?

- Oui, mais ne te réjouis pas trop vite. J'ai évoqué son cas, parlé d'Ellen et de Gaby, et de la longueur juste insupportable de l'absence. Pour l'instant, il n'y a aucune nouvelle. Des gens bien placés cherchent des solutions, mais c'est complexe.

Harper lui sourit :

- Merci d'avoir demandé. Je suis sûre que cela t'a coûté, car tu n'es pas le genre de personne qui réclame des services. Alors, encore merci d'avoir sollicité les bonnes personnes. Je n'ai pas trop d'espoir, ne t'inquiète pas. Et, bien sûr, je ne dirai rien à personne, et encore moins à Ellen.

- Tu me connais bien. Tim m'a convaincu d'appeler le colonel pour Will. Et, en fait, quand on s'est parlé, il avait déjà entendu parlé de mon programme pour les anciens soldats. Il m'a posé beaucoup de questions, alors que j'ignorais complètement que ce sujet lui tenait tellement à cœur.

- Nous verrons ce qui adviendra du retour de Will, mais je me réjouis que ce département puisse continuer à exister sans mettre en péril la santé financière de la clinique. Tu pourras servir ton pays, à ta façon, et diriger la clinique aussi dans de bonnes conditions.

- Merci. Cela me touche beaucoup.

Ils étaient face à face, proches l'un de l'autre. Les yeux dans les yeux, aucun n'osa bouger. Une voiture passa dans la rue et les illumina de ses phares. Ils sourirent, un peu gênés, et Jake s'écarta, puis se retourna pour rentrer chez lui, la feuille pour Ethan à la main. Harper ferma doucement la porte et resta appuyée quelques instants contre le mur, un sourire aux lèvres. Elle était amoureuse, sans l'ombre d'un doute.

Ellen et Gaby avaient dormi chez Jameson. L'infirmière se leva très tôt et fut donc la première à apprendre la nouvelle en lisant le mot laissé par Jake près de la machine à café. Elle effectua une danse muette, mais très expressive, dans la cuisine pour laisser éclater sa joie. Les embauches seraient désormais possibles, pas uniquement des stagiaires, mais des vrais postes. Ellen ne doutait pas que Jake ferait les bons choix pour ses équipes. Elle finissait de préparer le petit déjeuner quand le reste de la famille descendit. Ellen avait posé le mot de Jake au centre de la table, près des pancakes et des coupelles de fruits. Jameson lut le premier et le donna à Gaby. Ils applaudirent tous les quatre et poussèrent des cris de joie. Ethan rentra à ce moment-là et exprima lui aussi sa joie en participant aux clameurs.

Jake était déjà parti à la clinique. Il avait déjà envoyé un message à Tim. Ce dernier avait décidé de venir le voir avant de commencer son travail. Ils se retrouvèrent dans un café près de la clinique. Tim lui donna des claques dans le dos :

- Waouh ! Quelle nouvelle ! Je suis tellement content !

- Je le suis aussi !

Après leurs effusions de joie, ils s'assirent et commandèrent un café :

- Je tenais à te remercier Tim. Sans toi, je n'aurais jamais osé appeler le colonel pour lui parler de Will et nous n'aurions donc jamais évoqué mon travail à la clinique.

- Ma contribution est infime par rapport à l'aide et au soutien que tu as pu m'apporter au cours de ces années. Je suis vraiment heureux que ton dévouement soit ainsi reconnu et encouragé. Tu le mérites vraiment.

- Je m'en réjouis aussi car je n'aurai pas arrêté ces consultations, mais en même temps, je n'ai pas le don d'ubiquité et la situation devenait tendue. Je suis ravi de ne pas avoir à choisir entre deux options aussi indispensables l'une que l'autre.

- Donc ta clinique est définitivement sauvée grâce à cet argent, n'est-ce pas ?

- Oui et non. Oui la clinique est sauvée, mais cela ne dépend pas seulement de cette dotation. Nous avons aussi reçu de la part d'une écrivaine ses droits d'auteur pour le service mère-enfant.

- Qui est cette écrivaine ?

- Elle veut rester anonyme, mais elle a écrit un livre « les Sorcières de l'Ombre » qui a reçu un accueil enthousiaste sur internet. Elle a eu vent de nos difficultés financières pour ce service et elle va faire des dons régulièrement.

- Ah ! C'est décidément le mois de la chance pour toi !

- Tu peux le dire, je m'en souviendrai longtemps de ce mois de décembre !

- Et cet auteure a un lien avec Harper ?

- Oui, en effet. Elle va l'éditer !

Tim regarda son ami légèrement rougir en parlant d'Harper. Il ne l'avait jamais vu amoureux !

- Et comment cela se présente-t-il avec... Harper ?

- Nous nous entendons très bien. Je pense même que nous sommes amis, et même si notre rencontre est récente.

Jake prit un instant avant d'annoncer négligemment :

- Nous devrions nous côtoyer plus régulièrement, puisqu'elle a décidé de s'installer à Oak Lake de nouveau.

Tim prit un air coquin :

- Décidément, la journée regorge de bonnes nouvelles !

Voyant son ami un peu gêné, il n'ajouta rien, mais se contenta d'afficher un grand sourire espiègle. Jake ne répondit pas, se contenta de sourire lui aussi. En effet, savoir Harper présente en ville lui faisait espérer un avenir plus doux. S'occuper d'Ethan resterait une évidence pour lui et la clinique avait occupé tout son temps les trois dernières années. Peut-être était-il temps de songer un peu à lui.

Chapitre 13

Quand Harper eut fermé la librairie, elle sortit sur le trottoir et regarda autour d'elle. Les guirlandes illuminaient la rue. Les magasins avaient fini de décorer leurs devantures et les sapins ponctuaient les différentes entrées. Un père Noël faisait tinter une clochette pour appeler aux dons pour des organismes de charité. Les flocons de neige ajoutaient une pointe de douceur à l'ambiance festive.

Depuis que le nouveau parking avait ouvert ses portes aux clients de la rue commerçante, les magasins ne désemplissaient pas. De la boulangerie s'échappait une bonne odeur, de cannelle, de miel et de gâteaux tout juste sortis du four. Les bouquets aux couleurs vert, rouge et blanc participaient à la tonalité générale. Les quelques boutiques d'artisanat et de sculpture sur bois ou en verre proposaient des cadeaux uniques et originaux pour décorer sa maison. La possibilité de se garer aisément avait permis aux personnes attirées par les traditions et la qualité de revenir dans l'artère principale.

Les haut-parleurs diffusaient des chansons de saison. Harper fredonnait doucement et se sentait en harmonie avec cet endroit. Elle n'aurait souhaité, à cet instant précis, se trouver nulle part ailleurs. Elle salua Alice et se dirigea tranquillement vers la boulangerie. Les cupcakes décorés comme du houx ou des anges l'appelaient irrésistiblement. En sortant avec ses gâteaux encore chauds, témoins de la dernière fournée, elle repensa à Emily, qui avait bravé la neige pour passer le dimanche dernier à Oak Lake. Harper était ravie que son amie se plût autant dans sa ville natale. Cette dernière lui avait même avoué qu'elle comprenait la décision de son amie de s'installer à Oak Lake et que cela avait déclenché quelques interrogations pour elle-même. Cela confortait Harper dans le bien-fondé de sa décision.

La préparation de la soirée avançait rapidement. La salle avait revêtu ses plus beaux atours de fin d'année. Les couronnes de houx, de sapin et de gui ornaient les murs. L'estrade accueillait de jolies guirlandes lumineuses clignotantes. Un panneau, réalisé quelques années auparavant, annonçait fièrement la joie du retour des troupes de la ville. Il trônait à l'entrée de la salle. Harper y avait participé la veille avec Jake. Elle avait continué la confection des couronnes et Jake avait participé à la mise en place de l'estrade. Ils avaient partagé des rires et des cookies. Jameson et Madison s'y rendaient le soir même. Ellen ne prenait même plus la peine de trouver une excuse pour l'éviter. Certes, elle n'avait pas encore refusé officiellement de venir, mais Harper et Jameson doutaient vraiment de sa présence le week-end suivant. Tous comprenaient son dilemme. Ellen souhaitait, en tant que membre active de la communauté, participer à cette réception si émouvante et dans le même temps, savoir que son mari ne serait pas présent lui causait déjà de la peine. Elle réservait sa réponse.

Harper rencontrait Madison régulièrement. L'auteure avait signé son contrat et Harper l'avait expédié en courrier urgent pour que le déblocage des royalties se fît le plus rapidement possible. L'éditrice avait donné deux numéros de compte. Le premier recevrait l'immense majorité des royalties pour le service maternité de la clinique. Jake avait créé un compte spécifique de son côté pour qu'il sût exactement la provenance de l'argent. Le deuxième compte représentait un très faible pourcentage, mais Madison souhaitait aider ses petits-enfants pour leurs études supérieures. Elle avait bloqué le compte pour qu'elle n'y accédât pas aisément. Des conditions bien précises pouvaient le déverrouiller. Harper avait ajouté ces détails, demandés explicitement par Madison.

En dehors des aspects juridiques et financiers, Harper discutait avec Madison de la relecture de ses chapitres. Madison avait imaginé une histoire pleine de rebondissements dans un univers aux multiples interprétations. Plusieurs publics se retrouveraient dans cette histoire. Le premier tome était passionnant et la fin pleine de suspense promettait un deuxième livre captivant.

Harper apportait des clarifications, des reformulations et des petites corrections dans la relecture globale de l'ouvrage. Madison appréciait beaucoup l'aide que la jeune femme lui apportait et Harper se réjouissait de leur collaboration, qui correspondait parfaitement au travail qu'elle avait souhaité effectuer. Elle n'aurait pu imaginer de meilleures conditions de travail. New York ne lui manquait pas du tout, et elle en était la première étonnée, même si elle aurait plaisir à y retourner de temps en temps. Elle n'avait encore pris aucune décision concernant son appartement. mais sa place était ici, auprès des siens et de sa communauté. Elle pouvait pleinement prendre part à cette vie associative et sociale et cela comblait un vide dont elle n'avait pas eu conscience avant. Cette nouvelle vie avait un sens, un sens profond.

Le samedi arriva enfin au grand plaisir des enfants qui savouraient la perspective de deux semaines de vacances et des adultes qui attendaient le retour de leurs proches pour fêter Noël. Lors du déjeuner, comme cela était devenu une habitude qui réjouissait les convives, Jameson accueillait sous son toit ses deux filles, sa petite-fille et ses voisins. Désormais, Ellen et Jake mangeaient rarement chez eux. Madison prenait plaisir à cuisiner pour tout ce petit monde. La grande tablée bruissait de rires et de discussions en tout genre dans un brouhaha plein de complicité.

Ethan était très excité :

- Ce soir, la fête commence à six heures. Il faut y être en avance pour être bien placé.

Jake lui fit un froncement de sourcil et Ethan comprit sa gaffe involontaire :

- Désolé Ellen.

Ellen secoua la tête :

- Ne le sois pas Ethan. Je comprends ton enthousiasme. J'ai décidé d'y aller car j'ai réalisé que Gaby participait au spectacle. Elle ne l'a évoqué qu'hier !

Gaby dit d'une petite voix :

- Je ne voulais pas te faire de peine. Une partie de ma classe a été choisie pour participer et j'en fais partie.

- Je suis vraiment désolée que ta crainte de me faire de la peine ait pu gâcher ton plaisir de jouer sur scène. Ne t'inquiète pas. Je viendrai te voir avec plaisir.

- Même si papa n'est pas là ?

Avec un trémolo dans la voix, qu'elle chercha à cacher :

- Même si papa n'est pas là ! Je suis très contente de te voir jouer ta pièce.

Gaby vint se réfugier dans les bras de sa maman :

- Avec ton téléphone, tu me prendras en vidéo et nous l'enverrons à papa. Il sera un peu là avec nous.

Ellen serra fort sa fille et déposa un baiser sur ses cheveux. Décidément, sa fille restait plus positive qu'elle-même. Elle devrait prendre exemple sur elle de temps en temps. Gaby sortit de table avec Ethan, un peu rasséréné de ne pas avoir rendu l'ambiance trop pesante finalement.

Jake ajouta :

- Ellen, je sais à quel point cela sera difficile ce soir. Tu es vraiment courageuse de venir!

Ellen eut un sourire triste :

- Nous verrons ce soir. Je pense que je vais m'installer au fond de la salle parce que le moment où les troupes arrivent restera un moment un peu compliqué à vivre pour Gaby et moi.

Harper se leva et s'approcha de sa sœur :

- Personne ne te regardera, et quand bien même, personne ne t'en voudra.

Elles se serrèrent bien fort dans les bras.

Jameson et Madison se lancèrent un regard triste et se prirent la main. Ils n'avaient pas de solution pour consoler Ellen et sa peine les affligeait.

Jake ne pouvait rien dire car le colonel ne l'avait pas contacté pour lui donner des nouvelles, bonnes ou mauvaises. Il doutait que la soirée se déroulerait avec bonheur pour Ellen. Plus que tout autre moment de l'année, passer les fêtes sans ses proches restait, pour beaucoup, un moment douloureux. Ellen surmontait sa tristesse pour sa fille et sa présence à la soirée témoignait de son amour filial indéfectible.

Ellen amena Gaby vers trois heures à la salle des fêtes avec Ethan. Ils participaient avec d'autres enfants à la mise en place des sièges. Gaby était surexcitée. Après la préparation de la salle, elle irait se préparer et enfiler son habit d'ange. Elle n'avait pas tout expliqué à sa mère pour lui faire une surprise. Sa mère avait besoin de joie en ce moment. Gaby aussi était triste, mais elle sentait bien que sa tristesse n'améliorait pas la situation. Alors, elle envoyait des vœux à son père en se disant qu'il pensait aussi à elle en même temps. Cela lui apportait du réconfort. Sa mère aurait été fière de son comportement si elle se doutait de la sagesse de son enfant.

Ellen partit marcher vers la colline près de la maison de son père. Harper l'accompagna. Elles n'échangèrent pas un mot, mais les sœurs partagèrent un moment unique de complicité. Harper ne put s'empêcher d'adresser une prière pour un miracle. Et si cela marchait ? Elle ne risquait rien à essayer.

Ellen ne croyait pas assez à la magie de Noël qui la privait de son mari. La marche évacua un peu de la tristesse intérieure de la jeune infirmière et les deux jeunes femmes se prirent la main en rentrant dans la maison de leur père.

Jake s'était rendu à la clinique pour vérifier que tout était en ordre au cas où le week-end devait apporter son lot d'accidents ou d'incidents. Seuls des volontaires avaient accepté de rester de garde ce soir-là. Personne n'avait été contraint. Le service minimum avait été retenu et une liste de soignants potentiels avait été établie en cas d'urgence. Beaucoup de personnes présentes à la soirée auraient leur téléphone allumé. La rapide visite de leur directeur avait apporté du baume au cœur à ceux qui assuraient la permanence. Comme une évidence, Jake faisait partie de ceux inscrits sur la liste.

Jameson, Madison, Ellen et Harper se rendirent ensemble à la soirée. Chacun avait revêtu un costume ou une jolie robe. Harper avait beaucoup insisté et Ellen avait finalement accepté, un peu à contre-cœur, de mettre une de ses plus belles tenues, le cœur malgré tout un peu lourd.

Quand ils entrèrent dans la salle des fêtes, celle-ci ressemblait à une ruche. Les enfants couraient en tous sens. Les adultes se saluaient. Le bruit des discussions joyeuses surprit les nouveaux arrivants. Avec près de trente minutes d'avance, ils ne s'attendaient pas à ce que la salle fût aussi remplie.

Ellen se faufila dans l'arrière-salle pour s'assurer que tout se déroulait comme prévu pour sa fille. Celle-ci était littéralement aux anges :

- Maman, regarde, ce soir, je suis un ange !

Ellen lui répondit avec tendresse :

- Tu es mon ange tous les jours ! Ton costume est superbe !

- Tu dois retourner dans la salle maintenant maman. Les parents ne sont pas autorisés.

Ellen sourit et sortit de la pièce. Sa fille grandissait sans qu'elle ne s'en rendît vraiment compte.

Elle retrouva sa sœur. Son père et Madison avaient déjà trouvé une place au troisième rang et gardaient trois places pour elles et leur voisin. Ellen qui souhaitait rester en retrait n'eut pas le choix de sa place. Harper cherchait des yeux Jake sans le nommer.

- Il doit être à l'hôpital. Il passe toujours une fois le samedi et une fois le dimanche pour voir si tout est opérationnel.

Harper n'eut pas le temps de confirmer qu'elle recherchait Jake qu'elle le vit franchir la porte. Lui aussi balayait de son regard la pièce bondée. Quand leurs yeux se croisèrent, ils se sourirent et il s'approcha d'elle. Il s'adressa à Ellen :

- Quoi qu'il se passe ce soir, tu n'es pas sur la liste des personnes qui seront convoquées d'urgence. Je veux que tu profites de la soirée avec Gaby.

- Merci Jake. Ça me touche beaucoup.

Jake se retourna vers Harper :

- As-tu vu Ethan ?

Ellen devança Harper pour répondre :

- Il se trouve derrière pour aider les plus jeunes pour le spectacle. Ils sont quelques collégiens et prennent leur rôle très au sérieux. Gaby était fière de clamer qu'elle connaissait un « grand ». Ethan avait même acquiescé gentiment.

Jake sourit :

- C'est un jeune homme très bienveillant.

Les deux sœurs opinèrent de la tête. Elles étaient tout-à-fait d'accord. Après quelques salutations, chacun commença à rejoindre son siège pour assister au spectacle.

Dans un silence à peine perturbé par les chuchotements des « acteurs », la lumière s'éteignit et les spectateurs applaudirent le lever de rideau. Ellen avait son téléphone dans la main et filmait, comme Gaby le lui avait demandé, pour Will la prestation des écoliers. Sa fille était la plus belle à ses yeux, mais elle savait que son objectivité n'était pas réelle.

La lumière se ralluma. Quand la troupe d'élèves se donna la main pour saluer l'assistance, des applaudissements fournis les ovationnèrent. Le rideau se referma. Le spectacle était vraiment réussi. Les enfants rejoignirent leurs parents dans la salle. Un brouhaha rempli de félicitations et de câlins succéda aux acclamations. Puis, la lumière se tamisa peu à peu et une lumière brillante éclaira tout particulièrement le centre de la scène. Derrière le rideau se manifestaient quelques mouvements.

Un homme monta sur l'estrade, un micro à la main, et s'installa dans la lumière centrale. Des mouvements d'étonnement commencèrent, puis une acclamation se propagea pour finir en applaudissements nourris quand le public reconnut le général Steven Shaherty.

Harper se pencha vers Ellen :

- Connais-tu cette personne ?

- Oui, il s'agit du général qui commande l'unité de Will et de la plupart des militaires de cette ville. Il nous honore de sa présence, présence qui signifie surtout que son régiment est revenu avec lui, car il est connu pour ne jamais profiter de privilèges dont ses hommes seraient privés.

Harper jeta un coup d'œil à Jake et vit que lui aussi semblait surpris et ému de le découvrir sur scène.

Le général souriait et attendait que l'ovation s'arrêta pour commencer à parler :

- Bonsoir à toutes et tous. Pour ceux qui ne me connaissent pas, je suis le général Shaherty et je commande la douzième unité, entre autres. Je suis ravi d'être présent parmi vous. L'année qui vient de s'écouler fut difficile pour nous en mission, mais fut aussi compliquée à vivre pour vous tous qui avez dû subir l'absence de vos proches et à laquelle s'est ajoutée la rareté des communications. Je tiens à vous remercier pour votre soutien indéfectible sans lequel notre métier ne serait pas supportable.

Des applaudissements fournis reprirent.

- J'ai l'immense plaisir de vous annoncer ce soir le retour de vos proches pour un minimum de trois semaines. Je vous souhaite un joyeux Noël en famille.

Les premières notes du chant « Douce Nuit » retentirent. Un silence absolu régnait dans la salle. Même les enfants se turent, comprenant la solennité du moment. Le général descendit de l'estrade. La lumière éclaira d'une lueur chaude le rideau qui s'ouvrit sous les premières paroles exécutées par la chorale formée par tous les militaires. Dans l'assistance, chacun recherchait le membre de sa famille parmi l'immense chœur sur scène.

Ellen avait baissé les yeux. Elle savait que son mari ne figurait pas parmi les soldats présents. Elle sentit son cœur se serrer et essaya d'éviter de pleurer. Will lui manquait cruellement, et, à cet instant précis, elle avait du mal à se réjouir du bonheur de ses voisins qui se trémoussaient de joie sur leurs chaises en reconnaissant leur proche. Gaby se tenait près de sa mère dans le même état d'esprit.

Jake et Harper encadraient la mère et la fille. Ils regardaient les chanteurs qui apportaient douceur et majesté dans leurs voix. Soudain, Jake tressaillit. A l'avant-dernier rang, il lui sembla reconnaître Will. Il n'osait y croire. Leurs regards se croisèrent et le soldat lui fit un clin d'œil. Le visage de Jake s'éclaira. Le miracle avait eu lieu. Il ne savait pas qui était intervenu, mais Will était de retour.

Il se tourna vers Harper qui venait de constater elle aussi la présence de son beau-frère. Harper toucha le bras de sa sœur. Celle-ci avait les yeux embrumés. Elle fut étonnée du sourire rayonnant qu'Harper arborait et suivit le signe de la tête qui suggérait une personne dans l'assistance. Plus rapidement que ses voisins, elle vit son mari. Elle n'osait pas y croire, mais le sourire de son mari était éclatant et ses yeux pétillaient de joie. Des larmes de bonheur roulèrent sur les joues de l'infirmière. Elle ne détachait plus son regard de celui de son mari. L'euphorie qui emplissait son cœur la submergea. Elle baissa les yeux juste pour se pencher vers sa fille qui avait son visage dans son cou :

- Gaby, je crois que tes vœux ont été exaucés.

La petite fille se retourna sur les genoux de sa mère et découvrit, à son tour, le visage de son père. Elle ne put retenir son exaltation et poussa un cri de joie. Ellen n'eut pas le temps de lui expliquer qu'il fallait attendre la fin du chant, l'enfant descendit des genoux de sa mère et se faufila hors du rang. Les personnes assises la laissèrent passer en souriant. Gaby monta sur scène et sauta dans les bras de son papa. Une petite clameur dans les rangs du public témoigna du partage de l'émotion de cette enfant.

Will continua de chanter, sa petite fille l'entourant de ses bras et la tête blottie dans son cou. Elle n'avait pas voulu rater une seconde passée avec son papa.

Ellen se retenait de se précipiter à son tour sur l'estrade. Dès la fin du chant, les applaudissements retentirent et le bruissement des chaises surpassa rapidement l'acclamation. Les soldats descendirent de la scène et se mêlèrent au public. Ellen s'était elle aussi levée et se faufilait au milieu de la foule pour rejoindre son mari. Harper et Jake se serrèrent dans les bras pour communier ensemble dans cet instant d'émotion. Jameson et Madison firent de même. Le bonheur se lisait sur tous les visages.

Jake aperçut le général qui se dirigeait vers lui. Il sortit de sa rangée.

- Bonjour mon Général.

- Bonjour Capitaine. J'ai demandé au colonel MacCallan de ne pas vous avertir de l'arrivée de Jake pour que la surprise soit aussi pour vous. Pour être tout-à-fait honnête, tout s'est accéléré il y a quatre jours et les décisions ont été prises avant-hier. Nous aurions eu à peine le temps de vous prévenir. J'espère que vous ne m'en voulez pas trop.

- Bien sûr que non, au contraire, je vous remercie de tout cœur pour Ellen et Gabrielle. Elles viennent de recevoir le plus beau des cadeaux. Vraiment merci. mais, puis-je vous demander quelle est la suite des événements ? Va-t-il repartir dans trois semaines ?

- En fait, non. Nous cherchions depuis plusieurs semaines un remplaçant. Il s'agissait vraiment de la condition initiale au retour. Nous l'avons trouvé. Comme il était resté plusieurs semaines avec sa famille, il a accepté de partir le lendemain de Noël. Une fois cette candidature actée, il devenait nécessaire de proposer un nouveau travail au capitaine Jones. Nous avions plusieurs options et une le satisfaisait tout particulièrement. Il s'agit d'un poste d'instructeur dans la ville voisine. Dès lors, tout était réuni pour qu'il fasse partie du voyage retour.

- Tout s'est incroyablement bien orchestré. Je suis vraiment heureux pour elles.

- Je ne me souviens plus pourquoi leur situation vous tenait tant à cœur.

- Ellen travaille comme infirmière dans ma clinique et sa fille est très amie avec mon neveu. Nous sommes tous voisins. Elle ne se plaint jamais et travaille très dur jusqu'à se perdre dans les heures supplémentaires pour oublier l'absence de son mari. J'ai vraiment été sensible à sa situation.

- Je comprends. Votre intervention n'a fait qu'ajouter un peu de vitesse dans la recherche d'une solution. Nous étions conscients de la longueur hors norme de sa présence en dehors de notre pays.

- Je n'en doute pas.

Le général lui tendit la main :

- Allez vous aussi le saluer. Au fait, je suis aussi au courant du formidable travail que vous mettez en œuvre pour le retour à la vie civile de nos soldats. Maintenant que je connais Oak Lake, je passerai à votre clinique en début d'année prochaine.

Jake serra la main du général :

- Vous êtes le bienvenu, mon Général ! Bonne soirée et joyeux Noël !

- Joyeux Noël !

Jake n'eut pas à beaucoup se déplacer car Will se trouvait à côté de lui pour saluer Jameson et Harper.

Avant qu'il lui parlât, Will souriait au téléphone en parlant en vidéo avec ses parents. Ellen avait pensé à appeler ses beaux-parents pour leur annoncer la bonne nouvelle. Juste avant de raccrocher, et de voir sa belle-mère en pleurs tellement son émotion la submergeait, elle leur proposa de venir partager le repas du réveillon de Noël avec sa famille. Elle n'eut pas à discuter longtemps pour la convaincre que la fête serait encore plus belle s'ils étaient tous ensemble. Le temps avait paru aussi très long aux parents du capitaine.

Jake fit une accolade à Will, qui gardait toujours sa fille dans ses bras :

- Je suis heureux que tu aies pu revenir.

- Merci d'avoir participé à me faire revenir plus tôt.

- Je n'ai rien fait, si ce n'est de dire que ce serait un joli cadeau pour ta famille. Ils étaient déjà au courant de ton cas si particulier.

- Néanmoins, cela m'a vraiment touché que tu poses la question au colonel.

Ellen se montra surprise :

- Je n'étais pas au courant que tu étais intervenu.

Jake haussa les épaules :

- J'ai juste mis un coup de lumière sur son cas. Je ne savais même pas avant de le voir sur scène que Will était de retour. Et, en fait, d'avoir osé demander le retour de Will fut très bénéfique, parce qu'en parlant au colonel, il a pu me proposer une dotation pour le service aux soldats que j'allais devoir, sinon arrêter, au moins restreindre fortement. Donc, la magie de Noël a fonctionné deux fois !

Ellen serra dans ses bras son ami. Ce soir, il n'était pas son supérieur hiérarchique.

La soirée se déroula dans une atmosphère festive. Gaby ne quittait pas les bras de son père et finit même par s'y endormir. Ellen n'était jamais loin non plus de son mari et lui prenait souvent le bras, comme pour vérifier qu'elle ne vivait pas un rêve, mais qu'il était vraiment revenu.

Will expliqua à sa famille et à ses amis que les quatre derniers jours avaient été intenses en émotion et son travail doublé du déménagement avait rendu les heures de sommeil rares.

- Mercredi, je reçois un coup de téléphone du colonel. Je suis exceptionnellement présent à mon bureau et je suis donc assis quand il m'annonce les deux nouvelles en même temps : nous avons trouvé votre remplaçant et nous avons plusieurs postes à vous proposer.

Son auditoire était suspendu à ses lèvres. Will continua :

- D'abord, je suis fou de joie, même si je réponds juste : je vous écoute mon colonel !

Des petits rires ponctuèrent cette phrase.

- « Vous allez devoir faire vos valises, tout ranger pour votre successeur, finir le travail en cours et vous décider dans la journée sur le poste suivant. » Je suis prêt à tout ça et même à ne pas dormir si je peux rentrer voir ma famille rapidement. Les trois postes sont tous intéressants. Il m'expose les avantages, les limites et surtout ce que cela me permettra de continuer ensuite selon mes envies. J'ai choisi un poste en moins de deux heures. Je serai instructeur dans ma spécialité. Je serai basé au régiment, donc à quinze kilomètres d'ici, avec des horaires « de bureau », mais je pourrai être amené à partir deux ou trois jours par mois dans tout le pays selon les demandes. Ce pourra être l'occasion de mieux visiter des États où nous ne sommes jamais allés avec Ellen et Gaby.

Ellen opina du chef. Maintenant que l'organisation de son service laissait des opportunités de week-ends libres, elle était bien décidée à en profiter.

A la fin du repas, Harper vit que son père et Madison souhaitaient rentrer.

Elle chercha Jake du regard et alla le rejoindre :

- Mon père ramène Will, Ellen, Gaby et Madison. Est-ce que cela te gêne de me ramener quand tu partiras ?

- Non, bien sûr. Je vais aider au rangement de la salle. Ethan s'amuse bien avec ses amis. Nous partirons dans une demi-heure si cela te convient.

- C'est parfait !

Elle revint auprès des siens :

- Vous pouvez tous rentrer. Je rentre avec Jake et Ethan après le nettoyage de la salle.

Tous ensemble, ils quittèrent la salle des fêtes. Le sourire n'avait pas quitté leurs visages. Gaby était toujours endormie dans les bras de son père, comme une évidence.

Harper rejoignit Jake et Ethan pour aider à la remise en ordre de la salle. Ils repartirent en voiture quelques instants plus tard. La joie du retour de Will égayait la conversation. Quand la voiture se gara devant leur maison, Ethan descendit de la voiture le premier :

- Je suis fatigué. Je pars dormir. Bonne nuit. A demain Harper !

Il était parti si vite qu'Harper n'était même pas encore sortie de la voiture. Les deux jeunes gens eurent juste le temps de lui répondre :

- Bonne nuit !

Assis dans la voiture, aucun ne voulait rompre ce moment :

- Je suis tellement heureuse pour Ellen que Will soit définitivement revenu.

- Oui, un vrai moment de Noël.

Harper était perdue dans ses pensées. Jake ne disait pas un mot et surtout ne voulait pas que cette soirée s'arrêtât. Harper finit par se tourner vers lui avec les yeux brillants :

- Excuse-moi pour ce silence, mais je réalisais à quel point les dernières semaines avaient vraiment changé ma vie. J'ai du mal à croire que je commence une nouvelle vie aussi rapidement et surtout que je me sente aussi bien, aussi sereine dans mes choix et mes décisions. Il y a deux mois, ma vie semblait parfaite à tout point de vue. Puis sont arrivés coup sur coup la chute de mon père, ma rupture amoureuse, cette mission qui m'enlevait le poste que je convoitais et j'ai eu l'impression que tout s'écroulait et que rien ne pourrait jamais aller mieux. Maintenant, je vis avec bonheur dans ma ville natale et New York ne me manque pas, alors que je pensais que je m'épanouirais plus là-bas qu'ici. Avec Madison, j'ai l'immense chance de travailler avec une amie, en totale confiance et de gérer son édition d'une manière éthique et responsable. Cela me permet d'être en plein accord avec mes valeurs et c'est vraiment enchanteur de pouvoir travailler ainsi. J'ai du mal à réaliser que tous ces événements qui ont débuté sous de mauvaises augures aboutissent à une vie qui me réjouisse autant. J'ai oublié que de participer à la vie de la librairie constitue presque la cerise sur le gâteau. Côté personnel, je réalise vraiment que vivre auprès de ma famille m'apporte beaucoup de joie dans les grandes occasions comme ce soir, mais aussi au quotidien. Tel un phénix, j'ai l'impression de renaître de mes cendres. mais, je parle trop !

Jake sourit à ses dernières paroles :

- Non, j'aime beaucoup la façon dont tu analyses les épreuves passées et comment tu t'es montrée résiliente, surtout après ton accident. J'avoue que tes propos résonnent en moi aussi. Depuis septembre, je m'efforce de trouver des solutions viables pour la clinique entre les investissements nécessaires, les équipes à ne pas surcharger, le personnel minimum à embaucher et la gestion du stress des ex-soldats. J'étais vraiment épuisé, épuisé de chercher et de ne pas aboutir, épuisé de ne pas pouvoir embaucher le personnel en intérim et de voir celui titulaire absorber le travail supplémentaire. Et puis, Tim m'a suggéré d'essayer d'intervenir pour Will, mais cela a surtout abouti sur une aide inattendue pour le service dédié aux soldats. J'ai toujours du mal à y croire. De même, je suis toujours sous le choc de l'incroyable talent de Madison et surtout de sa générosité. Alors que je m'apprêtais à devoir prendre des décisions difficiles et vraiment opposées à ce que je crois, je me retrouve avec des choix à faire sur l'avenir des deux services que je comptais développer. Ce travail est autrement plus agréable à envisager ! Je vais finir par croire à cet esprit de Noël, dont Gaby et Ethan me rebattent les oreilles !

Ils se sourirent tendrement, mais n'osèrent pas franchir une limite que tous les deux désiraient. Harper finit par sortir de la voiture pour se diriger vers la maison de son père. Elle salua d'un geste de la main Jake qui attendait son entrée pour rentrer à son tour.

Chacun s'endormit en pensant à cet incroyable mois de décembre.

Le 24 décembre arriva. Gaby était très excitée. La journée s'annonçait festive. Elle avait choisi les sablés de Noël qu'elle cuisinerait avec ses parents, les chants de Noël qu'elle voulait écouter toute la journée (et imposer à toute la famille !) et la décoration de la table familiale avec ses bougeoirs et sa couronne préparée en classe.

L'enthousiasme de la petite fille avait fini par déteindre sur toute la maisonnée. La maison de Jameson grouillait d'animation, ponctuée de musique, de bonnes odeurs de cuisine et de rires. Les parents de Will étaient arrivés, dès la veille, pour revoir leur fils. Le fils de Madison et sa famille arrivèrent en milieu d'après-midi. Ethan et Jake complétaient l'immense table. Ils iraient voir les parents de la mère d'Ethan pour le réveillon de la Saint-Sylvestre.

Ethan avait installé le gui à un endroit stratégique et veillait avec Gaby à ce que la tradition soit respectée. Ellen et Will ne purent y déroger. Il s'y plièrent volontiers sous les applaudissements de leur fille.

Ils se rendirent tous ensemble à l'église. La communauté présente à la salle des fêtes s'y retrouva avec plaisir. Les flocons de neige rendirent la sortie de la cérémonie encore plus féerique. Ils rentrèrent ensuite nonchalamment pour déguster le dîner préparé ensemble. Gaby avait réalisé des étiquettes avec le nom de chaque personne et avait concocté avec Ethan le plan de table. Jake et Harper se retrouvèrent côte à côte, comme par hasard.

Chacun aida à apporter les plats et la table devint rapidement festive, colorée et appétissante. La joie de se retrouver était décuplée par le retour de Will et par la visite inattendue de Warren, le fils de Madison. Cette dernière l'avait invité peu de temps avant et son fils avait chamboulé les plans initiaux pour répondre à l'invitation de sa mère.

A la fin du repas, Madison revenait avec la bûche de Noël de la cuisine, décorée avec Gaby, qu'elle déposa au centre de la table, quand Jameson se leva à son tour. Ils se sourirent un peu crispés. Elle vint près de lui et lui prit la main. Harper et Ellen se regardèrent en souriant. Elles n'avaient pas fait preuve d'imagination, la relation entre ces deux êtres était réelle. Son fils esquissa un sourire plein de tendresse. Il était manifestement plus au courant qu'elles.

Jameson prit la parole :

- Nous nous connaissons depuis longtemps et nous avons toujours été amis. Depuis environ un an, nous avons passé de plus en plus de temps ensemble car nos veuvages nous ont rapprochés. Parler de nos conjoints nous fait du bien, et avec nos enfants respectifs, ce n'est pas toujours facile. Puis, nous avons réalisé que nous développions des sentiments plus qu'amicaux. Il n'est évidement pas question d'oublier ou de remplacer qui que ce soit. Nous avons juste envie de vivre cette nouvelle histoire comme une chance d'être encore un peu heureux. J'ai demandé à Madison de m'épouser et elle a accepté. mais, nous ne nous marierons qu'à la condition expresse que vous soyez tous d'accord.

Gaby, égale à elle-même, s'exclama :

- Je suis d'accord !

Cela détendit l'atmosphère autour de la table. Warren ajouta :

- Cela me convient parfaitement. Votre bonheur fait chaud au cœur et on connaît Jameson. Tu aurais pu plus mal choisir !

Ellen parla à son tour :

- Ce n'est pas vraiment une surprise et je vous apporte tout mon soutien.

Harper intervint enfin :

- Vous allez bien ensemble. Soyez heureux !

Et elle leva son verre de champagne :

- A Madison et à Jameson !

Tous reprirent en chœur le toast :

- A Madison et à Jameson !

Jameson sortit une boîte de sa poche et l'ouvrit devant Madison :

- Veux-tu m'épouser ?

- Oui, bien sûr.

Elle prit la bague, une jolie bague sculptée, différente des solitaires de leur jeunesse. Ils s'embrassèrent timidement et tous applaudirent. Noël aurait désormais une autre saveur. Quand le dessert fut avalé, la tablée s'éparpilla. Harper en profita pour se rapprocher de son père, toujours assis :

- Je suis vraiment heureuse pour vous.

- Merci. J'avoue que je craignais un peu ta réaction. Je sais que maman est partie quelques jours avant Noël et je ne savais pas si c'était le bon moment. mais, nous n'avions pas envie de trop attendre et nous ne savions pas quand vous l'annoncer. Nous nous sommes décidés pour ce soir, avant de savoir que tu resterais vivre ici.

- Je suis ravie que les souvenirs un peu tristes soient remplacés par des souvenirs plus joyeux. Où allez-vous vivre ?

- Sans doute dans cette maison. Elle voulait vendre la sienne depuis longtemps. Elle en a parlé avec Warren qui pensait, lui aussi, que de vendre cette grande maison était une bonne idée.

- Il faudra que vous redécoriez la maison, pour qu'elle se sente bien ici.

Madison arriva au moment où Harper prononçait ces paroles :

- Merci Harper de nous donner ton accord. Cela me touche beaucoup. Ta mère restera toujours présente, sois en sûre.

- Je n'en doute pas. Le passé sera toujours là. mais il faut aussi que le présent fasse son entrée. Alors, si vous devez changer, changez !

Ellen posa les mains sur les épaules de sa sœur et confirma son accord en hochant la tête.

- Complètement en phase avec ma sœur ! Cette maison doit évoluer avec votre nouvelle histoire.

Elle se pencha vers Harper et lui dit :

- Gaby voudrait que tu viennes la voir.

Harper se leva, fit un sourire aux nouveaux fiancés et suivit sa sœur.

- Stop Tatie Harper !

Un peu surprise par le ton de sa nièce, elle s'arrêta net. Elle vit alors qu'Ethan avait de son côté amené son oncle au même endroit. Le sourire coquin des deux enfants les intrigua. Gaby fit un signe vers le plafond. Ils levèrent la tête et virent qu'ils se trouvaient exactement sous le gui. Harper commenta :

- Un peu l'impression que ce n'est pas un hasard !

Jake sourit :

- Je crois que nous sommes tombés dans un traquenard.

Harper regarda Jake avec un peu de stress. Leurs yeux se cherchaient. Celui-ci approcha son visage du sien. Leurs lèvres s'effleurèrent. Gaby cria sa joie :

- Ethan avait raison. Ils sont amoureux !

Ils s'embrassèrent alors pour de bon. En s'écartant l'un de l'autre, ils se tournèrent spontanément vers le jeune adolescent. Il était rayonnant :

- Ça va être chouette d'avoir une famille à la maison !

Harper le prit dans ses bras :

- Merci de m'accepter dans ta famille.

- Merci à toi de rendre Jake heureux !

Les trois s'étreignirent.

Plus que les cadeaux ouverts le lendemain matin, ce réveillon de Noël rendit toutes les personnes présentes incroyablement heureuses. Les flocons continuaient de tomber inexorablement dehors, comme s'ils participaient à l'euphorie générale.

1 an après

La librairie de Jameson était désormais devenue officiellement celle de ses filles. Si Jameson s'y rendait encore de temps en temps le matin, par habitude et par plaisir, il avait délégué ses responsabilités : Ellen participait aux tâches administratives - elle excellait en comptabilité - et Harper s'y rendait les après-midis - elle aimait aménager les lieux et agencer les livres nouveaux -. Alice était devenue officiellement la gérante et cette prise de fonction lui avait donné une belle confiance en elle. La jeune femme participait activement au développement du magasin.

Aujourd'hui était organisée la toute première promotion du deuxième tome de Riley Smith. Le livre « Les Sorcières de l'Ombre », premier tome de la saga, avait triomphé et était devenu un best-seller. Certains parlaient même de sa possible adaptation au cinéma. Madison y réfléchissait encore.

Ce jour-là, la suite des Sorcières de l'Ombre remplissait la devanture et la queue devant la librairie, qui avait l'exclusivité mondiale, pendant quelques heures, témoignait de l'enthousiasme des lecteurs.

Madison se trouvait dans l'arrière-boutique et n'en revenait pas de l'engouement suscité par son livre.

Quand la librairie ferma ses portes, tous les ouvrages avaient été vendus. Harper avait organisé une petite collation pour fêter ce nouvel opus.

Ellen et Will rayonnaient de bonheur. Le capitaine appréciait tout particulièrement son nouveau travail. Ellen avait retrouvé un rythme de travail plus en phase avec sa vie de famille. Elle était plus reposée. Les deux époux avaient même décidé d'agrandir la famille. Dans quelques mois, Gaby serait une grande sœur.

Madison et Jameson s'étaient mariés quelques mois plus tôt lors d'une cérémonie toute simple avec leur famille proche. Gaby avait fièrement participé à la cérémonie avec son enthousiasme communicatif. Madison avait apporté sa touche personnelle dans leur maison. Tout le monde se sentait à l'aise ainsi.

Jake et Harper se fréquentaient. La jeune femme n'avait pas encore trouvé de logement qui lui convienne et louait une petite maison dans la rue des maisons de Jameson et de Jake. Elle vivait plus chez son père et chez Jake que dans sa propre maison. Elle avait vendu tous ses meubles et louait son appartement dans la Grosse Pomme. Le voyage à New York avait ravi Ethan.

Quelques semaines auparavant, le jeune adolescent avait organisé une fête solennelle à laquelle Jameson, Madison, Harper, Ellen, Will et Gaby, ainsi que ses grand-parents maternels avaient été invités. Il avait alors demandé à son oncle Jake s'il pouvait l'appeler « papa ». Ils portaient le même nom et il avait vraiment envie désormais de le présenter comme son père. Cela évitait les questions, mais surtout il le considérait comme un père. Jake, très ému, avait accepté et parlait désormais d'Ethan comme de son fils. Cela avait resserré leurs liens déjà très forts.

Après la fête liée à la sortie du deuxième tome de Madison, Jake invita Harper à venir chez eux. La maison était décoré avec quelques cœurs et des bouquets de roses roses, les préférées d'Harper. Harper était étonnée de cette décoration peu habituelle pour ses deux voisins, père et fils.

Ethan prit la main de celle-ci et l'amena vers le centre de la salle à manger où se trouvait Jake. Celui-ci se mit à genou, ouvrit une boîte contenant un solitaire et la regarda avec solennité :

- Acceptes-tu de faire de moi l'homme le plus heureux du monde en m'épousant ?

Sans répondre directement à Jake, elle se tourna vers l'adolescent et lui demanda :

- Ethan, acceptes-tu que je rentre officiellement dans ta famille ?

- Oh oui. J'en serais vraiment très heureux !

Alors Harper se tourna vers Jake :

- Bien sûr, j'accepte de t'épouser Jake. Je serais très heureuse de devenir ton épouse et une maman pour Ethan.

Ils s'embrassèrent très tendrement sous les applaudissements d'Ethan.

En rentrant chez elle ce soir-là, elle regarda sa bague de fiançailles. Sa nouvelle vie lui apportait tout le bonheur dont elle avait rêvé. Elle se félicita d'avoir choisi d'écouter son cœur. Les flocons de neige dansaient devant sa voiture.